Langsam bewegten sich die schweren Schritte über den morastigen Waldboden. Nichts erinnerte hier an die lieblichen Katalogbilder des skandinavischen Sommers. Die dichte graue Bewölkung ließ das rote Dämmerlicht am Horizont bestenfalls erahnen, und die zwielichtigen Schatten der Bäume taten ihr Möglichstes, diesem Ort auch den letzten Rest Gastlichkeit zu rauben.

Hinter einer kleinen Lichtung kamen die Schritte zum Stehen. Die Fußabdrücke füllten sich mit Regenwasser, das augenblicklich ihre hohen Matschränder zum Einsturz brachte und so jegliche Spuren dieser traurigen Nachtwanderung für immer fortspülte. Einige Sekunden lang passierte nichts. Dann traf ein dumpfer Schlag den nassen Morast. Wenig später begann der schlammige Boden sich zu öffnen und den leblosen Körper Millimeter um Millimeter in sich aufzunehmen.

Samstag

Gedankenversunken starrte Marie Richtung Horizont, wo Wasser und Himmel in einem stufenlosen Grau miteinander verschmolzen. Hin und wieder kreuzte eine Möwe ihr Gesichtsfeld. Ansonsten nahm sie nur die ermüdende Eintönigkeit der frühsommerlichen Ostsee wahr.

Der Fahrtwind legte sich feucht auf Maries Gesicht. Um sie herum tummelten sich urlaubsgestresste Familien und Skandinavien-erfahrene Rentnerpaare, die sich in ihren schlammfarbenen Funktionsjacken kaum von der Umgebung abhoben und die wettergegerbten Gesichter genießerisch in die Richtung reckten, wo sie die Sonne vermuteten.

All das drang nur wie durch einen Schleier zu Marie durch.

Erst der dumpfe Hall des Schiffhorns, der ihr mit anschwellender Wucht in den Bauch fuhr, riss sie aus ihrer Gedankenwelt. Marie atmete tief ein. Die mild salzige Luft löste ein beruhigendes Gefühl in ihr aus.

Ein paar Kinder rannten ausgelassen an die Reling, um dem entgegenkommenden Schiff zuzuwinken. Verwundert stellte Marie fest, dass sie bei ihrem Anblick fast so etwas wie Neid empfand. Es war schon komisch – als Kind konnte es einem gar nicht schnell genug gehen, erwachsen zu werden. Und wenn es dann soweit war?

Sie hob den dampfenden Kaffeebecher in ihrer Hand und atmete den flachen bitteren Geruch von Automatenkaffee ein. Seufzend nahm sie einen Schluck. Vermutlich war es symptomatisch, dass sie sich eher mit den spielenden Kindern identifizierte als mit deren Eltern, die auf verblichenen Plastiksesseln saßen und gerade die Reste eines ausgiebigen Fahrtenpicknicks von den Rettungsbojen räumten.

Hatte sie mit ihrer Abreise überstürzt gehandelt? Hätte sie Alex vielleicht doch eine Chance geben sollen, jetzt, wo er sich endlich für sie entschieden hatte?

Marie schüttelte den Kopf, wie um diese Gedanken zu vertreiben. Aufs Wasser starrend trank sie den Kaffee. Sie konnte sich selbst nicht erklären, was genau sie zu diesem Schritt veranlasst hatte. Warum sie ausgerechnet jetzt ihr Leben in die Hand nehmen und noch einmal ganz von vorne anfangen wollte. Alleine. Irgendetwas tief in ihr drin hatte diesen Entschluss getroffen, genau in dem Moment, als Alex ihr freudestrahlend von der Entscheidung erzählt hatte, sich von seiner Frau zu trennen. Noch nie zuvor hatte sie so impulsiv gehandelt.

Marie zerdrückte den leeren Becher in einer Hand, zielte und versenkte ihn treffsicher in einem nahe stehenden Abfalleimer. Ein kleiner Junge sah mit bewunderndem Blick zu ihr auf. Marie zwinkerte ihm zu, während in der Entfernung die ersten Gebäude von Trelleborg sichtbar wurden.

Nach und nach machten sich alle Passagiere auf den Weg hinunter zum Autodeck. Nur Marie blieb stehen. Bis zum letzten Moment beobachtete sie, wie sich das Schiff dem Land, der Stadt, dem Hafen näherte. Ein winziges Lächeln zeichnete sich auf ihrem Gesicht ab. Irgendwie fühlte es sich richtig an, nicht genau zu wissen, was sie auf der anderen Seite erwartete.

Maries Blick heftete schläfrig auf der Straße. Auf dem Rücksitz ihres alten Corsas standen zwei Reisetaschen. Bei ihrer Abreise hatte sie nur das Nötigste gepackt. Alles andere hatte sie kurzerhand verschenkt, gespendet oder auf dem Speicher ihrer Eltern verstaut.

Seit Stunden schlängelte sie sich nun schon auf einer immer schmaler werdenden Landstraße durch endlose Nadelwälder. Der Tacho stand stoisch auf 90 km/h, seit sie am Abend bei Umeå die Autobahn verlassen hatte. Kurz hinter der kleinen Ortschaft Vännäs schaltete sie von ihrer Playlist, die sie seit gestern mindestens drei Mal durchgehört und eigentlich von Anfang an gelangweilt hatte, auf Radio um. Sie wechselte den Sender, als Bon Jovis „Living on a Prayer" ihr einen headbangenden Alex vor Augen führte, versuchte den allgegenwärtigen Evergreens von ABBA zu entkommen und blieb schließlich bei einem Song hängen, der in bestem Oldschool-Rock die kurzen schwedischen „Sommartider" beschwor. Die Stimme des Sängers weckte eine unbestimmte Erinnerung in Marie.

Sie hatte schon fast aufgehört die Stunden zu zählen, als sie endlich Lycksele passierte, von wo aus es laut Navi nicht mehr allzu weit bis Lågomby war. Beim Blick aus dem Fenster stellte Marie mit einer Art unruhigem Erstaunen fest, wie klein und beschaulich hier alles wirkte. Es war kaum jemand auf der Straße zu sehen. Und das, obwohl es draußen noch beinahe taghell war.

„Kein Wunder, dass es hierhin keine Touristen verschlägt", murmelte sie vor sich hin und versuchte vorsichtig, sich hinterm Steuer zu strecken. Schlagartig wurde ihr bewusst, dass es alles andere als eine leichte Aufgabe war, für die sie sich so bereitwillig gemeldet hatte.

Wie um sich zu beruhigen, erinnerte sie sich an einen Artikel, den sie kürzlich auf der Arbeit gelesen hatte, laut dem immer mehr Menschen im Urlaub die Einsamkeit suchten.

Als sie sich der Adresse am Ortsrand von Lågomby näherte, die Lennart Sandberg ihr als Unterkunft genannt hatte, war es bereits nach Mitternacht. Trotzdem erschien der Himmel noch immer in einem schwachen Dämmerlicht.

Sie bog von der Hauptstraße ab und fand sich auf einer Art Waldweg wieder. Am Anfang des Björnvägs passierte sie noch zwei, drei Häuser, dann kam lange nichts. Eine Straßenbeleuchtung gab es nicht. So hell es ihr eben noch vorgekommen war, so sehr wurde nun das fahle Nachtlicht durch die immer dichter stehenden Bäume geschluckt.

Marie fuhr langsamer. Genau in dem Moment, in dem der Weg als Sackgasse endete, erklang die zuversichtliche Mitteilung aus dem Navi: „Sie haben Ihr Ziel erreicht."

Etwas ratlos schaute sie sich um. Weit und breit waren nur die dunklen Schatten der Bäume und der Weg, über den sie hergekommen war, zu sehen. Sie warf einen Blick auf das Navi. Sollte sie etwa ein falsches Update geladen haben?

Seufzend stieg sie aus. Die Luft war kühler als erwartet. Marie zog die Ärmel ihres Sweatshirts über die Hände und verkreuzte die Arme vor der Brust. Unsicher lief sie um das Auto herum. Mit einem Mal fühlte sie sich schrecklich einsam. Nervös spähte sie zwischen die Bäume. Björnväg – ob es hier wohl noch Bären gab? Sie fröstelte.

‚Verdammt gutes Setting für einen Thriller', schoss es ihr durch den Kopf. Wie auf Kommando ertönte aus dem Wald ein leises Knacken. Marie erstarrte. Sie glaubte einen Schatten zwischen den Bäumen gesehen zu haben. Konzentriert fixierte sie die Richtung, aus der das Geräusch gekommen war. Nach und nach erkannte sie die Umrisse eines alten Tors – einer Einfahrt. Erleichtert atmete sie auf.

Schnell setzte sie sich wieder in den Wagen, manövrierte ihn herum und bog zwischen zwei hohen Fichten in einen überwucherten Weg ein. Das Auto holperte über Wurzeln und Grasbüschel. Dann lichteten sich die Bäume und machten plötzlich den Blick auf den sommerlichen Nachthimmel frei. Darunter, mitten in einem verwilderten Garten, tauchte ein kleines Haus vor Marie auf.

Sie parkte und stieg aus. Fasziniert sah sie sich um.

Am Eingang versuchte sie sich an die genauen Worte von Lennart Sandberg zu erinnern, der ihren Schlüssel irgendwo auf der Veranda hatte verstecken wollen. Marie betrachtete die Steine, die dekorativ vor dem Eingang drapiert lagen, und hob den größten an. Lächelnd zog sie einen Schlüssel hervor.

„Na klar. In Bullerbü ist die Welt noch in Ordnung."

Marie war sich nicht sicher, ob sie von dem Geräusch wach geworden war oder vom Versuch, ihren Träumen zu entkommen. Darin war sie allein gewesen. Nicht einsam, einfach allein. Eigentlich kein Grund zur Beunruhigung. Sogar ein Zustand, den sie in den meisten Fällen genoss. Bisher zumindest. Aber irgendetwas hatte sich in diesem Fall unangenehm angefühlt. Als ob ihr etwas fehlte, von dem sie nicht wusste, was es war.

Zeit darüber nachzudenken hatte sie jetzt allerdings nicht. Denn da war es wieder, das Geräusch. Dieses Mal war sie sich sicher, es wirklich gehört zu haben. Es kam von unten, von der Eingangstür. Eine Art Kratzen oder Schleifen.

‚Ob Bären Zuflucht in Häusern suchen?' Marie setzte sich ruckartig im Bett auf und schaltete die Nachttischlampe an. Sie zögerte einen Moment. Dann glitt sie vorsichtig aus dem Bett. Im Aufstehen hob sie ihren Kapuzenpullover vom Boden auf und streifte ihn schnell über. Sie öffnete die Zimmertür und horchte – nichts. Leise trat sie auf den Flur. Auf Zehenspitzen schlich sie weiter Richtung Treppe. Die Treppenstufen knarrten unter jedem ihrer Schritte – ein Geräusch, das ihr bei ihrer Ankunft überhaupt nicht aufgefallen war, aber in diesem Moment kam es Marie vor, als trete sie auf einen Haufen zusammengekehrtes Herbstlaub.

Den Bären schien das jedoch nicht aufzuhalten – er war offenbar mit Türklinken vertraut war. Entsetzt sah Marie, wie diese nun von außen nach unten gedrückt wurde.

Sie hätte doch ihrem deutschen Naturell nachgeben und abschließen sollen. Stattdessen hatte sie bei ihrer Ankunft beschlossen, sich von Anfang an auf die schwedischen Gepflogenheiten einzulassen.

Marie stoppte ihren Vormarsch. Erst jetzt wurde ihr klar, dass sie jedweder Gefahr, die ihr durch die Tür entgegenkommen konnte, vollkommen wehrlos gegenüberstand. Alex kam ihr in den Sinn. Alex, der ihr in solchen Situationen auch nie eine Hilfe gewesen war. Wann immer sie ihn wirklich gebraucht hatte, war er bei seiner Familie gewesen.

‚Das einzig Gute an einer Beziehung mit einem verheirateten Mann ist wahrscheinlich, dass man sich danach nicht einsamer fühlen kann als währenddessen.' Bevor ihre Gedanken weiter abdriften konnten, wurde die Eingangstür aufgedrückt.

Vor dem einfallenden Dämmerlicht erschien eine menschliche Silhouette.

Marie hielt den Atem an. Ihre Fingernägel krallten sich ins Treppengeländer. Sie stand wie erstarrt und hoffte, mit dem Hintergrund des dunklen Wohnzimmers zu verschwimmen.

Die Gestalt verharrte im Türrahmen. Hatte sie Marie schon entdeckt?

Einen Moment schienen beide die Situation abzuwägen.

Plötzlich ertönte ein Knarzen von oben. Der Luftzug, der durch die geöffnete Eingangstür entstanden war, hatte die Tür zu Maries Schlafzimmer weiter aufgestoßen, sodass nun der schwache Lichtschein ihrer Nachttischlampe die Treppe hinunter ins Wohnzimmer fiel. Für den Bruchteil einer Sekunde blickten die beiden Frauen sich direkt in die Augen.

Dann knallte es über Marie. Alles wurde dunkel. Erschrocken drehte sie ihren Kopf nach oben und sah, dass die Schlafzimmertür zugefallen war. Der Wind musste sich in Sekundenschnelle gedreht haben.

Als Marie ihren Blick wieder zum Eingang wandte, war die Frau verschwunden.

Sonntag

Als Marie am nächsten Morgen aufwachte, schien die Sonne bereits durch den freundlich-gelben, aber wenig nützlichen Vorhang ihres Zimmers. Im ersten Augenblick wusste sie nicht, wo sie war. Das kleine, schachtelförmige Zimmer mit dem hellen Dielenboden und einer verdächtig nach Ikea-Modellraum aussehenden Einrichtung hatte nichts mit ihr selbst zu tun. Als sie sich aufrichtete und die Strapazen der zweitägigen Autofahrt durch ihren Rücken zuckten, erinnerte sie sich: Lågomby, Schweden. Ihr neues Zuhause.

Erst jetzt fiel ihr der Vorfall der vergangenen Nacht wieder ein. Marie schauderte. Wer war die Frau gewesen? Und was hatte sie hier gewollt? Hatte sie wirklich einbrechen wollen? Und was wäre passiert, wenn Marie sie nicht an der Tür überrascht hätte?

Sie stand abrupt auf. Vielleicht war die Frau obdachlos und hatte gehofft, hier Unterschlupf zu finden. Aber hatte sie dafür nicht zu gepflegt gewirkt? Hübsch war sie gewesen, ungefähr zehn Jahre älter als sie selbst.

Während sie zum Fenster hinüber ging, wunderte Marie sich, dass ihr das in so einem Moment überhaupt aufgefallen war. Sie schob die Vorhänge beiseite. Ihr Blick fiel auf einen Garten voll wild wuchernder Büsche und Obstbäume. Hier hatte schon lange niemand mehr eine Gartenschere angesetzt. Der Rasen dagegen wirkte erstaunlich gepflegt. Sein saftiges helles Grün bildete eine scharfe Trennlinie zum dunkleren Grün des Waldes, der direkt und zaunlos an den Garten anschloss.

Was für ein Kontrast zu dem Blick aus ihrem Schlafzimmerfenster zuhause in Deutschland, der ihr vor allem das durchgängig geschäftige Treiben im 24-Stunden-Waschsalon gegenüber offenbart hatte.

Marie unterdrückte ein Seufzen. Eigentlich gefiel ihr der verwilderte Charme des Grundstücks sehr, er hatte schon fast etwas Märchenhaftes. Trotzdem fühlte sie sich fremd bei diesem Anblick. Fremd und einsam.

Sie kramte eine Jogginghose aus ihrer Tasche, schlüpfte hinein und ging die Treppe nach unten. Der Eindruck der vergangenen Nacht war hier noch merkwürdig präsent. Sie sah sich um, in der irrationalen Erwartung, die unbekannte Frau auf dem Sofa sitzend vorzufinden.

Doch das Sofa war leer und der ganze Raum wirkte so, als hätte hier schon lange niemand mehr gesessen. Wie im oberen Stockwerk war auch hier unten alles funktional und doch gleichzeitig gemütlich eingerichtet, skandinavisch eben. Die sorgfältig platzierten Dekorationselemente, die nicht darüber hinwegtäuschen konnten, dass das Haus unbewohnt wirkte, hatte Marie gleich bei ihrer Ankunft beiseitegeräumt. Der große, altmodische Kamin in einer Ecke des Wohnzimmers und ein ausladender Schaukelstuhl direkt daneben hatten ihr dagegen sofort ein heimeliges Gefühl vermittelt.

Auf der Küchenzeile stand ein Korb mit Kaffee, Saft und drei Packungen unterschiedlichen Knäckebrots. Davor lag ein kleiner Zettel: ‚Välkommen till Lågomby!'

Im Kühlschrank fand Marie Milch und Margarine sowie ein riesiges dreieckiges Stück Käse. Dankbar schmiss sie die alte Filtermaschine an und beschloss, sich vom Zwischenfall in der Nacht nicht weiter verrückt machen zu lassen.

Während der Kaffee durchlief, schlenderte Marie durch den Garten. Der Rasen war vermoost, musste aber vor nicht allzu langer Zeit noch gemäht worden sein. Weich und ein wenig glitschig gab er unter ihren Füßen nach. Hier und da hatten sich Pilze den Weg durch die Moosschicht gebahnt, die meisten davon bereits ledrig überspannt oder komplett zerfleddert.

Die Obstbäume sahen trotz ihres unverkennbaren Alters erstaunlich gesund aus. Marie betrachtete die noch kleinen kugeligen Fruchtkörper daran und stellte beschämt fest, dass sie nicht einmal wusste, um welche Obstsorten es sich handelte.

Sie blieb stehen und sah zum Haus hinüber. Ein einfaches Holzhaus, das in klassisch schwedischem Rot gestrichen war. Niedlich wirkte es. Doch die Vorstellung, dass das jetzt ihr Zuhause sein sollte, war irgendwie grotesk.

Mit einem Mal kam Marie sich unheimlich albern vor. Was hatte sie eigentlich erwartet? Einen großen Befreiungsschlag – aber von was? Von Alex, vom unausgesprochenen Druck durch Freunde und Eltern, von sich selbst?

Denn während die Freunde, die Marie größtenteils noch aus Schulzeiten kannte, sich langsam aber sicher in Richtung Karriere, Familie oder Selbstverwirklichung verabschiedet hatten, hatte Marie das Gefühl, dass sich ihre Vorstellungen und Ziele nach und nach eher auflösten statt festigten.

Ein Neuanfang im Süden wäre ihr eigentlich lieber gewesen als Schweden. Bei Sonne am Strand ließ es sich sicherlich gut Zukunftspläne schmieden. Doch die wenigen Job-Angebote rund ums Mittelmeer waren hart umkämpft und ihre Berufserfahrung für eine solche Konkurrenz nicht ausreichend. Daher hatte sie nicht lange gezögert, als sie bei einer ihrer zäh dahinplätschernden Schichten über diese Stellenausschreibung gestolpert war. Irgendwas musste der Norden Europas schließlich haben, dass er sich schon seit Jahrzehnten als Sehnsuchtsort des deutschen Mittelstandes hielt. Und wo sollte man sich besser von einer dysfunktionalen Beziehung lösen als im emanzipierten Schweden?

Zugegeben: Lågomby war nicht gerade der Nabel der Welt, nicht einmal der Nabel Nordschwedens. Trotzdem war die Leitung der hiesigen Tourismusabteilung für Marie eine lang ersehnte Gelegenheit, sich aus der Stagnation in einem mittelklassigen süddeutschen Reisebüro zu befreien und endlich selbst Verantwortung zu übernehmen. Als Deutschlandexpertin sollte sie die Region um Lågomby endlich auf die Landkarte des nordeuropäischen Tourismus' hieven. Denn trotz des anhaltenden Skandinavien-Hypes konnte die Gegend sich bei den Rentner-Campern und Bullerbü-Romantikern bislang nicht durchsetzen – zu dunkel, zu kalt, zu entfernt von der Küste, für die einen zu weit im Norden, für die anderen nicht weit genug.

Nach dem Frühstück erkundete Marie die Gegend zu Fuß. Der Björnväg, an dessen Ende ihr Haus stand, lag weit im Osten Lågombys und wurde durch Wald vom Ortskern getrennt. An diesem Teil der Storgata, die das Städtchen mit der Landstraße verband, lag sonst nur noch eine Tankstelle sowie die Fernbushaltestelle des Ortes. Erst einige hundert Meter weiter bildete der Sveaväg auf der rechten Seite mit unscheinbaren Häuschen und einfachen Siedlungen den eigentlichen Stadtrand.

Auf der linken Seite der Storgata, Richtung Landstraße hin, ragte eine alte Fabrik auf. Die gleichmäßig heruntergekommenen Gebäude ließen keine Zweifel daran, dass sie ihre beste Zeit schon eine Weile hinter sich hatte.

Im Vorbeigehen spähte Marie durch den einfachen Maschendrahtzaun, der das Gelände umgab. Sie suchte und fand den altmodisch anmutenden Namenszug des Betriebs über dem Haupteingang: *Alfredssons*.

Marie nickte innerlich. In Vorbereitung auf ihren Umzug hatte sie bereits von der alten Brauerei gelesen. *Alfredssons* war trotz beträchtlicher Umsatzeinbußen in den vergangenen Jahren neben der Stadtverwaltung, der Forstwirtschaft und den kümmerlichen Resten alter Bergbaubetriebe der einzige größere Arbeitgeber in Lågomby. Das Hauptgebäude war auf einem Hügel errichtet worden und strahlte trotz seines Alters noch einen fast majestätischen Stolz aus. Einige der anderen Gebäude dagegen schienen kaum genutzt oder sogar stillgelegt zu sein.

Marie ging weiter bis zur Nygata, die Adresse ihres neuen Arbeitsplatzes. Hier manifestierte sich das Zentrum in einer winzigen Ansammlung an Lokalitäten. Auf der einen Seite ein kleiner Supermarkt, ein noch kleinerer

Spielplatz und etwas abgelegen eine schon deutlich in die Jahre gekommene Eishalle. Auf der anderen Seite befand sich eine Kneipe mit dem klangvollen Namen *Mickes Bar* und der Rathausplatz, an dessen Rand ein unscheinbares Flachgebäude stand, das den Schriftzug *Kommunhus* trug.

In einem plötzlichen Anflug von Aufregung blieb Marie stehen und betrachtete ihren neuen Arbeitsplatz. Schick war sicherlich etwas anderes. Trotzdem gefiel ihr der Gedanke, von nun an direkt im Rathaus zu arbeiten. Sie überquerte die Straße und ging neugierig auf das Gebäude zu. Im Erdgeschoss befand sich ein Ladenbüro, dessen verschlossene Tür mit dem blau-weißen *i* und der Bezeichnung *Turistbyrå* geziert war. Marie legte die Hände über die Augen, lehnte sich gegen die Scheibe und spähte hinein. Einen Moment verharrte sie so. Dann sah sie sich ein wenig irritiert um. Sie lief weiter zum Haupteingang des Rathauses, suchte hier nach einem Verweis auf ein weiteres Büro, konnte aber nichts finden. Auf ihrem Smartphone glich sie die Adresse mit den Angaben in Lennarts letzter E-Mail ab.

Sie spürte Ernüchterung in sich aufsteigen. Fast musste sie über sich selbst lachen, als ihr dämmerte, dass ‚Leitung der Tourismusabteilung' in einem Ort wie Lågomby einer Mitarbeiterin der Touristeninformation gleichkam.

Noch einmal trat sie an die Scheibe des kleinen Büros und sah hinein. Dann lehnte sie sich mit dem Rücken gegen die Tür und schaute über den leeren Platz.

„Herzlichen Glückwunsch, Marie, ganz große Entscheidung!"

Eine Weile blieb sie so stehen. Ein Auto kam die Straße entlang, verlangsamte gerade lang genug, dass sein Fahrer ihr einen neugierigen Blick zuwerfen konnte, und fuhr dann weiter Richtung Storgata.

Sie holte tief Luft. Zumindest die war fraglos besser als zuhause, sauberer und irgendwie weicher. Sie stieß sich von der Tür ab und stapfte los. So leicht würde sie sich nicht demotivieren zu lassen.

Die Nygata war als Hauptachse des Ortes angelegt. Ganz an ihrem Ende, noch hinter der Eishalle, stand eine Kirche. Entsprechend war die Verlängerung der Straße dort mit dem separaten Namen Kyrkväg versehen worden. Marie umrundete die Kirche und bog dahinter in den Bergväg ein, der sich an einem Hügel entlang zurück zur Storgata schlängelte. Hier im Westen des Ortskerns hatte sich ganz offensichtlich die bessergestellte Gesellschaft Lågombys niedergelassen. Interessiert betrachtete Marie die ungewöhnlich großen Holzhäuser, die zwar nicht mehr ganz frisch wirkten, aber noch immer mit ihrem schlichten Design beeindruckten.

In der Entfernung kam ihr jemand vom unteren Ende der Straße entgegen. Marie fiel auf, dass die Schritte der Person zögerlich wirkten, irgendwie unregelmäßig, als wäre sie sich nicht sicher, ob sie weiter gehen oder umkehren sollte.

Plötzlich stockte ihr der Atem. War das nicht die Frau von letzter Nacht?

Marie stutzte. Dann ging sie los, auf die Frau zu.

Doch als die Unbekannte schließlich doch noch zielstrebig in einem Hauseingang verschwand, hielt Marie inne.

Verunsichert blieb sie stehen. Vielleicht hatte ihre erste Nacht in Lågomby sie doch mehr verwirrt als sie sich selbst eingestehen wollte.

Montag

Am Abend nach ihrer Stadterkundung hatte Marie sich erschöpft schon früh schlafen gelegt. Sie war davon ausgegangen, wie üblich am nächsten Morgen mit dem ersten Tageslicht aufzuwachen. Dabei hatte sie nicht bedacht, dass dieses Tageslicht hier Anfang Juni beinahe die ganze Nacht hindurch schien. Müde hatte sie stundenlang in die schummrige Luft ihres Zimmer gestarrt, immer noch verwundert über die Diskrepanz zwischen der nächtlichen Uhrzeit und dem Zwielicht, das an den Seiten der Vorhänge vorbei ins Zimmer fiel. Erst am frühen Morgen war sie in einen tiefen, traumlosen Schlaf gefallen, aus dem ihr Wecker sie wenig später jäh herausriss. Gerädert wühlte sie sich aus dem Bett.

Die Kombination einer Dusche und einer ersten Tasse Kaffee auf der kleinen Veranda vor ihrem Haus ließ sie die anstrengende Nacht beinahe vergessen. Normalerweise war sie ganz gut darin, sich auf die positiven Dinge zu konzentrieren. Wie sonst hätte sie die letzten Jahre unter ihrem Arschloch von Chef überstanden. Und hier oben gab es wahrlich einige gute Aspekte, auf die man sich konzentrieren konnte. Wenn man die Natur liebte. Und außergewöhnliche Lichtverhältnisse. Und Einsamkeit. Und das Fehlen jeglicher Urbanität.

Marie zwang sich, diesen Gedankengang nicht weiterzuverfolgen. Sie ahnte, dass er unweigerlich dazu führen würde, dass sie am Ende den Blick auf ihren Waschsalon vermissen würde.

Beim Zusammensuchen ihrer Unterlagen merkte sie langsam Nervosität in sich aufsteigen. Nicht nur wegen des neuen Jobs, damit hatte sie gerechnet. Aber auch die Aussicht, Lennart Sandberg zu treffen, verursachte ein neugieriges Ziehen in ihrem Bauch, das sie nicht erwartet hatte. In den vorausgegangenen Wochen hatte sie mit Lennart einen schon geradezu vertrauten Mailkontakt gepflegt, und er war es auch gewesen, der ihr mit seiner charmanten Art die letzten Zweifel in Bezug auf diese etwas ungewöhnliche Stelle genommen hatte. Sie warf einen letzten kurzen Kontrollblick in den Spiegel, bevor sie das Haus verließ und die wenigen Minuten bis in den Ortskern fuhr.

Einen großen Unterschied zu gestern konnte sie nicht ausmachen, als sie kurz darauf vor dem Rathaus parkte. Obwohl es Montagmorgen war, waren kaum Menschen zu sehen. Entschieden ging sie auf die kleine Touristeninformation zu.

Noch bevor sie die Tür erreicht hatte, wurde diese schwungvoll aufgerissen. Ein Mann mit sorgfältig gestyltem mittellangem blondem Haar, einem dichten, aber nicht minder gepflegten, Bart und einem herzlichen Lächeln stand vor ihr. Marie musste sich ein Grinsen verkneifen. Schwedischer konnte man wohl kaum aussehen.

Sie streckte ihre Hand aus. „Guten Morgen. Ich bin Marie Falk."

Innerlich atmete sie kurz auf. Zumindest ihren ersten schwedischen Satz hatte sie halbwegs flüssig über die Lippen bekommen.

Lennart lächelte sie herzlich an und nahm ihre Hand.

„Schön, dass du da bist. Komm rein."

Damit zog er sie auch schon in das kleine Büro hinein.

„Hast du dich schon etwas von der langen Reise erholt?"

Marie zögerte kurz. Sollte sie Lennart von dem nächtlichen Zwischenfall erzählen? Aber was für einen Eindruck würde ihm das von seiner neuen Chefin vermitteln? Und eigentlich kannte sie ihn ja kaum.

„Das Licht hier oben ist bestimmt ziemlich ungewohnt für dich, oder?", unterbrach Lennart ihren Gedankengang.

Marie nickte, dankbar für diesen Ausweg.

„Vielen Dank für den schönen Begrüßungskorb!"

Bis hierhin hatte sie sich die Sätze in ihrem noch etwas unerprobten Schwedisch zurechtgelegt. Ab jetzt war alles Neuland für sie.

„Du wurdest hier schon neugierig erwartet. Liegt vielleicht auch daran, dass du seit 1985 die Erste bist, die freiwillig hierher statt weg zieht."

Lennart zwinkerte und Marie registrierte, wie gut es ihr tat, sein Lachen zu sehen. Kein Wunder, schließlich war die Begegnung mit Lennart ihr erster zwischenmenschlicher Kontakt seit Tagen.

Sie standen in einem kleinen Raum mit zwei Schreibtischen, an denen man besucherfreundlich von beiden Seiten Platz nehmen konnte. An einer Seite stand ein Regal mit Landkarten und Prospekten, daneben eine mobile Schreibtafel und am hinteren Ende auf einem Sideboard war eine Kaffeebar aufgebaut, die mit ihren verschiedenen Keramikfiltern und bauchigen Glasbehältern an ein kleines Chemielabor erinnerte. Lennart deutete mit einer einladenden Bewegung auf den hinteren der beiden Schreibtische.

„Bitte – dein Platz."

Marie sah sich um. Das war also tatsächlich alles. Sie ging um den ihr zugewiesenen Schreibtisch herum, nahm auf dem komfortabel aussehenden Bürostuhl Platz und starrte auf den schwarzen Bildschirm des Computers. Lennart reichte ihr eine Mappe mit Fakten und Hintergrundinformationen, die Marie den Einstieg erleichtern sollten. Dann begann er an der Kaffeebar zu hantieren.

„Ich freu mich, dass ich jetzt nicht mehr alleine hier sitzen muss.“

Marie lächelte schwach. Durch das große Fenster sah sie ein altes Paar mit Einkaufstüten, das die andere Straßenseite entlangschlurfte. Sonst war alles leer. Maries Blick wanderte an die gegenüberliegende Wand, an der auf einem altmodischen und bereits angegilbten Plakat der Bergbau als Prestigeprojekt dieser Region angepriesen wurde. Daneben ein gerahmtes Foto des ältesten Elchbullen in Nordschweden – zumindest wenn Marie die Bildunterschrift richtig verstand.

Mit einem Mal fühlte sie sich, als würde der Boden unter ihr wegsacken. In ihrem Kopf formulierten sich alle möglichen Fragen gleichzeitig – was sie hier eigentlich machte – warum sie sich nicht besser vorbereitet hatte – und vor allem, wie um Himmels willen sie aus dieser Nummer wieder rauskommen sollte. Doch gerade als Marie sich selbst eingestehen wollte, dass sie kurz davor war, eine ernsthafte Panikattacke zu bekommen, wurde eine elegante Tasse in modernem Design vor sie auf den Tisch gestellt.

„Erstmal 'n Kaffee, Chefin. Einen besseren wirst du hier in der Gegend nicht so schnell finden. Die Bohnen sind von einer kleinen Rösterei in Umeå. Und die *Semlor* hab ich selbst gebacken. Das Rezept ist von meiner Oma.“

Lennart zeigte auf einen Teller voll mit Windbeuteln, ließ sich Marie gegenüber auf den Besucherstuhl fallen und strahlte sie an. Marie starrte auf das Gebäck. Dann musste sie unwillkürlich lächeln. Und schon der erste Schluck von Lennarts handgefiltertem Kaffee gab ihr das Gefühl, wieder Boden unter den Füßen zu spüren.

Im Laufe des Tages versuchte Marie, sich nicht vom Blick aufs große Ganze ablenken zu lassen. Sie konzentrierte sich auf die Details der einzelnen Arbeitsabläufe, die Lennart ihr mit seiner ruhigen und positiven Art erläuterte, als hätte er noch nie einen Gedanken daran verschwendet, ob es für ihn eine Karriere außerhalb dieses kleinen Ladenbüros mitten in der schwedischen Provinz geben könnte. Mehr als einmal lag ihr die Frage auf der Zunge, warum er nicht selbst die Leitung des Büros übernommen hatte, schließlich schien er sich perfekt mit der Gegend und den internen Abläufen auszukennen. Er kam ihr zuvor, als er erwähnte, dass Bürgermeister Lasse Ohlsson die Position als Schlüsselstelle für den angestrebten Aufschwung Lågombys einstufte und daher auf einen Expertenblick von außen bestanden hatte.

Falls diese Entscheidung Lennart gekränkt haben sollte, ließ er es sich nicht anmerken. Im Gegenteil: Er bemühte sich in seinen Auslegungen, Marie nicht nur die Strukturen der Gegend, sondern – nicht ohne selbst-ironisches Augenzwinkern – auch die Liebe zu seinem Heimatort zu vermitteln. Tatsächlich merkte Marie prompt, wie ihre Moral dadurch angehoben wurde. Man hatte ihr mit ihrer Anstellung eine Menge Vertrauen entgegengebracht und sie nahm sich fest vor, sich nicht von eigenen Karrierevorstellungen ablenken zu lassen. Sie spürte instinktiv, dass sie sich ganz an Lennart halten sollte, wenn sie es auch nur halbwegs ernst mit ihrem Neuanfang meinte.

Eigentlich hatte Marie sich auf einen ruhigen und kurzen Abend zuhause gefreut. Sie war müde und hatte gehofft, dass die Aufregung des ersten Arbeitstages ihr über die Verwirrungen des nächtlichen Zwielichts hinweghelfen würden. Doch Lennart überredete sie, ihren Einstand gemeinsam in *Mickes Bar* zu feiern. Ihr war klar, dass dieses Arbeitsverhältnis nicht nur eine wichtige, sondern aktuell auch die einzige Säule ihres neuen Lebens darstellte. Da wollte sie nicht gleich am ersten Abend ablehnen.

Also betrat sie, nach einem kurzen Abstecher in den örtlichen Supermarkt, bei dem sie sich neben zwei Flaschen Wein vor allem mit frischem Obst und Gemüse eindeckte, hinter Lennart die Bar.

Schon auf den ersten Blick stellte sie überrascht fest, dass der Raum viel gemütlicher war, als sie ihn sich vorgestellt hatte. Möbel, Fußboden und selbst die Wände waren aus massivem dunklem Holz gefertigt. Trotzdem wirkte es nicht schwerfällig oder düster, was vermutlich an den zahlreichen kleinen Lampen lag, die ringsherum an den Wänden angebracht waren und alles in ein weiches, angenehmes Licht tauchten. Gleich links neben dem Eingangsbereich, der durch eine Zwischentür vom Hauptraum getrennt war, befand sich ein großer runder Tisch. Auf der rechten Seite an der Wand standen mehrere separate Sitzbereiche, wie man sie aus amerikanischen Diners kennt, die Sitzbänke grün bezogen. Zwischen dem Eingang und der großen Bar, welche beinahe die komplette gegenüberliegende Seite einnahm, befanden sich zwei enorme Tragebalken, die aussahen, als wüchsen zwei stattliche Tannen in die Decke. Um die Balken herum waren Tischgruppen platziert, auf denen Teelichter in schlichten Gläsern brannten. Am linken Ende der Bar dampfte es aus einer Durchreiche, die wohl in die Küche führte. Im ganzen Raum gab es nur zwei Fenster, durch deren grüne Verglasung kaum Tageslicht nach innen drang.

Das wirklich Überraschende für Marie war aber nicht, dass *Mickes Bar* nicht die heruntergekommene Spelunke war, die sie sich vorgestellt hatte, sondern dass die Kneipe fast bis auf den letzten Platz gefüllt und die allgemeine Stimmung der Gäste heiter, fast schon ausgelassen war. Auf einen Blick sah Marie mehr Menschen, als sie gestern bei ihrem Spaziergang durch den Ort getroffen hatte.

„Hierhin habt ihr euch also alle verkrochen", murmelte sie leise vor sich hin.

Aus den Boxen klang eine Musik, die sie spontan als schwedischen Country definieren würde, und direkt an der Bar tanzte sogar ein älteres Paar dazu. Wobei tanzen vielleicht etwas zu viel gesagt wäre. Die beiden lehnten eng aneinander und wippten zum Rhythmus der Musik hin und her.

Was Marie wiederum nicht überraschte, war der Altersdurchschnitt der Gäste, den sie mit ihren 34 Jahren sicherlich um einiges unterschritt.

Dafür überkam sie umso mehr Erstaunen, als sich nach den ersten Schritten Richtung Raummitte ihre Perspektive plötzlich radikal änderte und der dunkle Fußboden mit rasender Geschwindigkeit auf sie zuzukommen schien. Sie war so vertieft in die Betrachtung der Bar gewesen, dass sie die zwei Stufen übersehen hatte, die vom Eingangsbereich in den Hauptraum hinunterführten. Ihr von den vielen Eindrücken der letzten Tage offenbar überlastetes Gehirn war nicht in der Lage, rechtzeitig einen rettenden Reflex an den Rest des Körpers auszusenden und so war Marie ungebremst dem Boden entgegengesegelt.

„Hoppla!" Lennart hatte sich zu ihr umgedreht.

Marie glaubte, einen Anflug von Belustigung in seinem Gesicht zu erkennen. Ihr Knie schmerzte, doch sie beeilte sich aufzustehen, noch bevor Lennart ihr zu Hilfe kommen konnte.

‚Was für ein Auftritt.' Sie warf einen verstohlenen Blick in den Raum, wo sich in diesem Moment niemand rührte und alle Augen auf sie gerichtet waren. Dann setzte sie ein Lächeln auf.

„Hallo! Ich bin Marie, die Neue."

Hier und da konnte Marie den Ansatz eines Nickens erkennen. Ansonsten verzog niemand der Anwesenden die Miene. Erleichtert stellte sie fest, dass die meisten Gäste sich schnell wieder ihren eigenen Gesprächen und Gläsern zuwandten.

Lennart grinste und führte Marie zu einem der Tische am Rand.

„Keine Sorge – das passiert mindestens einmal im Monat. Meistens zwar erst, nachdem Solveig ihren Selbstgebrannten hervorgeholt hat, aber so hast du es wenigstens schon hinter dir." Er lachte.

„Dann hab ich ja alles richtig gemacht." Marie verzog das Gesicht und schob sich auf die Sitzbank. „Wer ist Solveig?"

Wie aufs Stichwort trat eine ältere Frau an den Tisch und nickte Marie mürrisch zu.

„Solveig, das ist Marie. Sie übernimmt die Leitung der Tourismusabteilung", erklärte Lennart. „Marie, Solveig ist Micke."

Solveig runzelte die Stirn missbilligend. Aber Lennart lachte erneut und legte ihr freundschaftlich eine Hand auf den Arm.

„Nicht im wörtlichen Sinne natürlich. Sie und ihr Ex-Mann Micke haben das Lokal vor 40 Jahren aufgebaut. Aber der Nichtsnutz ist schon ein Jahr später abgehauen. Ist auch besser so – nicht wahr, Solveig?"

Die Miene der alten Dame hellte sich merklich auf. Ganz offensichtlich hatte Lennart damit ein Lieblingsthema von ihr angesprochen.

„Verdammt richtig, Lennart! Hätte er noch ein Jahr gewartet, hätte er die Bar höchstpersönlich in den Konkurs gesoffen. Nur schade, dass er sich aus dem Staub gemacht hat, ehe ich ihn rausschmeißen konnte." Sie zwinkerte Marie zu. „Was kann ich dir bringen, Kleines?"

„Ich ..." Marie stockte. „Was trinkt man denn hier?"

„Alfredssons", antworteten Solveig und Lennart wie aus einem Mund.

„Unsere Brauerei ist der Stolz der Region", erklärte Lennart.

Er lächelte auf eine Weise, die Marie als so etwas wie liebevollen Spott deutete und die sowohl seine Verwurzelung im Ort als auch eine Reflektion dessen durchscheinen ließ.

Nicht zum ersten Mal seit ihrer Ankunft musste Marie sich eingestehen, dass sie diese Reise unter normalen Umständen – ohne Trennung, ohne Sinnkrise und mit einer gründlicheren Vorbereitung – vermutlich nie angetreten hätte. Und trotzdem – ob es nun Abenteuerlust, Gleichgültigkeit oder Lennarts durchaus angenehme Anwesenheit war – sie konnte in diesem Moment keine Spur von Reue in sich finden.

Lennart hatte sich inzwischen wieder Solveig zugewandt. „Also zwei Alfredssons und zweimal ..."

„... den Kartoffelauflauf mit Lachs. Schon notiert, mein Junge." Damit verzog Solveig sich Richtung Küche.

Marie betrachtete Lennart unauffällig. Normalerweise konnte sie es nicht ausstehen, wenn jemand einfach für sie mitbestellte. Doch seine ungezwungene Art gefiel ihr. Und an diesem Abend war sie froh, keine komplizierte kulinarische Entscheidung treffen zu müssen.

„Solveig ist so etwas wie der soziale Mittelpunkt Lågombys. Es sich mit ihr zu verscherzen, wäre also unklug."

„Kann ich mir gut vorstellen."

In diesem Moment klingelte Maries Handy. Sie beeilte sich, es aus ihrer Tasche zu nehmen, um nicht noch mehr aufzufallen. Von ihrem Display aus strahlte ihr ein Bild des Anrufers entgegen – Alex. Ein Foto aus einer Zeit, als sie selbst noch an diese Beziehung geglaubt hatte. Oder hatte sie das insgeheim nie wirklich getan? Hatte es sie vielleicht gerade deshalb so zu Alex hingezogen, weil sie wusste, dass mit ihm keine Zukunft möglich war? Dieser Frage wich Marie aus, seitdem sie in Rostock auf die Fähre gefahren war. Überrascht stellte sie nun fest, dass der Anblick seines Fotos kaum Schmerz in ihr hervorrief. Eher wirkte es unpassend, in dieser fremden Umgebung an ihn erinnert zu werden. Anscheinend hatte sie sich innerlich schon mehr von ihm verabschiedet, als ihr selbst bewusst gewesen war.

Sie drückte den Anruf weg, schaltete ihr Handy aus und lehnte sich über den Tisch zu Lennart hinüber.

„Also – nachdem ich mich schon selbst so charmant vorgestellt habe, erzähl mir doch bitte mal, mit wem ich es hier zu tun habe."

Solveig stellte zwei randvoll gefüllte, nahezu schaumlose Gläser Bier vor ihnen ab und verschwand gleich wieder.

Lennart nickte und hob sein Glas. „Skål!"

Sie lächelte. „Skål!"

„Die meisten hier sind Bauern, Rentner und ehemalige Bergarbeiter. Dass wir hier ein kleines Altersproblem haben, ist dir ja wahrscheinlich schon aufgefallen. Für junge Leute gibt es hier nicht viel." Lennart strahlte sie an. „Aber das wollen wir ja ändern."

„Moment – *wir* wollen den Tourismus ankurbeln."

Lennart winkte ab. „Mehr Tourismus, mehr Arbeitsplätze, mehr Lebensqualität – ist doch alles das Gleiche."

Marie wollte gerade ansetzen, um ihm zu widersprechen, doch Lennart nickte schon in Richtung des großen Tisches direkt neben dem Eingang. Dort saß eine Gruppe älterer Männer, für die Lennart das deutsche Wort „Stammtisch" verwendete. Es waren Mitarbeiter von *Alfredssons*. Mit einem Anflug von Stolz erzählte Lennart, dass zu den besten Zeiten des Unternehmens halb Schweden Lager aus Lågomby getrunken hatte. Der Gründer, Pärre Alfredsson, hatte die Brauerei während des zweiten Weltkriegs aufgebaut. Bei den Minenarbeitern, die hier oben im Norden vor allem Eisenerz, aber auch Gold, Silber, Kohle und einige andere wertvolle Schätze aus dem Boden geholt hatten, war er auf eine durstige Kundschaft gestoßen. Mit dem Ende des Krieges nahm der Bergbau sogar noch zu und die neu angeheuerten Kumpels aus dem Süden begannen, *Alfredssons* auch in ihren Heimatregionen zu verbreiten. Fast 30 Jahre ging es stetig bergauf mit der Brauerei und dementsprechend auch mit Lågomby. Erst mit der großen Eisen- und Stahlkrise in den 1970ern begann auch der Bierdurst nachzulassen.

Marie folgte Lennarts Ausführungen leicht amüsiert. Es war unverkennbar, dass sich zu seinem beruflichen Interesse an der wirtschaftlichen Situation der Region auch eine gehörige Portion Lokalpatriotismus mischte.

„Wer ist denn der eine da?" Sie nickte neugierig in Richtung eines Mannes, der sich in seiner äußeren Erscheinung von den anderen Gästen am Stammtisch abhob. Er war ungefähr so alt wie Marie, trug ein gut geschnittenes, blaues Hemd mit einer grauen Anzugsweste darüber und eine moderne Brille mit unauffälligem schwarzem Gestell. Sein hellbraunes Haar war kurz geschnitten und adrett frisiert.

„Ah, ein Blick fürs Wesentliche!" Lennart lachte. „Das ist Jonas Alfredsson, Pärres Enkel. Sein Vater Stig leitet die Brauerei, noch."

„Wieso noch?"

„Naja, Stig geht glaub ich auch schon auf die 70 zu."

„Verstehe. Dann ist Jonas hier sowas wie der Kronprinz?"

Lennart nickte. „Eigentlich schon. Aber er macht kein Geheimnis daraus, dass er die Brauerei ganz neu ausrichten möchte. Und auf dem Ohr ist Stig taub. Auch wenn die Zahlen gegen ihn sprechen."

Er unterbrach sich, als die Tür geöffnet wurde und ein Bär hereinpolterte – das hätte Marie zumindest geschworen, wenn man sie in dieser Sekunde gefragt hätte. Der Mann maß an die zwei Meter und schien auch von der Breite nur mit Mühe durch den Türrahmen zu passen. Erst auf den zweiten Blick erkannte sie, dass er schon weit jenseits der 80 sein musste.

Er grummelte etwas in die Runde und ging mit gesenkter Stirn auf den Stammtisch zu, wo er in stummer Einvernehmlichkeit begrüßt wurde.

„Das ist Ove", erklärte Lennart. „Er ist so was wie ne Institution hier. Ove ist als kleiner Junge zu den Alfredssons gekommen. Seine Eltern sind früh gestorben. Pärre und er waren unzertrennlich, wie Brüder. Er hat die Brauerei quasi mit aufgebaut."

„Und jetzt? Der muss doch schon lange in Rente sein."

Lennart hob die Augenbrauen und zog die Luft ein. Marie registrierte darin die typisch nordschwedische Eigenschaft einer wortlosen Bestätigung – ähnlich, nur viel beiläufiger, wie ihre Schwedisch-Lehrerin zuhause es ihr vorgemacht hatte.

„Ove in Rente? Vorher geh *ich* in Ruhestand! Offiziell ist er immer noch Braumeister. Aber ich glaube, er ist eher so was wie der Berater der Familie." Er beugte sich vor und senkte die Stimme etwas. „Er hat immer mal wieder Probleme mit Alkohol gehabt. Jetzt ist er aber schon lange trocken."

„Bist du sicher?" Maries Blick war wieder zu dem alten Mann gewandert, der gerade das Bier seines Nachbarn mit einem einzigen Schluck leerte.

„Naja ..." Lennart runzelte die Stirn, sichtlich irritiert.

„Vielleicht will er die neue Charge testen?"

Marie nickte nur, konnte aber an den Reaktionen der anderen Gäste erkennen, dass sie ebenso überrascht waren wie Lennart. Solveig bedachte Ove mit einem strengen Blick und knallte ungefragt ein großes Glas Wasser vor ihn auf den Tisch. Ove ignorierte sie, nahm das Wasser aber und trank.

Wenig später brachte Solveig zwei dampfende Teller zu Marie und Lennart. Marie merkte erst jetzt, wie hungrig sie war. Seit einem – erstaunlich leckeren – Tankstellen-Hotdog vor zwei Tagen hatte sie nichts Warmes mehr gegessen. Umso mehr genoss sie Solveigs Auflauf.

Ihr entging nicht, dass Lennart immer wieder einen prüfenden Blick in Richtung Stammtisch warf. Als Marie gerade die letzten Reste von ihrem Teller kratzte, stand Ove auf, hob die Hand zu einem knappen Abschiedsgruß in die Runde und ging zur Tür. Marie beobachtete, wie Jonas Alfredsson zügig sein Glas leerte, einen Geldschein auf den Tisch legte und Ove hinterhereilte.

Sie merkte auch, dass Lennart das Geschehen am Stammtisch beschäftigte. Er sah Ove nachdenklich hinterher und wirkte sichtlich erleichtert, als Jonas ihm folgte. Er seufzte, fing sich dann aber schnell wieder und lächelte Marie zu.

„Noch ein Bier?"

„Unbedingt." Marie legte zufrieden ihre Gabel beiseite, schnappte sich die leeren Gläser und ging damit zu Solveig an die Theke.

Dienstag

Über Nacht hatte sich eine dichte Bewölkung ausgebreitet, die nebelartig bis knapp unter die Baumspitzen vor Maries Fenster heranreichte und eine fast schon heimatlich-vertraute Dunkelheit erzeugte. Ein leichter Brechreiz und pochende Kopfschmerzen hatten sie früh am Morgen aus einem unruhigen Schlaf geholt. Schweden und Trinkfestigkeit – diese Gleichung hatte Marie nicht überrascht. Aber wie sehr der adrett wirkende Lennart diesem Klischee entsprach, hatte sie dann doch nicht erwartet.

Wohlwissend, dass Liegenbleiben ihren Zustand nicht verbessern würde, stand Marie schwerfällig auf und schlurfte hinunter in die Küche. Wenig enthusiastisch knabberte sie an einem unbelegten Stück Knäckebrot, um ihren Magen auf die zwei Aspirin vorzubereiten, die direkt im Anschluss folgten. Schließlich brachte sie die Energie auf, Kaffee zu machen – und als sie den Duft über der dampfenden Tasse einatmete, ging es ihr augenblicklich ein wenig besser.

Durchs Küchenfenster sah sie, dass es inzwischen zu nieseln begonnen hatte. Es wirkte nicht so, als wolle es damit jemals wieder aufhören. Ein Blick auf die Uhr verriet ihr, dass sie noch über zwei Stunden Zeit hatte, bis ihr zweiter Arbeitstag begann. Sich nochmal schlafen zu legen lohnte sich da nicht wirklich, zumal Marie aus Erfahrung wusste, dass bei ihr nichts besser gegen Kater half als Bewegung.

Sie ging nach oben ins Schlafzimmer und wühlte in den Reisetaschen, die sie noch immer nicht ausgepackt hatte. Achtlos warf sie ein paar Sachen aufs Bett, bis sie fand, was sie suchte. Sie schlüpfte in ihre Trainingsklamotten.

Von Lennart wusste sie, dass hinter dem Haus ein Waldpfad begann, der direkt zum See führte. Auf der Veranda zog sie ihre Laufschuhe an und blickte in den Himmel. Das deprimierend trübe Wetter ließ den Tag sogar dunkler erscheinen als die klaren Nächte, die Marie hier zu Beginn erlebt hatte. Sie schloss die Tür, drehte den Schlüssel um, verbarg ihn unter dem großen Stein und bog um die Hausecke.

Ohne Lennarts Hinweis wäre ihr der Pfad vermutlich gar nicht aufgefallen. Vor ihr lag ein dichter Wald aus Kiefern und vereinzelten Fichten, zwischen den Stämmen hatte sich einiges an Unterholz angesammelt und der Boden war mit einem Gestrüpp aus Büschen bedeckt. Nur an einer Stelle fielen die Büsche unnatürlich gerade nach unten ab und eröffneten den schmalen Zugang zu einer Art Trampelpfad. Marie schlängelte sich zwischen ihnen hindurch und wollte gerade loslaufen, als sie erstarrte. Zwei

Meter vor ihr, wo der Boden schon von den Bäumen geschützt war, zeichnete sich im Untergrund eindeutig ein Schuhabdruck ab.

Unwillkürlich wirbelte Marie einmal um die eigene Achse. Niemand zu sehen. Sie ging langsam auf den Abdruck zu und setzte ihren eigenen Fuß daneben. Sie selbst trug Schuhgröße 37 – wer immer hier zuletzt gelaufen war, gut zwei bis drei Nummern größer.

In diesem Moment fiel Marie der Zwischenfall in ihrer ersten Nacht wieder ein. Konnte der Schuhabdruck von der fremden Frau stammen? Sie hatte relativ groß gewirkt. Als Marie ihr nach einigen Sekunden des Zögerns auf die Veranda gefolgt war, war sie bereits nicht mehr zu sehen gewesen. Automatisch war Marie davon ausgegangen, dass sie die Einfahrt entlang zurück zur Straße gelaufen war. Konnte sie stattdessen hier in den Wald geflüchtet sein?

Der nächtliche Schreck, den das unerwartete Zusammentreffen Marie bereitet hatte, war inzwischen verblasst. Die Frau hatte zu harmlos ausgesehen und bei Maries Anblick selbst zu schockiert gewirkt, um eine wirkliche Gefahr für sie darzustellen. Außerdem wirkte ihr Vorgehen für eine Einbrecherin zu unprofessionell. Marie hatte sich die Theorie zurechtgelegt, dass es sich um eine verwirrte Nachbarin gehandelt hatte, die sie sicher bald mal auf der Straße treffen würde.

‚Bei dem Schlafmangel hier oben muss man ja irgendwann einen Dachschaden bekommen.' Trotz aller beruhigender Gedanken merkte Marie, wie ihr Puls bei der Vorstellung eines erneuten Aufeinandertreffens unwillkürlich wieder hochschnellte. Sie wusste nicht, was ihr weniger gefiel: dass die fremde Frau sich hier vermutlich auskannte, weitaus besser auskannte als sie selbst, oder dass es sich hier vielleicht gar nicht um ihren Schuhabdruck handelte und noch jemand anderes kürzlich auf diesem verborgenen Waldweg unterwegs gewesen sein musste. Sie blickte sich noch einmal kurz in alle Richtungen um und lief dann los.

Der Waldboden war weich und federnd, perfekt zum Joggen. Schon nach 20 Minuten erreichte sie den See. Hier mündete der Pfad in einen Weg, der nach Norden hin am Ufer entlangführte.

Sie blickte aufs Wasser. Keine Spur von der wunderschönen, blauen und spiegelglatten Oberfläche, die Marie auf einigen Fotos gesehen hatte, die vermutlich ihre Vormieter im Wohnzimmer hinterlassen hatten. Vor ihr lag eine wenig einladende grau-weiße Fläche, hinter der sich eine bedrohliche dunkle Wolkenwand über dem Westufer aufgebaut hatte, die alles andere als Wetterbesserung in Aussicht stellte.

Marie schaute zurück. Auch der Weg hinter ihr wurde bereits vom tiefhängenden Nebel verschluckt. Doch die Bewegung und frische Luft fühlten sich gut an und sie joggte weiter, ohne dem Wetter größere Beachtung zu schenken.

Eine Viertelstunde später bereute sie diese Entscheidung. Keuchend stützte sie sich mit ihren Händen auf den Knien ab. Mittlerweile war sie am nördlichen Ende des Sees angekommen, aber der Weg vor ihr drehte nicht wie erwartet mit dem Ufer nach links, sondern machte eine weitläufige Rechtskurve in den Wald. Marie überlegte. Sollte sie die gleiche Strecke zurücklaufen oder dem Weg weiter in den Wald folgen und darauf hoffen, dass er sie in die Nähe des Hauses zurückführte. Zum ersten Mal in ihrem Leben war sie froh über die jährlichen Fortbildungen, zu denen ihr alter Chef sie genötigt hatte. *Basics der Orientierung* schienen hier deutlich mehr Sinn zu machen als im schwäbischen Feierabendverkehr.

Während sie wie automatisch begann, ihre Waden zu dehnen, rief sie sich eine Karte der Gegend ins Gedächtnis, die sie seit ihrer Ankunft in Schweden zur Genüge konsultiert hatte, und konzentrierte sich auf die Lage von Haus und See in Bezug zueinander.

‚Müsste passen.' Sie nickte zufrieden und lief den Weg entlang weiter in den Wald.

Tatsächlich drehte der Pfad schon nach cirka 100 Metern in die gewünschte Richtung ab. Trotzdem kam sie nicht so schnell voran wie erhofft. Drei Faktoren verlangsamten ihren Schritte nun deutlich: ihre nachlassende Fitness, die neblige Dunkelheit, die nun selbst für deutsche Verhältnisse beinahe nächtliche Ausmaße annahm, und der Untergrund. Lennart hatte sie ermahnt, immer auf den Wegen zu bleiben. Doch inzwischen war Marie sich nicht mehr sicher, wo genau der Weg verlief. Aus dem weichen, trockenen Erdreich war ein matschiges Erd-Schlamm-Gemisch geworden, das bei jedem ihrer kürzer werdenden Schritte ein schmatzendes Geräusch verursachte. Auch die Landschaft um sie herum hatte sich verändert. Der Wald war lichter geworden und auf den immer größer werdenden Freiflächen schimmerte es feucht zwischen hohem Sumpfgras.

Plötzlich wurde Marie schwindlig. Sie hielt abrupt an und sank auf die Knie. Jeder Schritt auf dem morastigen Untergrund hatte sie deutlich mehr Kraft gekostet als auf festem Boden. Das forderte jetzt seinen Tribut. Erschöpft ließ sie sich auf den Rücken fallen und zog die Beine an. Dass ihre Klamotten sich sofort mit Schlamm vollsogen, war ihr in diesem Moment egal.

‚Keine Panik', versuchte sie sich zu beruhigen. Sie atmete tief ein und aus, bis sich nach wenigen Minuten das Schwindelgefühl gelegt hatte. ‚Ich folge einfach meiner eigenen Spur nach Hause.'

Doch alle Vernunft und Logik waren in dem Moment verflogen, als Marie ihren Kopf zur Seite neigte und in die weit aufgerissenen Augen des Todes blickte.

Wie gelähmt lag Marie vor der Toten. Zehn Sekunden, eine Minute, fünf Minuten, sie wusste nicht, wie lange. Zeit und Raum schienen zusammenzuschrumpfen und sich auf diesen einen Moment zu verdichten, auf die zwei Körper im Moor – den der leblosen Frau und ihren eigenen, in dem das Blut umso dringender durch die Adern gepumpt wurde.

Erst als das Rauschen in ihrem Kopf langsam abebbte, begann sie, die Geräusche um sich herum wahrzunehmen. Ein Rascheln von rechts. Ein Schmatzen von links. Und ein Knirschen ziemlich nah hinter ihr. Normale Waldgeräusche. Normalerweise.

Marie schloss die Augen und zählte langsam bis zehn. Dann öffnete sie sie wieder. Nichts hatte sich geändert an dem schrecklichen Bild, das sich ihr bot.

Die Frau lag ungefähr zwei Meter von ihr entfernt auf dem Bauch. Von ihrem Körper war nicht viel zu sehen. Bis auf den Kopf, der augenscheinlich von einem Strauch an der Oberfläche gehalten wurde, und einem Teil ihres Rückens war sie bereits komplett in dem sumpfigen Morast versunken.

‚So fühlt sich das also an', ging es Marie durch den Kopf, nachdem sich der erste Schock gelegt hatte. ‚So ein Moment, den man sich vielleicht ausmalen konnte – weil man fernsieht und liest und darüber nachdenkt, wie man selbst reagieren würde, aber der sich doch nie wirklich vorhersehen ließ. So ein Moment, wenn man allein im nebligen Moor in die Augen einer menschlichen Leiche starrt.'

Überrascht stellte sie fest, wie ruhig sie dabei äußerlich geblieben war.

Gerade wollte Marie sich vorsichtig auf die Tote zu bewegen, als diese ihr plötzlich zublinzelte.

„Fuck!"

Marie wich zurück. Abermals schoss ihr Puls in die Höhe.

Mit rasendem Herzen erkannte sie schon einen Augenblick später, dass sie sich getäuscht hatte. Der Eindruck des Blinzelns war entstanden, als sich ein dicker Wassertropfen aus den Wimpern der Toten gelöst hatte und über das weit aufgerissene Auge gelaufen war.

‚So viel zum Thema Ruhe', ging es Marie ungesteuert durch den Kopf.

Langsam glitt der Tropfen die Wange hinunter. Entsetzt beobachtete Marie, wie diese „Träne" der Leiche für einen kurzen Moment einen Hauch von Leben verlieh. Sie unterdrückte den Impuls, den Tropfen mit ihrer Hand wegzuwischen.

Sie spürte, wie der erste Schock nachließ und stattdessen so etwas wie Trauer in ihr aufkam. Trauer um die unbekannte Frau, die hier – im Wald direkt hinter Maries neuem Zuhause – aus ihrem Leben hatte scheiden müssen.

Langsam richtete Marie sich auf. Sie warf einen letzten Blick auf die Tote, versuchte sich den Ort so gut es ging einzuprägen und machte sich dann auf den Heimweg.

Eine sehr lange Stunde später kam sie am Haus an, schloss die Tür auf – und hinter sich wieder zu – und ging zum Telefon.

Kommissar Bengt Holmgren hatte sich gerade mit einer frischen Tasse Kaffee in seinem gemütlich-abgewetzten Schreibtischsessel niedergelassen, als seine Assistentin Liza ins Büro stürmte und seine gute Laune vorschlaghammerartig zertrümmerte.

„Leiche im Moor! Irgendwo hinterm Björksjö. Eben kam der Anruf", verkündete sie mit demselben Anflug von Hysterie in der Stimme, mit dem sie Bengt auch von Verkehrssündern, Landstreichern oder verschwundenen Kühen berichtete.

‚Engagement', korrigierte sich Bengt in Gedanken. ‚Engagement, nicht Hysterie.'

Er wusste sehr wohl, was er an Liza hatte. Wann immer seine ihm innewohnende Gemütlichkeit drohte, wichtige Ermittlungen zu verschleppen, versetzte Liza ihm einen freundlichen, aber bestimmten Tritt in den Hintern – wofür er ihr sehr dankbar war.

„Okay. Der Reihe nach. Wer hat angerufen?"

„Lennart. Lennart Sandberg."

„Der vom Tourismusbüro?"

Liza nickte. Sie lehnte sich halbsitzend gegen ihren Schreibtisch und blickte auf ihren Notizblock, auf dem sie gewissenhaft alle Informationen festzuhalten pflegte, glücklicherweise meistens auch die relevanten.

„Er hat vor zehn Minuten angerufen. Du warst leider nicht an deinem Platz. Ich hab dich schon gesucht."

Bengt entging der leicht vorwurfsvolle Unterton in Lizas Stimme nicht. Er hob entschuldigend seine Kaffeetasse.

„Frisch gebrüht. Ist noch was in der Kaffeeküche, wenn du willst."

Liza schüttelte den Kopf. Als Bengt sie abwartend ansah, fuhr sie fort.

„Es handelt sich um eine Frauenleiche."

Bengt atmete tief ein. Er war nicht der Typ Polizist, der sich über Action besonders freute. Es war ja nicht so, dass er hierher strafversetzt worden wäre. Es war sein ausdrücklicher Wunsch gewesen, eine Polizeidienststelle im Norden zu leiten. Hier kannte er den Menschenschlag und wusste, wie er mit ihnen umgehen musste. Er war ja selbst hier in der Gegend aufgewachsen und letztlich einer von ihnen. Dass er nun genau die Dienststelle leitete, in der er mit Anfang 20 seine Ausbildung begonnen hatte, empfand er als angenehme Fügung.

Verbrechen gab es hier oben natürlich auch, aber das war kein Vergleich mit dem, was er in seiner Zeit als Streifenpolizist in Malmö gesehen hatte. Seit Bengt vor etwa zweieinhalb Jahren das Kommissariat in Lågomby übernommen hatte, hatte es genau einen Mord gegeben. Und da hatte die Täterin stoisch mit dem blutigen Messer in der Hand neben dem Opfer, ihrem Trunkenbold von Mann, gesessen, als Bengt und seine Kollegen eingetroffen waren.

Er kannte das Moorgebiet hinterm See. Kein besonders gastlicher Ort. Nicht einmal gute Stellen zum Pilze sammeln gab es dort. Er wusste, dass dieses Feuchtgebiet nicht der schlechteste Ort war, um etwas verschwinden zu lassen. Vor vielen Jahren, lange vor seiner aktiven Zeit, hatte es mal einen Fall von Umweltverschmutzung im großen Stil gegeben. Eine Firma aus Lycksele hatte ihre Abfälle dort abgeladen, um sich die Kosten für die Entsorgung zu sparen. Das Moor hatte die Fässer alle brav geschluckt. Aufgeflogen waren sie nur, weil sich einer der Arbeiter für seine Entlassung hatte rächen wollen und alles ans Licht brachte.

Aber Bengt wusste auch, dass ein Mord in diesem Fall eher unwahrscheinlich war. Säufer, die sich nachts in den Wäldern verirrten und an Gott–weiß-was verreckten, gab es dagegen leider häufiger, als Bengt lieb war. Vor allem um Mittsommer rum. Allerdings handelte es sich dabei fast immer um Männer.

„Danke, Liza. Ich ruf Lennart gleich zurück."

Seine Assistentin riss den obersten Zettel ihres Blocks ab und legte ihn Bengt auf den Schreibtisch.

„Da müssen wir uns reinhängen. Das könnte eine gute Gelegenheit für Lågomby sein, mal wieder positiv aufzufallen.“

Bengt konnte sich ein Schmunzeln nicht verkneifen.

„Du meinst, eine Moorleiche sei Anlass für positive Schlagzeilen?“

Aber Liza ließ sich nicht so schnell verunsichern.

„Wenn wir den Fall schnell aufklären, klar.“

Wie um ihrer Aussage Nachdruck zu verleihen, nickte sie noch einmal bekräftigend und verließ dann das Büro Richtung Kaffeeküche.

Bengt sah ihr amüsiert hinterher. Lizas Zugang zu ihrer Umwelt und ihrem Arbeitsfeld war schon immer etwas eigen gewesen. Dabei wusste er natürlich, worauf sie hinauswollte. Die Staatsanwaltschaft in Umeå würde ein Auge auf diesen Fall haben und es galt zu beweisen, dass sie in Lågomby auch mit ernstzunehmenden Fällen zurechtkamen.

Mit dem Kaffee in der Hand drehte er sich in seinem Sessel zum Fenster. Er nahm einen kräftigen Schluck und ließ die Tasse dann seufzend in seinen Schoß sinken. Der Kaffee war nur noch lauwarm.

Wenig später war Bengt auf dem Weg zum beschriebenen Ort. Während der Fahrt warf er ab und zu einen Blick auf den Beifahrersitz, wo er seine Notizen ausgebreitet hatte.

Lennart Sandberg war in seiner Berichterstattung am Telefon ruhig und sachlich gewesen. Wie Bengt nun wusste, hatte nicht er, sondern eine deutsche Frau die Leiche gefunden. Sie lebte erst seit wenigen Tagen in dem Waldhaus ganz am Ende des Björnvägs und war wohl buchstäblich über die Tote gestolpert.

‚Willkommen in Schweden‘, dachte Bengt und schauderte selbst ein bisschen bei dem Gedanken, wie die Frau, Marie, sich dabei gefühlt haben musste.

Zur gleichen Zeit war Marie zusammen mit Lennart wieder auf dem Weg in den Wald. Je weiter sie vorankamen, desto besorgter wurde Lennarts Gesichtsausdruck.

„Hier warst du joggen? Alleine? Der Untergrund ist echt gefährlich, Marie. Vor allem, wenn du dich nicht auskennst.“

Marie nickte nur und wurde langsamer, als sie sich dem tief im Moor versunkenen Frauenkörper näherten. Er musste sich mit irgendeinem Kleidungsstück an dem Strauch daneben verhakt haben, wodurch der Kopf der Leiche in einer unnatürlichen Überstreckung der Nackenwirbelsäule an der Oberfläche gehalten wurde – wie ein letzter Versuch, in dieser Welt zu bleiben.

Lennart blieb abrupt stehen. Jetzt hatte auch er den Leichnam entdeckt. Er beäugte die Szene erst aus sicherer Entfernung, bevor er vorsichtig ein paar Schritte näher ging.

Marie sagte nichts. Im Gegensatz zu Lennart war der Anblick der Leiche für sie schon nichts ganz Neues mehr und hatte damit auch ein bisschen von seinem anfänglichen Schrecken verloren.

Sie dachte darüber nach, wie erstaunlich es war, dass man sich sogar an die schrecklichsten Situationen so schnell gewöhnen konnte. Und wie erstaunlich es war, dass sie in diesem Moment überhaupt solche Gedanken, die sich nicht direkt auf den leblosen Körper vor ihr bezogen, denken konnte.

Erst jetzt fiel ihr der dunkle Fleck am Hinterkopf der Leiche auf. Ohne den Blick von der Frau abzuwenden, ging Marie an Lennart vorbei und lehnte sich vor, um einen besseren Blick darauf zu bekommen. Ein heftiges Zucken schoss ihr in den Bauch, als sie erkannte, dass es sich dabei um das verkrustete Blut einer offenen Wunde handelte.

Sie sah sich zu Lennart um, der unverändert hinter ihr stand. Er wirkte weder sonderlich schockiert noch ängstlich. Eher enttäuscht. Als könnte er diesen Anblick in seinem Kopf nicht mit all den anderen Bildern und Erfahrungen von Lågomby in Einklang bringen.

Ein schrilles Geräusch ließ die beiden zusammenfahren. Orientierungslos und wie aus einer Trance erwacht, sah Lennart sich schnell zu allen Seiten um. Erst dann begriff er, dass das Klingeln aus der tiefen Tasche seines Cardigans kam. Hastig zog er sein Telefon hervor.

Marie beobachtete Lennarts Gespräch mit einer Intensität, als könnte es ihr irgendeinen Aufschluss über den toten Körper vor ihnen geben. Lennart ließ sich dadurch nicht irritieren. Das Telefonat schien ihn in seine gewohnte Unbeschwertheit zurück zu katapultieren.

„An der umgeknickten Fichte seid ihr schon zu weit, Bengt. Geht zurück zur doppelstämmigen Birke. Von dort aus scharf rechts halten. Dann seht ihr uns bald."

Marie fragte sich, ob mit diesen Anweisungen tatsächlich irgendjemand hierher finden konnte. Doch schon wenige Minuten später bahnten sich zwei Männer einen Weg zwischen den Bäumen hindurch und kamen langsam auf sie zu. Einer von ihnen stellte sich in typisch nordschwedischem Gegrummel als Kommissar Bengt Holmgren vor. Der andere begann ohne große Umschweife den Tatort zu untersuchen.

Während Lennart noch einmal alles zusammenfasste, was er dem Kommissar am Telefon bereits erzählt hatte, beobachtete Marie die Männer mit einer merkwürdigen Distanz. Bengt Holmgren war ein mittelgroßer, eher zurückhaltend wirkender Mann in Jeans und Sweatshirt. Das Auffälligste an ihm waren seine froschgrünen Gummistiefel, die am oberen Rand der Schriftzug *Nokia* zierte. Nebeneinander sahen er und Lennart wie ein Vorher-Nachher-Bild aus: Der Kommissar mit seinem leicht zerzausten Vollbart und der praktischen Alltagskleidung vor, Lennart mit akkurat geschnittenen Haaren und einem stylischem Outfit nach der Verwandlung zum Hipster.

Wie Holmgren war auch dessen Kollege Rasmus, der offensichtlich für die kriminaltechnische Untersuchung des Tatorts zuständig war, bis auf die Gummihandschuhe vollkommen alltäglich in Jeans und Outdoorjacke gekleidet.

‚Das mit den weißen Overalls gibt es also auch nur im Fernsehen', ging es Marie durch den Kopf.

Während Lennart sprach, sah Bengt immer wieder zu Marie hinüber. Dabei wurde sein Gesicht zunehmend besorgter. Marie richtete ihren Blick auf den Boden. Sie musste all ihre Konzentration aufbringen, um der Unterhaltung der beiden folgen zu können. Plötzlich horchte sie auf.

Bengt nickte Richtung Leiche und sah Lennart fragend an. Der schüttelte nur den Kopf.

Marie trat einen Schritt an den Kommissar heran. „*Ich* kenne die Frau."

Verwundert richteten sich drei Augenpaare auf sie.

An diesem Abend empfand Marie das helle Licht, das auch zu später Stunde noch in ihr Wohnzimmer fiel, zum ersten Mal als beruhigend.

Dennoch fiel es ihr schwer, die Ereignisse des Tages – mehr noch, die Ereignisse seit ihrer Ankunft in Lågomby – zu verdrängen. Die Augen der Toten hatten sich unauslöschlich in ihr Gehirn eingebrannt. Aber auch der nächtliche Besuch der unbekannten Frau war ihr nun präsenter als jemals zuvor. Ohne es sich selbst richtig erklären zu können, fühlte Marie sich irgendwie mit der Fremden verbunden.

Ob sie gestürzt war? Womöglich noch in der gleichen Nacht, in der sie zum Haus gekommen war? Dagegen sprach, dass Marie am nächsten Tag geglaubt hatte, sie noch einmal im Ort zu sehen. Da war sie allerdings sehr weit weg und Marie sich selbst nicht sicher gewesen.

Trotzdem schien es nun offensichtlich, dass die Frau Hilfe gebraucht hätte – die Marie ihr verweigert, oder zumindest nicht angeboten hatte. Vielleicht hatte sie sich verlaufen. Vielleicht hatte sie sich verletzt. Vielleicht war sie deswegen gestürzt. Vielleicht hätte Marie ihr helfen können, wenn die Frau nicht gleich davongelaufen wäre?

Wie lange hatte die Leiche wohl schon da gelegen, im Wald hinter ihrem Haus? Marie schauderte. Sie zog die Vorhänge zu und kontrollierte aus einer unbestimmten Angst heraus, ob die Tür abgeschlossen war.

Auf dem Sofa richtete sie sich – ohne auf das Programm zu achten – darauf ein, vor dem laufenden Fernseher einzuschlafen. Als ihr das nicht gelang, ertappte sie sich dabei, wie sie auf ihrem Telefon Alex' Nummer aufrief. Doch sie unterdrückte diesen Impuls sofort wieder und stand stattdessen auf, um sich eine Flasche Wein zu öffnen.

Mittwoch

Schwungvoll rollte der kleine Corsa durch den Kreisverkehr. Marie drehte eine Extrarunde, um sich zu orientieren, dann nahm sie die Ausfahrt mit dem Richtungshinweis „Norwegen".

Die Polizeistation von Lågomby lag etwas außerhalb des Zentrums, am nordwestlichen Ende der Storgata, kurz bevor diese wieder in die Landstraße Richtung norwegischer Grenze mündete. Schon nach wenigen hundert Metern erspähte sie ein graues 50er-Jahre-Gebäude mit der Aufschrift *Polis*. Sie bog auf den Parkplatz ein, lenkte ungebremst auf einen der freien Plätze und hielt dort ruckartig.

Sie war am Morgen nur kurz ins Büro gefahren, um Lennart Bescheid zu sagen, und dann direkt weitergefahren, weil Kommissar Holmgren sie zu einem Gespräch gebeten hatte. Lennart hatte das Büro schließen und sie begleiten wollen. Doch Marie hatte darauf bestanden, alleine zu gehen. Warum, wusste sie selbst nicht genau. Vielleicht hatte es damit zu tun, dass sie sich in ihrem neuen Leben möglichst selbstständig bewegen wollte. Es fühlte sich wichtig an, nicht auf ständige Assistenz angewiesen zu sein, egal ob diese professioneller, sprachlicher oder emotionaler Natur war. Sie wollte ernstgenommen werden und sich auf keinen Fall als die arme Deutsche, die traumatisiert aus der Begegnung mit der Moorleiche hervorging, einen Namen machen. Auch wenn da vielleicht sogar etwas dran war.

Marie stellte den Motor ab und blieb noch einen Moment hinterm Steuer sitzen. Dann stieg sie aus und ging langsam auf das unscheinbare Gebäude zu. Vom Regen des Vortages waren nur noch einige Pfützen am Bordsteinrand übrig. Der Himmel war bereits wieder blau und die Luft roch frisch. Schon als sie die wenigen Stufen zum Gebäude hinauf ging, ertönte der Türsummer. Sie sah sich unbehaglich um und blickte in eine Kamera, die direkt über dem Eingang platziert war. Dann drückte sie die schwere Tür auf. Sie betrat einen Vorraum, der von einem müde dreinblickenden Pförtner bewacht wurde. Noch bevor Marie sich mit einem sorgfältig eingeübten Satz vorstellen konnte, ertönte ein fröhliches „Hier!" aus dem dahinter liegenden Gang. Der Pförtner nickte knapp und Marie ging weiter.

In einem Türrahmen wenige Meter entfernt wurde sie von einer jungen Frau mit kurzem, schwarz gefärbtem Bob und rot-weiß gepunktetem Rockabilly-Haarband erwartet. Mit unverhohlener Neugier sah sie Marie an und stellte sich als Holmgrens Assistentin Liza vor. Ohne Nachfrage schenkte sie Marie in einer kleinen Kaffeeküche eine Tasse ein, schob sie damit über den Flur und ein paar Türen weiter in ein Zimmer, direkt vor den Schreibtisch des Kommissars. Bengt sah auf.

„Ah, Marie. Bitte, setz dich doch. Wie geht's dir heute?", begrüßte er sie in seinem leicht schleppenden Dialekt. Marie nickte nur und nahm Platz.

„Du bist noch nicht lange in Schweden, nicht wahr?"

Bengt strahlte sie an, als hätte er in ihr eine alte Freundin wiedergetroffen. Genau wie Lennart überraschte der Kommissar sie mit seiner offenen Art. Ihre Schwedisch-Lehrerin zuhause hatte ihre Landsleute immer als introvertiert und zurückhaltend beschrieben. Offensichtlich hatte es sie noch nie nach Lågomby verschlagen.

Marie schüttelte den Kopf. „Ich bin am Sonntag angekommen."

„Und – wie gefällt es dir?"

Marie schaute ihn irritiert an. War das sein Ernst? Und was sollte diese Plauscherei überhaupt? Sie zuckte vage mit den Schultern.

Bengt wurde ernst. „Das ist keine schöne Sache. So etwas ist hier noch nie passiert. Also fast nie. Nicht, dass du glaubst, hier liegen überall Leichen im Wald rum."

Er lachte verlegen.

„Weiß man denn schon, wer die Frau ist?"

Bengt seufzte. „Nein. Bislang hat sie niemand erkannt. Wir checken im Augenblick die Vermisstenanzeigen aus ganz Schweden."

„Aber ich hab sie doch gesehen. Samstagnacht. Gleich nach meiner Ankunft. Und am nächsten Morgen im Ort noch einmal, glaub ich."

Bengt hob die Augenbrauen und sah sie eindringlich an.

„Du bist die Einzige, die glaubt, sie gesehen zu haben. Und du bist dir nicht sicher."

Er seufzte noch einmal, schwerer als zuvor. Marie lehnte sich vor und sah dem Kommissar fest in die Augen.

„Doch. Ich bin mir sicher. Es war dunkel, aber ich hab sie trotzdem erkannt."

Bengt spitzte die Lippen und zog scharf die Luft ein.

Maries Gedanken schweiften ab: War diese nordische Eigenart immer zustimmend, oder konnte sie auch skeptisch gemeint sein? So oder so wurde sie das Gefühl nicht los, dass der Kommissar ihre Aussage nicht ganz ernstnahm. Klar – sie war bei der nächtlichen Begegnung im Haus total übermüdet und erschrocken gewesen. Dennoch war sie fest davon überzeugt, sich nicht getäuscht zu haben. Die Augen dieser Frau würde sie niemals vergessen. Nicht ihre totale Überraschung, als sie Marie im Haus gesehen und nicht ihr leeres Starren, als Marie sie wenige Tage später im Wald gefunden hatte. Beim Gedanken daran lief Marie noch einmal ein leichter Schauer über den Rücken. Sie spürte Bengts Blick auf sich und bereute sofort, dass sie sich nicht besser unter Kontrolle hatte.

„Und was ist mit der Wunde am Kopf?“, bemühte Marie sich wieder zu den Fakten zurück zu kehren.

„Das untersuchen wir noch.“

„Ist sie gestürzt?“

„Wenn, dann nicht dort. Am Fundort waren keinerlei Hinweise darauf zu finden.“

„Also hat sie jemand dort hingelegt.“ Maries Augen weiteten sich. „Dann war es Mord?!“

Bengt räusperte sich. Es war ihm anzusehen, dass er seine letzten Sätze am liebsten zurückgenommen hätte. Er betrachtete Marie mit ehrlicher Besorgnis.

„Ich habe dich hierher gebeten, weil ich dir die Möglichkeit geben wollte, ganz offen über das zu sprechen, was du gesehen hast.“

Marie wusste nicht so recht, was sie dazu sagen sollte.

„So etwas ist nicht leicht, für niemanden“, fügte Bengt hinzu.

Marie sah ihn nur unverwandt an. Sie wollte jetzt kein Mitleid, sondern Erklärungen.

„Ich bin okay“, murmelte sie schließlich und ließ ihren Blick auf die Tischplatte zwischen ihnen sinken.

Bengt nickte, als wüsste er genau, was in ihr vorging.

„Oft spürt man die Nachwirkungen von so einem Ereignis erst viel später, das ist ganz normal.“

Er beobachtete Marie, doch die reagierte auch darauf nicht.

„Ich möchte dir nur sagen, dass du jederzeit zu uns kommen kannst. Wir haben hier Spezialisten. Die kennen sich bestens mit Traumata dieser Art aus.“

Marie probierte es mit einem Lächeln, ließ es aber gleich wieder bleiben, als sie merkte, wie gequält es sich anfühlte. Die Situation war ihr unangenehm. Warum interessierte sich Holmgren überhaupt für sie? Er sollte sich lieber um die unidentifizierte Leiche kümmern.

„Vielen Dank. Aber ich bin wirklich okay.“ Sie rückte an den Rand ihres Stuhls vor. „War das alles?“

Bengt lächelte. „Ja. Ja, das war schon alles.“

Marie stand auf. An der Tür hielt sie noch einmal inne.

„Kommissar Holmgren?“

„Bengt. Nenn mich Bengt. Das machen hier alle.“

Marie nickte. „Sagt ihr mir Bescheid, wenn ihr wisst, wer die Frau ist?“

Bengt verzog das Gesicht.

„Das geht leider nicht. Nicht, solange die Ermittlungen laufen."

Marie lächelte schwach.

„Und wenn es mir helfen würde? Das Ganze zu verarbeiten, meine ich."

Bengt sah sie erstaunt an. Dann lächelte er zurück.

„Ich kann nichts versprechen, Marie. Aber wir sehen uns die nächsten Tage bestimmt noch."

Marie nickte und verließ das Büro.

Marie ließ das Auto auf dem Polizeiparkplatz stehen und schlenderte ein bisschen ziellos durch die Straßen. Lennart hatte ihr eindringlich versichert, dass er den Vormittag problemlos alleine übernehmen könne und sie sich bloß nicht beeilen solle.

Das Treffen mit dem Kommissar hatte sie aufgewühlt. Bis jetzt hatte sie sich an die Möglichkeit geklammert, dass die Frau durch einen unglücklichen Sturz im Wald ums Leben gekommen war. Nun war klar, dass die Polizei von Mord ausging.

Zudem ärgerte Marie sich darüber, dass Holmgren – Bengt – ihre Aussage gar nicht richtig ernst genommen hatte.

Aber was hatte sie auch erwartet? Selbst wenn es stimmte, dass die Frau am Haus die gleiche war wie die unbekannte Tote, half das bei der Suche nach ihrer Identität kein bisschen weiter.

Marie sah sich um. Hier am nordwestlichen Stadtrand hatte sich während des Bergbau-Booms nach dem zweiten Weltkrieg eine Wohnsiedlung für die Arbeiter gebildet. Sie fand einen kleinen Supermarkt und ging hinein – jetzt brauchte sie dringend etwas Süßes.

Tatsächlich ließ das skandinavische Süßigkeitensortiment sie für kurze Zeit ihren Unmut vergessen. Statt der üblichen Auswahl an Gummibärchen und Schokoriegeln erstreckte sich vor ihr eine ungewohnte Vielfalt an Lakritzmischungen, sauren Fruchtgummis, Zuckerstangen und Schokoladensorten, die sie noch nie gesehen hatte. Marie entschied sich für eine ungefährlich wirkende Tüte mit sauren Drops.

Auf dem Weg zur Kasse fielen ihr zwei Mädchen auf, die sich laut lachend unterhielten und sich im Vorbeigehen an einem mannshohen Kühlschrank bedienten, in dem kleine runde Plastikdosen in unterschiedlichsten Farben ausgestellt waren. Neugierig betrachtete Marie den Inhalt des Kühlschranks. Sie öffnete ihn und nahm eine Dose mit der Aufschrift *Original* heraus. Am Rand befand sich ein Aufdruck, der den Warnungen auf Zigarettenschachteln ähnelte. Jetzt erinnerte sie sich daran, dass ihre Lehrerin etwas über diese „schwedische Unart", wie sie es nannte, erzählt hatte. *Snus* war ein speziell präparierter Tabak, den man sich in kleinen Päckchen zwischen Oberlippe und Zahnfleisch schob.

Zuhause war Marie die klassische Party-Raucherin gewesen. Zumindest als sie noch auf Partys gegangen war. Mit einem verheirateten Mann ließ man sich schließlich nicht allzu oft in der Öffentlichkeit blicken. Die letzten Jahre hatte sie keine Zigarette mehr angerührt. Trotzdem ging sie nun mitsamt der kleinen Dose zur Kasse. Schließlich wollte sie sich nicht den Sitten des Landes verschließen.

Die Kassiererin scannte die Ware und bat um Maries Personalausweis. Marie sah sie überrascht an. Das war ihr schon ewig nicht mehr passiert. Sie kramte hektisch in ihrem Portemonnaie und fragte sich, ob sie sich nun geschmeichelt fühlen sollte oder nicht. Endlich fand sie ihren Ausweis, reichte ihn der Kassiererin und wartete gespannt ab, wie die reagieren würde. Die Frau starrte erstaunlich lange auf Maries Geburtsdatum. Dann reichte sie ihr wortlos den Ausweis zurück, kassierte das Geld und wandte sich gelangweilt ihren Nägeln zu.

Draußen öffnete Marie neugierig die Dose. Die Portionen waren wie Mini-Teebeutel abgepackt und strahlenförmig aufgereiht. Marie roch daran und hielt die Dose dann angeekelt von sich weg. Der Tabak gab einen feuchten und stechenden, fast Urin-artigen Geruch von sich. Etwas zögerlich nahm Marie einen Beutel und schob ihn sich unter die Oberlippe. Sie spielte mit der Zunge daran herum, um ihn an eine passende Stelle zu schieben, doch es fühlte sich weiterhin an wie eine unglücklich positionierte Zahnspange. Dass sich so überhaupt eine Wirkung entfalten würde, konnte sie sich kaum vorstellen.

Zurück am Auto hatte Marie einen Plan gefasst. Die Identität der toten Frau ließ ihr keine Ruhe. Immer wieder beschäftigte sie die Frage, wer sie war und was sie in der Nacht an ihrem Haus gesucht haben konnte. Könnte das vielleicht sogar etwas damit zu tun haben, dass sie jetzt tot war?

Sie wollte unbedingt mit Lennart darüber sprechen. Er war in Lågomby aufgewachsen und gut vernetzt. Entschlossen startete sie den Wagen und fuhr los.

Sie war erst auf halber Strecke, als ihr plötzlich schlecht wurde. Ihr Kopf fühlte sich merkwürdig leicht an, während sich in ihrem Bauch alles drehte. Sie schaffte es gerade noch, rechts ranzufahren, lehnte sich über den Beifahrersitz und übergab sich durch die geöffnete Tür in den Straßengraben. Erschöpft blieb sie einen Augenblick quer über die beiden Sitze ausgestreckt liegen. Das war knapp gewesen. Dann fischte sie den ausgelutschten Beutel

Tabak unter der Lippe hervor. Angewidert warf sie das Ding in den Graben. Sie raffte sich auf, schloss die Tür und fuhr langsam weiter.

Im Büro angekommen, steuerte Marie zielstrebig den Besucherstuhl vor Lennarts Arbeitsplatz an. Der sah überrascht von einer Kalkulation der verfügbaren – und größtenteils ungenutzten – Besucherunterkünfte in der Region Lågomby auf.

„Hej Marie!"

Marie lächelte kurz. Sie mochte es, wie Lennart ihren Namen aussprach. Das weich gerollte R verlieh dem bisher immer so unspektakulären Marie eine fast exotische Note.

„Alles okay? Du bist ja ganz blass."

„Mir ist nur 'n bisschen schlecht. Hab zu viele Süßigkeiten gegessen."

Sie hob die Tüte mit den sauren Drops in die Höhe.

„Ah ja, Schweden und seine Süßigkeiten. Da braucht man jahrelange Erfahrung, um damit umgehen zu können."

Lennart schmunzelte. „Wie war's bei Bengt?", fragte er nach einer kurzen Pause in einem so beiläufigen Tonfall, als sei Marie bei ihrer Oma zum Kaffeeklatsch gewesen.

Sie seufzte. „Keine Ahnung. Ich weiß eigentlich gar nicht, was er von mir wollte."

Lennart hob die Augenbrauen. „Du bist immerhin eine wichtige Zeugin. Die die Leiche gefunden hat."

„Ja, eben. Aber er wollte gar nichts von mir wissen. Er hat mir nicht einmal geglaubt, dass ich die Frau vorher schon mal gesehen habe."

Marie ließ sich frustriert gegen die Stuhllehne zurückfallen. Sie wünschte sich einfach nur noch, dass das alles nie passiert wäre. Dass sie sich nicht im Wald verlaufen hätte, dass sie dabei nicht über eine Leiche gestolpert wäre, und vor allem, dass sie nicht immer wieder diese verdammten Augen vor sich sehen müsste, sobald sie auch nur für eine Sekunde aufhörte, ihr Gehirn aktiv zu beschäftigen. Aber weil das alles nicht rückgängig zu machen war – vielleicht auch, weil es ihr zunehmend schwerer fiel, positiv zu bleiben –, wollte sie wenigstens wissen, was genau passiert war.

Sie suchte Lennarts Blick. „Was ist das eigentlich für ein Haus, in dem ich wohne? Ich meine, wer wohnt da sonst?"

„Im Waldhaus? Das wird für alles Mögliche genutzt. Früher war es ein Gästehaus der Alfredssons. Als der alte Pärre gestorben ist, hat er das Haus der Gemeinde vermacht. Seitdem ist es eine Gelegenheitsunterkunft für jeden, der eine braucht. Waldarbeiter, Jäger, ... Vor ein paar Jahren hat sich eine Langläuferin dort eingemietet, die hier ungestört trainieren wollte." Lennart grinste. „Da hat halb Lågomby sich schon als Olympiastützpunkt gesehen. Leider hat sie sich nach wenigen Wochen den Knöchel gebrochen. Damit war die Saison für sie gelaufen. Und für uns auch."

„Das war nicht zufällig die unbekannte ... ?" Marie stockte. Das Wort *Tote* wollte ihr nicht über die Lippen kommen.

Lennart schüttelte den Kopf. „Anna Larsson hat ihre Karriere danach an den Nagel gehängt. Ich glaube Lågomby war von vornherein ihr letzter verzweifelter Versuch, es ins Nationalteam zu schaffen. Inzwischen arbeitet sie bei der Nachwuchsförderung in Umeå."

„Vielleicht wollte die Frau ja jemanden besuchen, der dort mal gewohnt hat. Einen ... Waldarbeiter oder Jäger oder so?"

Ächzend unterbrach Marie ihren eigenen Gedankengang. Beinahe entschuldigend sah sie zu Lennart auf, der sich nun von seinem Bürostuhl erhob und neben Marie an den Schreibtisch lehnte.

„Ich möchte doch nur wissen, was sie bei mir gesucht hat. Vielleicht hätte ich ihr ja helfen können."

Sie ärgerte sich, dass ihre Stimme nun doch weinerlich klang. Aber als Lennart sich zu ihr herunterbeugte und sie vorsichtig an sich drückte, gab sie endlich nach. Sie verbarg ihr Gesicht an seiner Schulter und drückte ihre Tränen in sein noch neu riechendes Hemd.

Donnerstag

Am nächsten Morgen war Marie lange vor dem Ertönen ihres Weckers wach. Eigentlich war sie fast die ganze Nacht wach gewesen. Schon wieder. Die ungeklärte Situation machte sie zunehmend nervös. Sie konnte kaum aus dem Fenster schauen, ohne mit dem Blick in den Bäumen hängen zu bleiben, die sich gleich am Rande ihres Grundstücks zu dem Wald verdichteten, in dem sie die Tote gefunden hatte. Sie war nie besonders ängstlich gewesen, hatte nicht zu den Menschen gehört, bei denen ein Gang in den Keller reichte, um eine irrationale Unruhe auszulösen. Aber jetzt konnte sie nicht umhin, sich zu fragen, was sich noch alles in diesem so undurchsichtigen Wald verbergen könnte.

Als sie es nicht mehr aushielt, sich weiter im Bett hin und her zu wälzen, stand sie auf, zog ihre Trainingshose an und ging nach unten. Sie überlegte kurz, ob sie Kaffee machen sollte, entschied sich dann aber, dass sie erstmal Bewegung, frische Luft und Ablenkung brauchte, zog sich einen leichten Fleecepullover über und verließ das Haus.

Beim Laufen wanderte ihr Blick an sich selbst hinab. Der Anblick ihrer Trainingshose ließ sie selbstironisch den Kopf schütteln. Noch nicht einmal eine Woche hier – und schon die modische Totalaufgabe!

Sie betrachtete ihre Schuhe, die auf dem inzwischen wieder trockenen Boden des Björnvägs keinerlei Spuren hinterließen. Unwillkürlich fiel ihr der deutsche „Tatort“-Vorspann ein: Die berühmte Einstellung auf ein rennendes Paar Beine, das augenscheinlich vor jemandem zu flüchten versuchte. Ob die Unbekannte im Wald auch so um ihr Leben gerannt war?

Schon kreisten Maries Gedanken wieder um ihren schrecklichen Fund. Hatte die Frau überhaupt gewusst, dass sie in Gefahr war, oder war sie überrascht worden? Ohne es zu wollen, stellte Marie sich den Moment immer wieder, in unterschiedlichen Szenarien vor. Wie hatte die Frau ihren eigenen Tod miterlebt – langsam und quälend, oder hatte sie das Bewusstsein verloren, bevor sie überhaupt hatte verstehen können, was passiert war? Und am Ende dieser Gedanken standen immer die zwei Fragen, die Marie nicht losließen: Was verdammt nochmal hatte die Frau in der Nacht von Maries Ankunft an ihrem Haus gesucht, und würde sie noch leben, wenn Marie sie nicht – mehr oder weniger ungewollt – vertrieben hätte?

Marie schüttelte den Kopf, als könnte sie damit ihre düsteren Gedanken vertreiben. Sie seufzte und zwang sich, ganz bewusst an etwas anderes zu denken. Schließlich waren auch auf anderem Gebiet noch einige Fragen offen. Mit tatkräftiger Unterstützung von Lennart hatte Marie sich innerhalb kürzester Zeit ein solides Bild von der Region Lågomby und ihrem diesbezüglichen Aufgabenbereich machen können. Sie hatte schnell erkannt, dass die Strategien, die sie nach ihrer ersten Recherche noch zuhause erarbeitet hatte, hier nicht die erhoffte Zugkraft entwickeln würden. Die Menschen und die hiesige Infrastruktur funktionierten anders, als Marie es aus Deutschland kannte. Es mussten neue Lösungsansätze her. Und dafür musste Marie so schnell wie möglich ein eigenes Gespür für die Gegend bekommen.

Am Ende des Björnvägs bog sie dieses Mal nicht nach rechts Richtung Zentrum, sondern nach links ab. Inzwischen war es doch höchste Zeit für eine Tasse Kaffee und Lennart hatte bei seinen Ausführungen über Lågomby auch erwähnt, dass die Tankstelle an diesem Ende des Ortes erstaunlich passablen Kaffee im Angebot hatte.

Als Marie wenige Minuten später mit einem dampfenden Becher wieder ins Freie trat, fuhr gegenüber gerade der Überlandbus aus Lycksele ab. Zurück ließ er eine junge Frau mit einem überdimensionierten Wanderrucksack und einem ebenso großen dunkelgrünen Seesack.

Marie blieb stehen, pustete in ihren Becher und nahm einen vorsichtigen Schluck. Lennart hatte recht – gar nicht so schlecht, der Kaffee. Sie betrachtete die Frau auf der anderen Straßenseite, die mit der Handhabung ihres Gepäcks kämpfte. Marie konnte sich ein Grinsen nicht verkneifen. Irgendwie war die Frau ihr auf Anhieb sympathisch.

Sie war relativ groß – vor allem im Vergleich zu den anderen Frauen, die Marie hier oben bisher getroffen hatte –, hatte dunkelblonde Naturlocken und lächelte, trotz ihrer Gepäckmisere, zufrieden vor sich hin. Ohne darüber nachzudenken überquerte Marie die Straße und ging auf sie zu.

„Hej."

Die Frau, die, wie Marie nun feststellte, vielleicht Ende 20, Anfang 30 sein musste, sah von ihrem Gepäck auf.

„Brauchst du Hilfe?", fragte Marie ohne Umschweife.

Die andere lachte laut auf. „Du bist nicht von hier, oder?"

„Wie man's nimmt. Ich bin die neueste Einwohnerin dieser Metropole."

„Das muss ich ausnutzen. Noch ein paar Wochen hier und du wirst mit Scheuklappen an mir vorbeilaufen, statt mir deine Hilfe anzubieten."

Marie lächelte. „Ich heiße Marie."

„Na dann herzlich willkommen, Marie! Ich bin Ylva – und komme gerade heim."

Ylva strahlte Marie gutgelaunt an. Dann kickte sie gegen den Seesack.

„Meinst du, das geht?"

Marie entsorgte ihren halbvollen Kaffeebecher im Abfalleimer an der Bushaltestelle und hievte kurzerhand die schwere Tasche hoch. Langsam machten sie sich auf den Weg Richtung Dorf.

„Kommst du für Mittsommer heim?", fragte Marie.

Ylva schien kurz nachzudenken, zeigte dann aber auf ihr Gepäck und antwortete:

„Ich glaube, es wird ein längerer Heimaturlaub."

Die beiden waren keine 50 Meter vorangekommen, als ein entgegenkommendes Auto seine Fahrt verlangsamte, das Beifahrerfenster herunterließ und die beiden weißhaarigen Insassen Ylva überschwänglich zuwinkten. Ylva winkte fröhlich zurück. Ähnliches wiederholte sich in den nächsten Minuten mehrere Male – genau genommen gab es niemanden, der Ylva nicht mit lautem Hupen oder einem fröhlichen „Hej!" begrüßte. Nach dem vierten euphorischen Rentnerpärchen konnte sich Marie schließlich nicht mehr zurückhalten.

„Okay, jetzt muss ich fragen: Kennt hier wirklich jeder jeden oder bist du irgendwie berühmt?"

Ylva lachte wieder ihr herzliches Lachen. „Ersteres stimmt wahrscheinlich in etwa. Aber klar, *uns* kennen sie natürlich alle. Ob das jetzt gut ist, ist eine andere Frage."

„Uns? Wen meinst du?"

Ylva hielt vor dem Eingangstor der Brauerei an, die sich inzwischen linkerhand von ihnen erhob.

„Ich nehme an, du hast schon von den Alfredssons gehört?"

Ylva machte eine unbestimmte Handbewegung Richtung Brauerei. „Ich gehöre auch zu dem Clan hier."

Als Ylva die Tür zur Alfredssonschen Villa öffnete, nahm sie als erstes einen warmen Zimtgeruch wahr. Aus der Küche drangen leise Geräusche in die von weißlich-grellem Morgenlicht geflutete Halle. Ein Lächeln huschte über ihr Gesicht. Es gab wohl kaum etwas, das sie mehr mit ihrem Zuhause verband als diese Morgenstimmung. Die Zimmertüren im Obergeschoß waren alle noch geschlossen. Ylva parkte ihr Gepäck in der Halle und schlich in die Küche.

„Kanelbullar! Du konntest schon immer meine geheimen Wünsche erraten, Gitte."

„Ylva, mein Kind! Willkommen zuhause!"

Gitte, die gerade ein Blech mit frischen Zimtschnecken aus dem Ofen geholt hatte, ließ bei Ylvas Anblick alles stehen und liegen und lief freudestrahlend auf sie zu. Die kleine, drahtige Frau entsprach so gar nicht dem Bild einer typischen Köchin. Obwohl sie Ylva höchstens bis zur Schulter reichte, fühlte die sich schlagartig wieder wie ein kleines Kind, als Gitte sie in eine herzliche Umarmung zog. Sie ließ sich zu einem Hocker am Ende des Küchentischs führen und nahm dankbar Kaffee und eine dampfend-warme Zimtschnecke entgegen.

Sich selbst gönnte Gitte keinen Moment Pause, sondern wuselte weiter eifrig durch die Küche. Dabei verströmte sie nicht einmal ansatzweise das Gefühl von Hektik. Jeder Handgriff saß, jede Bewegung wirkte wie jahrelang einstudiert. Und das waren sie auch. Ylva sah ihr zu und stellte zufrieden fest, dass Gittes Emsigkeit noch immer ein heimeliges Gefühl in ihr auslöste. Sie hatte es schon als Kind geliebt, bei Gitte in der Küche zu sein, ihr beim Backen und Kochen zu helfen, oder sich von ihr mit frisch gebackenen Teilchen und heißer Schokolade verwöhnen zu lassen. Gitte hatte immer ein offenes Ohr für sie gehabt und nicht selten war Ylva nach der Schule zuerst zu Gitte gegangen, um mit ihr zusammen zu überlegen, wie Ylva schlechte Schulnoten oder anderen Ärger am geschicktesten für ihre Eltern verpacken konnte.

Sie ließ ihren Blick durch die Küche schweifen, über Gittes sorgfältig sortierte Kochutensilien und die immer blank polierten Töpfe und Pfannen hinweg. Auf einer offenen Regalleiste standen Tassen und Gläser für jedes Getränk und jeden Anlass aufgereiht. In der hintersten Ecke entdeckte Ylva sogar einen der alten Alfredssons-Jubiläums-Krüge aus vergangenen Jahrzehnten. Ylva lächelte bei dem Gedanken daran, wie sie immer wieder mit Faszination die kleinen Veränderungen des Brauerei-Emblems im Laufe der Zeit betrachtet hatte. Sie wusste von jedem einzelnen Krug, aus welchem Jahr er stammte. Die Krüge aus den frühen Jahren der Brauerei waren im Ort inzwischen echte Sammelstücke, auch wenn außerhalb von Lågomby vermutlich niemand ihren Wert zu schätzen wusste.

„Du bist zu früh“, unterbrach Gitte ihre Gedanken. „Ich wollte das Frühstück fertig haben, wenn du ankommst.“

Ylva tauchte eine Ecke des Gebäcks in ihren Kaffee.

„Ich hab in Umeå einen früheren Bus bekommen.“

Gitte blieb einen Moment stehen und streichelte Ylvas Rücken. Die drehte den Kopf und sah zu ihr auf.

„Und du? Sag nicht, du tischst hier jeden Morgen so viel auf?“

Gitte lächelte verschmitzt.

„Ich kann dich doch nicht ohne anständiges Frühstück ankommen lassen. Nicht nach einem Jahr Amerika. Ich will gar nicht wissen, was du dort alles essen musstest."

Ylva lachte. „Ich war in Portland, das ist ein wahres Health-Food-Paradies!"

Gitte schnaubte. „Health Food, wenn ich das schon höre. Noch Kaffee?"

Ohne Ylvas Antwort abzuwarten, schenkte sie ihr schwungvoll eine weitere Tasse ein.

Wenig später versammelte sich die Familie am festlich gedeckten Tisch im großen Esszimmer. Gitte hatte alles aufgefahren, was ihrer Meinung nach zu einem anständigen Frühstück gehörte. Um einen großen Korb mit Zimtschnecken und selbst gebackenem Preiselbeerbrot hatte sie Butter, Käse und mehrere Gläser mit unterschiedlichen Marmeladen-Variationen aus der Beerenernte vom Vorjahr arrangiert. Auf einer Seite des Tisches stand Gittes hausgemischtes Müsli neben einem Krug mit dickflüssiger Sauermilch, auf der anderen hatte sie eine große Schüssel mit Heringssalat platziert.

Ylva beobachtete mit schweren Augen, wie Gitte die letzten Handgriffe am Frühstückstisch erledigte und die Familie ihre Plätze einnahm. Sie spürte den Blick ihres Vaters Stig auf sich, der die Rückkehr seines Nesthäkchens mit schwedischer Zurückhaltung genoss. Schmunzelnd nahm er neben seiner Mutter Ingeborg Platz, die gewohnt würdevoll am Kopf der Tafel thronte. Die Witwe des verstorbenen Brauereigründers Pärre hatte schon immer viel Wert darauf gelegt, dass die Familienhierarchie am Tisch eingehalten wurde.

„Danke, Brigitta."

Ingeborg nickte Gitte zu und entließ sie damit in die Küche.

Im Gegensatz zu Stig bemühte sich Ylvas Mutter Anita gar nicht erst, ihre Freude über deren Rückkehr zu verbergen. Überglücklich drückte sie Ylva immer wieder an sich, streichelte ihr übers Haar und küsste sie auf die Wange.

Ylva bemerkte, dass ihre Eltern älter aussahen, als sie sie in Erinnerung hatte. Wie viel ein einziges Jahr ausmachen konnte. Sie wirkten müde, die ständige Sorge um die Brauerei war ihnen anzusehen. Nur ihre Großmutter Ingeborg schien mit ihren über 90 Jahren von geradezu unverwüstlicher Vitalität.

Obwohl sie ihr Auslandsjahr in vollen Zügen genossen hatte, war Ylva froh, wieder zuhause zu sein.

Amerika hatte sie von Anfang an fasziniert. Im Vergleich zum beschaulichen Lågomby war dort alles überwältigend groß. Die riesigen Städte, die endlos weiten Landschaften, die gewaltigen Flüsse. Zum ersten Mal verstand Ylva, worin der Ursprung für das viel besungene amerikanische Freiheitsgefühl lag. Und zum ersten Mal hatte sie selbst sich frei von den Erwartungen ihrer Familie gefühlt, von den Blicken und Meinungen anderer Leute.

Doch als es Sommer wurde, hatte sie ganz plötzlich das Heimweh überkommen. Sie hatte die märchenhaften Wälder rings um Lågomby vermisst, wo sie schon als kleines Kind gespielt hatte und jeden einzelnen Baum kannte. Und sie wollte alles, was sie im vergangenen Jahr gelernt hatte, endlich selbst anwenden. Im Craftbeer-Mekka Portland hatte sie endlos viele Ideen für den traditionellen Familienbetrieb zuhause gesammelt und diese mit ihrem Bruder Jonas in abendlichen Videokonferenzen zu Firmenkonzepten weiterentwickelt. Jetzt mussten sie nur noch ihren Vater von ihren Ideen überzeugen.

„Jonas!“ Kaum war die Eingangstür hinter ihm ins Schloss gefallen, sprang Ylva ihm schon in die Arme. Jonas drückte sie fest an sich.

„Schön, dass du wieder da bist, Schwesterchen“, sagte er und klang dabei ernsthaft erleichtert, Ylva wieder zuhause zu haben.

Anita beobachtete die beiden mit einem zufriedenen Lächeln.

„Du bist ins Gästehaus gezogen?“, fragte Ylva.

Jonas nickte. „Wurde mir hier zu langweilig ohne dich.“

Missbilligend hob Ingeborg die Augenbrauen, doch Jonas besänftigte sie gleich mit einem Kuss auf die Wange. Stig öffnete eine Flasche Sekt und schenkte fünf Gläser ein.

„Seit wann gibt es in diesem Haus denn Sekt?“, fragte Ylva amüsiert.

Stig seufzte. „Eure Mutter hat nicht lockergelassen. Ich halte ja eigentlich nichts von diesem Zeug.“ Er unterstrich seine Aussage, indem er mit spitzen Lippen einen winzigen Schluck nahm.

„Das ist nicht zu übersehen. Aber Bier ist nun mal nichts für jeden Anlass“, antwortete Anita entschieden.

„Kommt ganz drauf an, was für ein Bier.“ Ylva zwinkerte ihrem Bruder verschwörerisch zu.

„Na, nun komm erstmal an und lass uns frühstücken.“ Stig reichte ihr den Korb mit dem frisch gebackenen Brot.

Ylva wusste, dass ihr Vater die Brauerei am liebsten so bewahren wollte, wie er sie von seinem Vater übernommen hatte. Der alte Pärre hatte ein untrügliches Gespür für den Geist der Zeit gehabt. Und was damals funktionierte, konnte Stigs Meinung nach auch heute nicht falsch sein.

Beinahe ehrfürchtig verwaltete er den Familienbetrieb. Und übersah dabei tagtäglich, dass der Geist der Zeit inzwischen längst ein anderer war. Für den Moment ließ Ylva es darauf beruhen.

Beim Frühstück genoss sie die Erinnerungen, die mit jedem Bissen in ihr aufkamen – als wäre sie nicht ein Jahr, sondern seit ihrer Kindheit nicht mehr hier gewesen.

Gitte erschien mit der Zeitung in der Hand am Tisch und wollte sie Stig reichen, doch Ylva streckte ihre Hand danach aus.

„Lass doch mal sehen, was ich hier so verpasst habe."

Ihre Stimme klang ironisch, als könne sie sich nicht vorstellen, dass es in Lågomby überhaupt jemals etwas zu verpassen gab.

Gitte zögerte einen kurzen Moment, überließ Ylva aber schließlich die Zeitung.

„Naja ..." Jonas räusperte sich. „Die letzten Tage war hier tatsächlich ganz schön was los ..."

Ylva zog fragend die Augenbrauen hoch. Sie schaute auf die Zeitung in ihrer Hand, auf deren erster Seite die Überschrift ‚Tote von Lågomby noch immer nicht identifiziert' prangte – und blieb dann an einem Foto der Leiche hängen. Ihre Augen weiteten sich. Sie hob die Zeitung näher ans Gesicht und starrte auf das Bild.

„Das kann nicht sein!"

„Das darf doch nicht wahr sein – schau dir das an!"

Lennart stand am Fenster des kleinen Tourismusbüros und blickte kopfschüttelnd auf den Platz zwischen Rathaus und *Mickes Bar*. Seit dem Leichenfund vor zwei Tagen war das unscheinbare Stadtzentrum auffällig gut besucht. Immer wieder hatten sich hier Menschengrüppchen versammelt, die anscheinend hofften, Neuigkeiten über die Ermittlungen zu erfahren. Der anfängliche Schock war schnell einer unübersehbaren Neugier und Sensationslust gewichen. Mehrmals war Lennart in seiner Mittagspause ausgefragt worden. Die Leute schienen davon auszugehen, dass allein die örtliche Nähe zum Rathaus ausreichte, um in allen Belangen auf dem aktuellen Stand zu sein. An diesem Tag drängten sie sich um einen kleinen Stand auf der anderen Seite des Platzes, direkt vor *Mickes Bar*.

„Was ist denn da los?" Marie trat hinter Lennart.

„Solveig, dieses alte Schlitzohr!" Lennart konnte sich ein Grinsen nicht verkneifen. „Ich wette, sie verkauft dort selbstgemachte Blaubeermuffins und Holunderlimonade."

Marie seufzte. „Wenigstens eine lässt sich von diesem Debakel nicht unterkriegen."

„Stimmt. Hier gibt es ja selten genug mal einen Grund, zusammenzukommen."

„Das mag ja sein. Aber dass da ausgerechnet ein Mord für herhalten muss ..."

„Tja – das Volk braucht Brot und Spiele. Vielleicht können wir von Solveig noch was lernen."

Marie sah ihn erstaunt an.

„*Krimitouren in Nordschweden* – meinst du nicht, dass es dafür in Deutschland einen Markt gibt?"

Marie war nicht sicher, ob Lennart seine Frage ernst meinte oder nur einen Spaß machte. Wahrscheinlich hatte er sogar recht damit. Sie nickte.

„Doch, ganz bestimmt sogar. Aber mir wäre wohler, wenn wir unsere neue Tourismus-Strategie nicht auf einem Verbrechen aufbauen würden."

Marie ging zurück an ihren Schreibtisch, wo ein Lageplan des Städtchens ausgerollt lag.

„Verstanden. Ich behalte es als Plan B im Hinterkopf." Lennart ging zur Tür. „Solveigs Muffins dürfen wir uns trotzdem nicht entgehen lassen. Die sind schon fast einen Mord wert."

Er zwinkerte Marie zu und verschwand aus der Tür, bevor sie Einspruch erheben konnte.

Eigentlich hatte Bengt ganz andere Pläne gehabt. Es wäre sein langes Wochenende mit Ebba gewesen. Er hatte sich lange und ausführlich Gedanken gemacht, was sie zusammen unternehmen könnten, und sich extra ein paar Tage freigenommen. Bengt fiel es immer schwerer, sich Aktivitäten zu überlegen, die einer Sechsjährigen Spaß machen könnten – und ihn selbst nicht an den Rand der Verzweiflung brachten. Umso erfreuter war er gewesen, als Ebba nach Jahren von Märchendorf- und Ponyhofbesuchen zum ersten Mal selbstständig den Wunsch geäußert hatte, zelten zu gehen. Ihre beste Freundin hatte ein Wochenende in der Wildnis mit ihrem Vater verbracht – inklusive Boot fahren, Angeln und Pfannkuchen-Backen über dem offenen Feuer – und Ebba wollte natürlich nicht dahinter zurückstehen.

Bengt hatte alles im Detail vorbereitet: Schlafsäcke und Isomatten entmottet, Pfannkuchenteig gekauft, Boot und Anhänger von seinem Nachbarn ausgeliehen. Als Ziel hatte er den Ort auserkoren, an dem er selbst schon mit seinem Vater zum Camping gewesen war. Eine wunderschöne Waldlichtung direkt an einem der vielen namenlosen Seen – weit genug entfernt von der ohnehin spärlichen Zivilisation in dieser Gegend, aber nah genug an einer Forststraße, um seiner Tochter ihren ersten Ausflug in die Wildnis nicht gleich mit einer langen Wanderung zu vermiesen.

Doch stattdessen saß er nun mit Liza im Büro: Der Obduktionsbericht lag vor. Und natürlich hatten die Ermittlungen Vorrang. Weil Bengts Ex ihren geschäftlichen Termin so kurzfristig nicht mehr hatte verschieben können, musste Ebba das lange Wochenende nun bei ihrer verschrobenen Großtante in Piteå verbringen.

Bengt verdrängte sein schlechtes Gewissen und nahm sich den Bericht der Gerichtsmedizin aus Umeå vor.

„Also, lass uns die aktuellen Fakten zusammen durchgehen. Vielleicht hilft uns ja dein …“, er räusperte sich, „… etwas spezieller Blick auf die Dinge weiter.“

Liza lächelte breit. Ihre Liebe zu Serien und Filmen sowie ihr Hang, sich in besonders groteske Details hineinzusteigern, hatte schon mehrmals zu haarsträubenden Theorien in Bezug auf die wenigen Kriminalfälle von Lågomby geführt. Unvergessen war der Fall der gestohlenen Eishockey-Tore aus mehreren kleinen Clubs in der Umgebung, der Liza nach tagelangem Zusammentragen der Spuren und Indizien zu der Überzeugung geführt hatte, dass die Russenmafia ihre Heimat als neuen Umschlagsort für ihren weltweiten Waffenhandel auserkoren hatte.

Wobei die tatsächliche Faktenlage in diesem Fall beinahe absurder gewesen war als Lizas Version: ein regional bekannter Quergeist hatte die Tore gestohlen und die Netze zu einem gigantischen Fangnetz zusammengeschnürt. Er war nämlich überzeugt, im Storuman-See eine riesige echsenartige Kreatur gesichtet zu haben, die er einzufangen und damit weltberühmt zu werden gedachte.

Nach anfänglichem Befremden hatte Bengt sich an die blühende Fantasie seiner Assistentin gewöhnt und ließ sie spüren, dass er ihre Meinung schätzte. Auch wenn ihre Indizienführung selten zutraf, half sie Bengt immer wieder, einen Schritt zurück zu machen und einen frischen Blick auf die Fakten zu gewinnen.

„Alles klar, Chef. Leg los!“

Liza setzte sich an ihren Schreibtisch, stützte das Kinn in beide Hände und nickte Bengt auffordernd zu. „Ich versuch auch, konventionell zu denken … erstmal.“

Bengt lächelte. Doch als er seinen Blick auf das Bild der Frauenleiche im aufgeschlagenen Bericht senkte, wurde er schnell wieder ernst.

„Was wissen wir aktuell sicher? Die Frau ist zwischen 40 und 50 Jahre alt und war zum Zeitpunkt ihres Auffindens am Dienstagmorgen schon cirka sechs bis zehn Stunden tot. Der Eintritt des Todes erfolgte somit entweder am Montagabend oder sehr früh am Dienstagmorgen. Todesursache ist mit hoher Wahrscheinlichkeit ein Schlag auf den Kopf mit einem stumpfen Gegenstand. Die letale Wunde am Hinterkopf lässt davon ausgehen, dass der Schlag von hinten erfolgte. Kampfspuren oder ähnliches haben die Kollegen nicht feststellen können."

„Sie hat es also nicht kommen sehen."

„Eher nicht. Allerdings gibt es knapp neben der tödlichen Wunde noch eine kleinere Beule."

„Das heißt, da hat jemand gleich zweimal zugeschlagen. Oder?", hakte Liza nach, sichtlich darum bemüht, bei den Fakten zu bleiben und nichts Verworrenes in die Sachlage hineinzudenken.

Bengt betrachtete abwägend den Bericht.

„Die Winkelmessung spricht eher für einen Schlag, von leicht oben, aber es konnte nicht komplett ausgeschlossen werden, dass sie gestürzt ist. Ganz ignorieren sollten wir die Möglichkeit eines Unfalls also nicht."

Er lehnte sich zurück und blickte seine Assistentin fragend an.

„Aber wirklich dran glauben tun wir nicht, oder?", kommentierte Liza. „Ich mein, irgendjemand hat sie ja ins Moor geschleppt."

„Seh ich genauso." Bengt nickte zufrieden, beugte sich wieder über den Schreibtisch und las weiter. „Der Fundort war definitiv nicht der – wir sagen das jetzt – Tatort. Leider konnten keine Transportspuren ermittelt werden. Scheiß Regen."

„Okay – aber bis zum Fundort fahren kann man eh nicht. Das spricht dann eher für einen Mann, oder? So ganz leicht war die Frau ja nicht."

Bengt, der seine Assistentin lange genug kannte, konnte förmlich sehen, wie es in Lizas Kopf arbeitete, um ihre spontanen Gedanken, die sich vermutlich um schleimige Sumpfmonster oder ähnlich fantastische Geschöpfe bewegten,zugunsten von plausibleren, menschlichen Abläufen zu verdrängen.

Er nickte. „Ein Mann – ja, vermutlich. Oder mehrere Personen." Er dachte kurz nach und fügte dann hinzu: „Oder eine starke Frau. Da könnte ich dir aus dem Stegreif schon ein paar nennen, denen ich das zutrauen würde – also rein kräftemäßig, mein ich."

„Lass mal deine Dating-Erfahrungen aus dem Spiel, Chef."

Liza gab ein krächzendes Lachen von sich, und auch Bengt grinste. Er wusste, dass sie in diesem Moment beide an seinen letzten – gründlich misslungenen – Online-Dating-Versuch dachten, der für Bengt mit gebrochener Nase in der Notaufnahme geendet hatte.

„Gut. Wir gehen also von einem Tötungsdelikt aus."

Bengt hob seinen Blick und sah Liza an, bevor er fortfuhr. „Ein Sexualverbrechen liegt allem Anschein nach nicht vor. Zumindest konnten die Kollegen nichts in dieser Richtung feststellen."

„Wenigstens etwas", sagte Liza, die schnell wieder zur gebotenen Ernsthaftigkeit zurückgefunden hatte.

„Tja, das ist erstmal alles, was wir definitiv wissen." Wieder lehnte sich Bengt in seinem Stuhl zurück. „Was wir nicht wissen, ist leider 'ne längere Liste. Ab jetzt ist Kreativität gefragt."

Er hob die rechte Hand und begann, an seinen Fingern aufzuzählen.

„Erstens: Wer ist die Frau?" Er ließ die Frage kurz im Raum stehen, bevor er mit dem aktuellen Stand fortfuhr.

„Wir haben ihr Bild und ihre Beschreibung mit allen nationalen Vermisstenanzeigen der letzten Jahre abgeglichen – ohne Ergebnis. Seit heute Morgen sind auch die Kollegen von Europol dran."

„Sie hatte nichts bei sich, oder?" Liza hatte inzwischen begonnen, sich Notizen zu machen.

„Nein, kein Portemonnaie, kein Ausweis, kein Schnippselchen Papier, gar nichts."

„Was ist mit odonto ... odon ... Na, du weißt schon", unterbrach Liza sich selbst.

„Odonto-Stomatologische Identifikationsmethoden", half Bengt aus, selbst froh, dass er das Wort unfallfrei über die Lippen bekam.

„Rasmus hat bereits ein Zahnbild erstellt. Aber auch das hilft uns nur weiter, wenn es im Abgleich einen Treffer gibt."

Liza nickte und schwieg. Als sie nicht den Eindruck machte, noch etwas hinzufügen zu wollen, fuhr Bengt mit dem zweiten Punkt auf der Liste der Unbekannten fort.

„Was wollte sie in dieser Gegend? Es gibt keinerlei Hinweise darauf, warum sie ausgerechnet im Moor bei Lågomby abgelegt wurde."

„Vielleicht ist gerade das ein Hinweis", überlegte Liza laut. „Vielleicht wurde die Tat irgendwo ganz anders begangen und der Täter hat sie absichtlich an einem komplett willkürlichen Ort abgelegt."

Bengt wog nachdenklich den Kopf hin und her.

„Vielleicht. Dafür scheint mir der Fundort allerdings zu gut gewählt. Hätte sie sich nicht an diesem Strauch verhakt, wäre ihr Körper vollständig im Morast versunken."

Liza kaute nachdenklich auf ihrer Unterlippe herum. Plötzlich hielt sie inne.

„Hey – aber das heißt doch dann, dass es jemand hier aus Lågomby gewesen sein muss."

Bengt zog die Luft ein.

„Zumindest jemand, der sich hier sehr gut auskennt. Und weiß, dass in dieser Ecke eigentlich niemand etwas verloren hat. Es war reiner Zufall, dass diese Marie sich ausgerechnet dorthin verirrt hat."

Lizas Augen blitzten auf. „Was, wenn das gar kein Zufall war? Vielleicht ..."

„Stopp!", unterbrach Bengt, bevor Liza ihren Gedanken zuende denken konnte.

„Verschwörungstheorie kommt später. Wir sind noch nicht fertig mit konventionell denken."

In diesem Moment klopfte es an der Tür zum Büro. Noch bevor einer von ihnen antworten konnte, wurde sie geöffnet.

„Ylva!" Lizas Miene erhellte sich schlagartig. Sie sprang auf, war mit zwei schnellen Schritten an der Tür und umarmte ihre heimgekehrte Freundin herzlich.

„Du bist wieder da! Wie cool!"

Ylva erwiderte die Umarmung. Bengt sah, wie sie dabei für einen kurzen Moment die Augen schloss, wie um neue Energie aus dieser Berührung zu tanken, bevor sie sich wieder löste und ihm, etwas müde, zulächelte.

„Hej, Bengt."

Der Jetlag war ihr noch anzusehen. Trotzdem hatte Bengt sofort das Gefühl, dass sie noch etwas anderes belastete.

„Hej Ylva. Das ist ja eine Überraschung."

Bengt räusperte sich und stellte dabei verwundert fest, dass Ylvas plötzliches Auftreten ihn für einen kurzen Augenblick aus seiner Konzentration brachte.

Er kannte Ylva schon lange, unter anderem, weil sie seit der Schule gut mit Liza befreundet und vor ihrem Aufenthalt in den USA regelmäßig zur Mittagspause im Kommissariat vorbeigekommen war. Sie hatten sich gut verstanden und Bengt hatte Ylvas Anwesenheit trotz ihrer lebhaften und selbstbewussten Art schon immer als angenehm empfunden. Trotzdem schwang da nun noch etwas anderes mit, als er ihr Gesicht betrachtete, das unter ihrem Lächeln ungewohnt ernst und erwachsen wirkte.

„Ich bin heute Morgen angekommen. Mittsommer ist einfach nicht dasselbe in Oregon."

Ylva zwinkerte den beiden zu, dann entdeckte sie den aufgeschlagenen Obduktionsbericht auf Bengts Schreibtisch und holte tief Luft.

„Aber hier scheinen ja gerade auch amerikanische Verhältnisse zu herrschen, was?"

Bengt bemerkte ihren Blick und klappte die Akte schnell zu. „Mhm, sieht leider wirklich nach Mord aus. Kein schöner Willkommensgruß."

Ylva nickte. „Stimmt. Und leider bin ich auch genau deswegen hier. Ich glaub, ich weiß, wer das ist."

Bengt und Liza blickten Ylva verdutzt an.

„Du kennst sie?", fragte Liza ungläubig.

Ylva nickte. „Die Frau auf dem Foto, in der Zeitung ... Ich glaube, das ist Carol."

Es dauerte einige Sekunden, bis Bengt sich fing. Dann richtete er sich in seinem Stuhl auf und wies auf den Besuchersessel vor seinem Schreibtisch.

„Jetzt bin ich aber gespannt. Setz dich, Ylva, und erzähl."

Ylva nahm auf dem Sessel Platz. Bengt sah, wie ihre Finger unruhig auf ihren Oberschenkeln auf- und abwanderten, bis sie schließlich Halt am unteren Bund ihres T-Shirts fanden. Liza hatte es sich währenddessen auf der Kante von Bengts Schreibtisch bequem gemacht und sah ihre Freundin nun erwartungsvoll an.

„Ich hab sie vor ein paar Monaten auf einer Biermesse in Portland kennengelernt. Sie ist Brauerin."

Bengts Augenbrauen hoben sich. „In den Staaten?"

Ylva nickte.

„Carol ... und wie weiter?"

„Ich weiß nicht." Ylva überlegte. „Ich glaube ihren Nachnamen hat sie mir nie genannt. Wir kennen uns auch nicht besonders gut. Sie hat den Stand neben mir betreut. Und wir haben einmal zusammen zu Mittag gegessen."

Ylva verstummte.

„Weißt du, warum sie hier war?", fragte Liza.

„Nein. Keine Ahnung."

„Kann es sein, dass sie zu dir wollte?", hakte Bengt nach.

„Ich wüsste nicht, warum. Wir hatten nach der Messe keinen Kontakt mehr."

Bengt nickte nachdenklich und ließ seinen Blick über seine Notizen wandern.

„Kannst du dich erinnern, für welche Brauerei diese Carol gearbeitet hat?"

„*Black Beach Brewery*, aus Kalifornien", antwortete Ylva ohne zu zögern. „Die machen ein Killer Amber Ale!"

Lennart hatte recht behalten: Solveigs Muffins waren tatsächlich eine Sünde wert. Und nach Lennarts frisch gebrühtem Kaffee hatte Marie ohnehin in kürzester Zeit eine regelrechte Gier entwickelt. Dass sie sich so sehr für einfachen Filterkaffee begeistern könnte, hätte sie selbst noch vor wenigen Wochen nicht für möglich gehalten. Jetzt verstand sie, warum die schwedische Sprache ein eigenes Wort für die Lust nach Kaffee hatte: *kaffesugen* traf haargenau das, was Marie jeden Vor- und Nachmittag verspürte.

So war sie schon wieder etwas positiver gestimmt, als sie die Spuren ihres Kaffeekränzchens beiseiteräumte und sich mit Lennart an die weitere Ausarbeitung ihrer Konzeptideen machen wollte.

Plötzlich waren von draußen Rufe zu hören. Marie blickte auf. Wenige Meter von ihrem Büro entfernt stand ein Mann mittleren Alters, der aufgeregt von einigen der Wartenden umringt wurde. Marie wusste nicht, ob es an der fast leuchtend blonden Haarmähne, die für sein Alter auffallend stylish verwuschelt war, oder an der Selbstverständlichkeit seiner Bewegungen lag – aber etwas verriet ihr sofort, dass es sich bei dem Mann nicht bloß um einen weiteren neugierigen Bürger handelte.

Sie drehte sich zu Lennart um. „Ist das …?"

Lennart nickte. „Lasse Ohlsson."

Der angestrengte Unterton in seiner Stimme war nicht zu überhören. Marie hatte sich schon gewundert, dass der Bürgermeister sich noch nicht hatte blicken lassen. Ihre Vertragsangelegenheiten waren im Vorfeld per Post erledigt worden. Für alles andere war Lennart ihre Kontaktperson gewesen. Gerade jetzt hätte sie allerdings auf den Besuch ihres Vorgesetzten verzichten können.

Der Leichenfund hatte ihren Arbeitsantritt nicht gerade vereinfacht. Auch wenn Solveig es verstand, die aktuellen Menschenansammlungen vor ihrer Bar als einen Geschäftsvorteil zu nutzen, blieb Mord mittelfristig doch eine denkbar schlechte Werbung für die Gegend, die es elegant zu umschiffen galt. Marie konnte nur hoffen, dass der Fall nicht über die Regionalpresse hinaus breitgetreten wurde.

Sie beobachtete, wie sich der Mann mit den perfekt verstrubbelten Haaren langsam einen Weg durch die kleine Menschenansammlung – die sich die Chance, mit dem Stadtoberhaupt direkt zu sprechen, nicht entgehen lassen wollte – in Richtung Tourismusbüro bahnte. Er lächelte dabei ebenso freundlich wie unverbindlich und Marie war sich sicher, dass nichts, was er zu den Leuten sagte, einen nennenswerten Inhalt hatte.

Lennart warf Marie einen ermutigenden Blick zu, dann betrat Lasse Ohlsson auch schon das Büro. Er schloss die Tür mit so unmissverständlicher Deutlichkeit, dass die Menschen draußen tatsächlich nicht auf die Idee kamen, ihm zu folgen. Dann richtete er sich mit einem fast schon irritierend weißen Lächeln an Marie.

„Marie! Herzlich willkommen in Lågomby", sagte er mit einem schwerfälligen Akzent auf Deutsch, bevor er in ein umso schnelleres Schwedisch wechselte.

„Es tut mir leid, dass ich erst jetzt vorbei schaue. Diese Woche war einiges los." Er nickte Lennart zu.

„Aber ich bin sicher, dass unser lieber Lennart dich bestens empfangen hat."

Marie nickte ebenfalls. „Absolut ..."

Bevor sie weitersprechen konnte, fuhr Lasse fort, und es erforderte Maries ganze Konzentration, ihn zu verstehen.

„Ich freue mich, dass du hier bist. In dieser ... unglücklichen Situation müssen wir schnell handeln. Aber ich habe eine gute Nachricht für dich, ... für euch", fügte er mit Blick auf Lennart hinzu.

Der trat nun hinter seinem Schreibtisch hervor und stellte sich zu den beiden.

„Ich habe für morgen Abend eine Gemeindeversammlung angesetzt. Ich denke, das ist auch die optimale Gelegenheit, dich und deine Pläne vorzustellen", sprach Lasse weiter. „Was denkst du?"

Er sah Marie erwartungsvoll an.

„Bei der Gemeindeversammlung?" Marie tauschte einen überraschten Blick mit Lennart aus.

Lasse nickte. „Das ist doch perfekt, oder? Da haben wir gleich alle beisammen, die es betrifft."

„Okay, natürlich ... Lennart und ich haben bereits unterschiedliche Konzepte besprochen. Vielleicht wollen – vielleicht willst du sie dir kurz anschauen? Dann können wir gleich entscheiden, welches wir für morgen ausarbeiten."

Ihren Vorgesetzten schon beim ersten Treffen zu duzen ging Marie nicht leicht über die Lippen. Es vermittelte ihr ein falsches Gefühl von Vertrautheit, das ihr Gegenüber nur noch schwerer einschätzbar machte. Doch sie wusste, dass es in Schweden so Sitte war, dass hier nur die wenigsten Menschen, eigentlich wohl nur die Königsfamilie und einige Zugehörige der ältesten Generation, gesiezt wurden. Und da sie schon jetzt den Verdacht hatte, dass Lasse Ohlsson ein zu hohes Bild von sich selbst hatte, wollte sie das auf keinen Fall noch fördern, indem sie ihm die gleiche Ansprache wie dem König zugestand.

„Ich hab gleich noch einen Termin", winkte Lasse ihren Vorschlag ab. „Aber das macht ihr schon, ihr Zwei. Bereitet einfach eine schöne Präsentation vor, am besten mit ein paar Bildern, wie alles aussehen könnte. Ihr wisst ja – die Leute können sich das sonst nicht vorstellen."

Damit bewegte Lasse sich schon wieder Richtung Tür.

Lennart trat einen Schritt vor. „Gibt es Neuigkeiten vom Mord?"

Lasse griff schon nach der Türklinke.

„Bengt wird morgen bei der Versammlung ein paar Worte zum aktuellen Stand der Ermittlungen sagen."

Marie horchte auf. Lennart fing ihren Blick auf und hakte nach.

„Du weißt doch bestimmt schon mehr, Lasse. Marie und ich sollten unsere Pläne für morgen darauf abstimmen."

Lasse zögerte kurz, dann ließ er die Türklinke nochmal los.

„Natürlich hab ich mit Bengt telefoniert. Offenbar konnte die Tote inzwischen identifiziert werden."

„Was? Wer ist sie?" Marie registrierte genervt, dass sich ihre Stimme bei dieser Frage leicht überschlug.

„Niemand von hier, wie erwartet. Eine Amerikanerin. Ylva kennt sie anscheinend von einer Biermesse."

Lasse setzte wieder sein strahlendes Lächeln auf.

„Also dann bis morgen. Ich verlass mich auf euch!"

Damit verschwand er zum Haupteingang des Rathauses, bevor die Menschenansammlung, die ihr Hauptquartier endgültig vor *Mickes Bar* aufgeschlagen hatte, wieder auf ihn aufmerksam werden konnte. Marie und Lennart sahen ihm nach.

„Jetzt versteh ich gar nichts mehr."

Marie hatte plötzlich das Gefühl, ihr Kopf wolle explodieren. Kein Wunder, dass niemand in Lågomby die Frau kannte. Aber wenn sie wirklich aus den USA kam – wie konnte es dann sein, dass sie ausgerechnet *hier* tot im Wald gelegen hatte?

„Bist du okay?" Lennart sah Marie besorgt an.

„Keine Ahnung."

Sie ließ sich auf einen der Besucherstühle sinken und sah Lennart erschöpft an.

„Aber jetzt müssen wir uns eh erstmal um unsere Präsentation kümmern."

Marie sah auf die Uhr. Es war schon kurz vor fünf, auch wenn der Himmel wieder mal etwas ganz anderes vermuten ließ.

„Wie sollen wir das bis morgen hinkriegen?"

Lennart lächelte. „Ich mach dir einen Vorschlag: Du fährst jetzt erstmal heim und ruhst dich kurz aus. Ich besorg ein bisschen was zu essen und komm damit in einer Stunde zu dir. Das kriegen wir schon hin. Und wenn wir schon 'ne Nachtschicht einlegen müssen, dann machen wir es uns beim Arbeiten wenigstens gemütlich."

Marie nickte dankbar. „Das klingt gut."

Marie hatte geduscht und etwas Frisches angezogen. Ohne es darauf angelegt zu haben, wurde ihr bewusst, dass sie eines ihrer Lieblingsoutfits ausgewählt und auch sonst etwas mehr Zeit für ihr Äußeres verwendet hatte, als sie es für gewöhnlich tat. In Gedanken rügte sie sich selbst dafür, schließlich hatte eine gemeinsame Nachtschicht erstmal wenig Romantisches. Gleichzeitig war Lennart aber auch der erste Besucher in ihrem neuen Zuhause – wenn man von der ungeplanten Begegnung mit der inzwischen toten Amerikanerin mal absah.

Sie kuschelte sich in eine Ecke des Schlafsofas in ihrem Wohnzimmer und schloss die Augen, nur für einen Moment.

Als sie wenige Minuten später Schritte auf ihrer Veranda hörte, schreckte sie hoch. Sie musste eingeschlafen sein. Hastig wischte sie sich einen Tropfen Speichel aus dem Mundwinkel. Jetzt klopfte es. Sie eilte zur Tür und griff nach der Klinke. Plötzlich hielt sie inne. Sie zögerte.

„Lennart?"

„Hallo, ich bin's", kam die gutgelaunte Antwort von draußen.

Erleichtert öffnete Marie die Tür. Lennart schob sich mit einem Korb voll Frischhalteboxen, Snacks und einem Pappkanister Wein an ihr vorbei.

„Ich hab dich geweckt, oder? Tut mir leid."

Marie winkte ab. „Ich hab die letzten Nächte nicht so gut geschlafen. Das Licht und ... so", unterbrach sie sich selbst.

Lennart nickte. „Kann ich mir vorstellen."

Er nahm zwei Gläser aus dem Schrank und schenkte Wein ein. „Mach es dir ruhig wieder bequem. Ich muss das nur schnell aufwärmen."

Marie nahm das Weinglas entgegen und folgte ihm zur Küchenzeile. Neugierig warf sie einen Blick in eine der Frischhalteboxen.

„Köttbullar?" Sie grinste.

„Hey – die hab ich nach einem alten Familienrezept gemacht. Mit dem Zeug von Ikea hat das nichts zu tun, verstanden?"

„Verstanden." Marie lehnte sich zu Lennart hinüber. „Ehrlich gesagt mag ich aber sogar das Zeug von Ikea."

Lennart verdrehte die Augen. Dann machte er sich daran, mit wenigen geübten Handgriffen das Essen herzurichten. Marie beobachtete mit Verwunderung, wie er ohne Zögern alle nötigen Küchenutensilien hervorholte.

„Kennst du dich hier aus?"

Lennart lächelte schief. „Dieses Haus wird wie gesagt sehr vielseitig genutzt. Ich vermute, dass die meisten Menschen aus Lågomby schon mal mit einer Liebschaft hier waren."

„Na großartig – ich bin im Stundenhotel der Region gelandet. Ist das ein Aspekt, den wir in unsere Tourismuskampagne einfließen lassen sollten?"

Lennart schüttelte lachend den Kopf. Marie nahm einen großen Schluck Wein und warf einen Blick auf den Kanister, überrascht, dass dessen Inhalt gar nicht mal so schlecht schmeckte. Plötzlich hielt sie inne.

Konnte es nicht das sein, was die Frau nachts an ihrem Haus gewollt hatte – ein Date? Vielleicht eine heimliche Affäre, von der niemand etwas mitbekommen sollte und die augenscheinlich nicht gut geendet hatte.

Marie rieb sich mit Daumen und Zeigefinger die Nasenwurzel. Diese ständigen Gedanken an das, was möglicherweise geschehen sein konnte, machten sie müde. Zudem gab es jetzt Wichtigeres zu tun. Schließlich wollte sie morgen bei ihrem ersten offiziellen Auftritt in Lågomby gut vorbereitet sein. Also nahm sie noch einen Schluck aus ihrem Glas, stellte es dann beiseite und ging an den Schrank, um zwei Teller herauszuholen.

Nach dem Essen breiteten sie den bislang unstrukturierten Haufen an Notizzetteln und Skizzen auf dem Wohnzimmerteppich aus.

„Also konzentrieren wir uns auf Plan A?"

Marie zuckte mit den Schultern. „Was anderes bleibt uns kaum übrig, oder? Das ist die einzige Idee, die wir schon halbwegs ausreichend ausgearbeitet haben, um sie morgen vorstellen zu können."

„Ist doch okay. Das Konzept ist wirklich gut! Jetzt müssen wir es nur noch gut verkaufen."

Sie nickte zögerlich. „Ich hätte lieber noch ein paar fundierte Recherchen angestellt."

„Wofür denn? Du hast doch gehört, was Lasse will: Wir brauchen ein paar schöne Bilder. Alles andere interessiert hier keinen. Außerdem werden die meisten sowieso nur kommen, um etwas über die Ermittlungen im Mordfall zu erfahren."

Marie verzog das Gesicht zu einer gequälten Grimasse.

In diesem Moment vibrierte ihr Telefon auf dem beiseitegeschobenen Couchtisch. Sie lehnte sich vor und griff danach. Sie hoffte auf einen Rückruf von Bengt. Als sie zuvor versucht hatte, ihn zu erreichen, hatte sie nur seine Assistentin ans Telefon bekommen, Liza, die Marie über den Kopf ihres Chefs hinweg natürlich nichts über den aktuellen Stand der Ermittlungen hatte erzählen wollen. Stattdessen war es eine Nachricht von Alex:

‚Bitte melde dich, Marie! Ich mach mir Sorgen!!'

Marie entfuhr ein leises Schnauben. Klar – in Alex' Welt gab es nur einen Grund, warum sie nicht auf seine Anrufe reagierte: Es musste etwas passiert sein. Dass sie einfach keine Lust hatte, mit ihm zu sprechen, kam ihm nicht in den Sinn. Zugegebenermaßen war sie selbst überrascht, wie schnell sich ihre Gefühlslage verändert hatte – von *abendelang auf Nachricht von Alex warten* zu *enttäuscht sein, wenn eine Nachricht von ihm statt von jemand anderem kam.*

„Probleme?" Lennart warf ihr einen fragenden Seitenblick zu.

Marie sah auf. Sie schüttelte den Kopf und legte das Telefon beiseite.

„Ist nicht wichtig."

Dann machten sie sich daran, das Chaos vor sich auf dem Boden in einen sinnvollen Zusammenhang zu bringen.

Am Abend fuhr Bengt zu den Alfredssons. Ylvas Aussage hatte ein neues Licht auf den Fall geworfen – beziehungsweise überhaupt den ersten zarten Lichtschein in diesem großen Dunkel erzeugt. In diesem Lichtschein erschien vor Bengts innerem Auge nun die Brauerei, die er als einziges verbindendes Element zwischen Carol und Ylva, zwischen dem Berufsfeld der Amerikanerin und ihrer Anwesenheit hier in der Region sehen konnte.

Im Laufe seiner Karriere hatte Bengt zwar immer wieder gelernt, dass der Zufall in der Realität eine viel größere Bedeutung haben konnte, als es einem in Filmen und Büchern weisgemacht wurde. Dass diese Carol aber aus reinem Zufall im Heimatort ihrer flüchtigen Bekannten Ylva – zehntausende Kilometer von ihrem eigenen Wohnort entfernt – tot aufgefunden wurde, daran glaubte Bengt beim besten Willen nicht.

Deswegen hatte er Ylvas Eltern, den Brauerei-Geschäftsführer Stig und seine Frau Anita, um ein Gespräch gebeten. Weil es sich dabei nicht um eine offizielle Zeugenbefragung handelte und er sich außerdem immer gerne ein Bild der Leute innerhalb ihrer eigenen vier Wände machte, hatte er es vorgezogen, sie dafür nicht aufs Revier zu bitten.

Fast war Bengt selbst ein bisschen überrascht über den Ehrgeiz, den er in Bezug auf diesen Fall entwickelte. Er hatte seine Arbeit zwar schon immer gewissenhaft erledigt, hatte dabei aber nie den Drang verspürt, irgendjemandem damit etwas beweisen zu müssen. Natürlich war es keine Frage, dass ein Mord eine ganz andere Dringlichkeit hatte als die zerkratzten Autotüren oder gestohlenen – und zumeist doch nur verlegten – Handtaschen, mit denen er in seinem beruflichen Alltag sonst konfrontiert wurde. Aber es war nicht nur das. Schließlich war Lågomby nicht nur seine Heimat, sondern in gewissem Sinn auch in seiner Verantwortung. Entsprechend wollte er alles dafür tun, dass dieser Fall schnell und sauber geklärt wurde, und zwar ohne Hilfe aus Umeå.

Ein vermeintlicher Zeugen-Termin in Lycksele, von dem er gerade kam, hatte ihn diesbezüglich allerdings keinen Schritt weitergebracht. Sein Gesprächspartner hatte außer der Ansicht, dass es so etwas früher nicht gegeben hätte, rein gar nichts zu dem Fall beizutragen und stattdessen eine wenig hilfreiche Kombination aus Neugier und Geltungsbedürfnis an den Tag gelegt.

Erst als Bengt in Gedanken versunken kurz vor Lågomby von der Landstraße auf die Storgata abbog, bemerkte er, dass er deutlich zu schnell unterwegs war. Ruckartig nahm er den Fuß vom Gaspedal. Dabei blieb sein Blick kurz auf der rostigen, alten Werbetafel am Straßenrand hängen, die er schon seit Jahren nicht mehr beachtet hatte: „Välkommen till Lågomby – var nordens öl är hemma."

Lågomby, die Heimat nordischer Bierkultur. Bengt erinnerte sich, dass der Schriftzug *Alfredssons* früher, als er noch klein und die Brauerei groß gewesen war, gefühlt auf jeder zweiten Werbetafel im Umkreis von 100 Kilometern geprangt hatte. Als Hauptsponsor des Eishockeyvereins von Lågomby waren Stig und Anita gerngesehene Gäste auf jeder lokalen Veranstaltung gewesen. Aber über die Jahre hatten sie das finanzielle Engagement immer weiter zurückgefahren. Das Logo war vom Trikot zunächst auf den Helm, später auf den Ärmel gewandert und schließlich ganz aus der Eishalle verschwunden. Auch die Werbetafeln wurden immer spärlicher und heute kam Bengt eigentlich nur noch diese eine hier am Ortseingang in den Sinn, die man entweder aus Loyalität zur hiesigen Brauerei stehen gelassen oder schlichtweg vergessen haben musste.

Der offensichtliche Bedeutungsverlust der Brauerei hielt Stig und Anita aber nicht davon ab, sich noch immer regelmäßig als stolze Unternehmer in der Öffentlichkeit zu präsentieren. Bengt erinnerte sich, dass er sie erst kürzlich auf einem Zeitungsfoto von der Wiedereröffnung der Bowlinghalle – die sechste innerhalb von nur fünf Jahren – gesehen hatte. Ob sie wirklich noch auf den Gästelisten solcher Events standen oder sich selbst dazu einluden, wusste Bengt nicht.

Bengt lenkte seinen Wagen die Auffahrt der Alfredssons hoch und parkte neben den Stufen zur Eingangstür. Unter dem kleinen Vordach sah Bengt Stig bereits vor dem herrschaftlichen Familiensitz stehen und rauchen.

Bevor er ausstieg, warf er einen routinemäßigen Blick auf sein Telefon und sah, dass er einen Anruf verpasst hatte. Zwischen Lycksele und Lågomby gab es mehrere Stellen, an denen die Netzabdeckung zu wünschen übrigließ. Falls diese Marie auf ihrem Posten Erfolg haben sollte, könnte deren Ausbesserung ein willkommener Nebeneffekt für die hiesige Bevölkerung sein.

Er nickte Stig durch die Scheibe zu und wählte seine Mailbox an.

„Hej, Chef", ertönte Lizas Stimme. „Diese Marie hat eben schon zum zweiten Mal hier angerufen, Marie Falk. Sie will unbedingt mit dir sprechen. Lasse hat wohl ausgeplaudert, dass wir die Leiche identifizieren konnten – war ja klar, dass der gleich wieder einen auf allwissendes Stadtoberhaupt machen muss."

Bengt schmunzelte. Liza nahm selten ein Blatt vor den Mund und hatte meistens recht damit.

Er schob das Telefon in seine Hosentasche und machte sich die gedankliche Notiz „Marie", womit nicht nur der Rückruf gemeint war, sondern auch eine Entscheidung darüber, wie weit er sie in den Fall mit einbeziehen wollte. Sie hatte nach außen zwar erstaunlich gelassen gewirkt, war aber mit Sicherheit noch damit beschäftigt, das Erlebte zu verarbeiten. Da kam es Bengt nur natürlich vor, dass sie sich für den Fortgang der Ermittlungen interessierte.

Gleichzeitig musste er sie aufgrund des Leichenfunds aber auch als Zeugin einstufen und der Umgang mit Zeugen – vielleicht sogar traumatisierten Zeugen – in einem Mordfall war keine alltägliche Aufgabe für Bengt. Er wollte dabei nichts falsch machen. Ihm fiel ein Fachbuch zu diesem Thema ein, das seine Ex-Frau Camilla ihm vor einigen Jahren zu Weihnachten geschenkt hatte. Vermutlich hätte Bengt schon damals klar sein müssen, dass es mit der Romantik in ihrer Ehe nicht mehr zum Besten bestellt war. Es war sicherlich nicht der einzige Hinweis dieser Art gewesen, den er nicht nur in seinem Bücherregal, sondern zu lange auch in den hintersten Ecken seines Bewusstseins verstaut hatte, ohne ihm gebührende Beachtung zu schenken.

Jetzt kam es ihm jedoch, vermutlich genau aus diesem Grund, wieder in den Sinn und er nahm er sich vor, das Buch zuhause zu Rate zu ziehen und sein Wissen bezüglich der Zeugenthematik aufzufrischen, bevor er mit Marie Kontakt aufnahm.

Mit diesem Vorsatz öffnete er die Wagentür und stieg aus.

Stig drückte seine Zigarette aus und hob die Hand zum Gruß.

Bengt fiel auf, dass der Aschenbecher bereits überquoll.

„Ich dachte, du hättest aufgehört?"

„Ach das. Nein, nicht wirklich. Das war nur 'ne Phase, glaub ich."

Stig schüttelte Bengts Hand und bat ihn hinein, wo Anita die beiden bereits im Wohnzimmer erwartete.

„Hej Anita. Wie geht's?"

„Gut, Bengt, danke."

Sie lächelte und Bengt glaubte einen leicht bemühten Zug darin zu erkennen. Doch als sie weitersprach, verflog dieser Eindruck.

„Wir freuen uns natürlich sehr, dass Ylva wieder hier ist."

Bengt nickte.

„Und dir?" Anita sah ihn beinahe mitfühlend an.

Bengt zog die Luft ein. „Alles okay."

„Nicht unbedingt alltäglich, was hier gerade passiert, nicht wahr? Komm, setz dich doch."

Bengt nahm auf dem eleganten Sofa Platz. Als er seinen Notizblock vor sich auf den Tisch legte, erschien Gitte in der Tür. Sie nickte ihm zu.

„Bier?" Stig sah ihn fragend an.

„Äh ... nein, danke. Ihr wisst ja, im Dienst und so."

Aber Stig hatte bereits drei Finger in Gittes Richtung gestreckt und die war mit der Bestellung schon auf dem Weg Richtung Küche. Einen Moment später hörte Bengt, wie drei Flaschen geöffnet und in Gläser eingeschenkt wurden.

„Ach, jetzt zier dich nicht. Eins geht immer." Stig lachte.

Kurz darauf kam Gitte mit einem kleinen Tablett zurück ins Wohnzimmer und stellte die Gläser auf dem Couchtisch ab.

„Danke, Gitte. Du kannst dann auch Feierabend machen."

Anita lächelte ihr zu.

„Seid ihr sicher, dass ihr nichts mehr braucht?"

Gittes Blick wanderte fragend von einem zum anderen und blieb abschließend bei Anita hängen, die den Kopf schüttelte.

„Gut. Ich muss eh noch in der Küche aufräumen. Falls also doch noch etwas ist ..."

Im Vorbeigehen legte Gitte Anita ganz kurz die Hand auf die Schulter, so als wollte sie sie dazu ermutigen, ihre Hilfe an diesem Abend noch einmal in Anspruch zu nehmen. Dann verschwand sie wieder in Richtung Küche.

Bengt merkte, dass diese kleine, vertraute Geste von Gitte ihn überraschte. Er musste sich eingestehen, dass er den Alfredssons ein solch herzliches Verhältnis mit ihren Angestellten wohl schlichtweg nicht zugetraut hatte. Es freute ihn, dass der Geist des alten Pärre, der von seinen Angestellten immer als fairer und zugänglicher Chef geschätzt worden war, in der nachfolgenden Generation offensichtlich mehr fortlebte, als er es sich vorgestellt hatte.

„Skål!" Stig hob sein Glas.

Während Anita und er beide einen kräftigen Schluck tranken, setzte Bengt sein Glas schnell wieder ab. Zwar würde er Stig nicht grundsätzlich widersprechen, was ein Bier kurz vor Feierabend anging – zumal die Wirkung des gemeinsamen Trinkens gerade auch bei Befragungen niemals unterschätzt werden durfte –, insgeheim war Bengt aber noch nie ein großer Fan des lokalen Lagers gewesen. Für die Minenarbeiter vergangener Zeiten mit ihren verrußten Kehlen mochte *Alfredssons* eine willkommene Erfrischung gewesen sein, Bengt aber wünschte sich beim Bier doch etwas mehr geschmackliche Vielfalt.

„Ylva war heute bei mir und hat mir erzählt, dass sie unsere Leiche kennt ... oder besser: kannte."

Bengt lehnte sich vor, um seinen Schreibblock aufzunehmen, wobei er seine Gesprächspartner aus den Augenwinkeln im Blick behielt. Soweit keinerlei Auffälligkeiten.

„Ich nehme an, sie hat euch das auch erzählt?"

Stig nahm einen weiteren kräftigen Schluck Bier.

„Ja. Heute Morgen beim Frühstück. Komischer Zufall."

Anita hielt ihr Bierglas fest umklammert.

„Der DNA-Abgleich steht noch aus, aber wir können derzeit davon ausgehen, dass es sich bei der Toten um eine Carol Johnson aus San Diego handelt", erläuterte Bengt.

Mehr aus Höflichkeit nahm er noch einen kleinen Schluck Bier und lehnte sich dann wieder zurück. Stig stellte sein leeres Glas ab und sah den Kommissar an.

„Und wie können wir dir da jetzt helfen, Bengt?"
„Nun ja ... Ihr könnt mir zum Beispiel sagen, ob ihr sie auch kanntet."
„Wir?", fragte Stig überrascht. „Woher denn?"
Bengt sah zu Anita hinüber, doch sie schien dem nichts hinzufügen zu wollen. Er nahm das Foto, das er aus Kalifornien zugeschickt bekommen hatte, aus seinem Block und legte es auf den Tisch. Es zeigte eine sympathisch lächelnde Frau mittleren Alters mit mittellangen braunen Haaren. Bengt konnte nicht verhindern, dass seine Gedanken für einen kurzen Moment zu dem toten Körper wanderten, der in diesem Moment in einem Kühlfach in der Gerichtsmedizin von Umeå lag. Schnell verdrängte er dieses Bild wieder.
Stig hatte sich vorgebeugt und betrachtete das Foto konzentriert. Dann schüttelte er langsam den Kopf, ohne die Augen von dem Bild zu nehmen. Anita dagegen warf nur einen kurzen Blick darauf und schlug dann die Augen nieder, so als würde das Lächeln der Frau auf dem Foto ihren Tod noch schrecklicher machen.
„Nein, ich auch nicht. Tut mir leid, Bengt."
Bengt nickte und machte sich ein paar Notizen, bevor er fortfuhr.
„Sie war Mitarbeiterin einer gewissen *Black Beach Brewery* in San Diego. Sagt euch das was?"
Nun schüttelten beide den Kopf.
„Du weißt ja, dass wir ein sehr kleiner Betrieb sind. Mit ausländischen Brauereien haben wir gar nichts zu tun", erklärte Anita beinahe entschuldigend.
„Ich habe glücklicherweise vorhin noch jemanden erreicht in San Diego. Die Zeitverschiebung hilft uns in diesem Fall."
Bengt sah von seinen Notizen auf und lächelte freundlich. Dann fuhr er beiläufig fort: „Offensichtlich war Miss Johnson unter anderem für die Akquirierung neuer Business-Partner zuständig."
Bengt entging nicht, dass Stig und Anita einen raschen Blick austauschten.
„Diese *Black Beach Brewery* ist wohl ganz schön am Expandieren, so wie sich das anhört. Auch international ... Mit anderen Worten, im Grunde war es ihr Job, kleinere Brauereien im Ausland ausfindig zu machen, die günstig übernommen werden könnten."
Bengt zählte im Kopf bis drei und ließ seinen Blick zwischen Stig und Anita hin- und herwandern, ehe er fortfuhr.
„Ihr hattet nicht zufällig vor zu verkaufen, oder?"
„Die Brauerei?" Stig sah Bengt erstaunt an. „Wie kommst du denn darauf?"

Bengt betrachtete die beiden ruhig.

„Liegt doch irgendwie nahe, oder? Was sollte sie sonst hier wollen? Und ein Deal mit *Black Beach* wäre für euch wahrscheinlich nicht das Schlechteste."

Stig räusperte sich, während Anita unruhig mit ihren Fingern spielte.

„Also, ehrlich gesagt ... Wir haben natürlich schon mal über einen Verkauf nachgedacht. Es ist ja kein Geheimnis, dass es schon seit einer Weile nicht mehr so läuft wie früher." Während er sprach, fixierte Stig mit seinem Blick zunächst den Schaumrand in seinem leeren Bierglas. Dann machte er eine kurze Pause und sah Bengt direkt an, wie um seinen Worten mehr Ausdruck zu verleihen.

„Aber das ist nun auch schon ein paar Jahre her, und so richtig ernsthaft haben wir es nie verfolgt. Du kennst ja meine Mutter – die würde mir den Kopf abreißen, wenn ich die Brauerei wirklich verkaufen würde!"

Stig wirkte selbst überrascht, mit welcher Vehemenz er diesen letzten Satz ausgesprochen hatte. Bengt entging nicht, wie er einen reflexartigen Blick über die Schulter Richtung Tür warf – offenbar aus Angst, dort Ingeborg zu entdecken.

„Aber rein wirtschaftlich gesehen wäre ein Verkauf nicht verkehrt?", fragte Bengt wieder mit einer bewussten Beiläufigkeit, während er noch einen Schluck Bier nahm.

Stig schien sich nun wieder etwas zu entspannen.

„So schlimm ist es nun auch nicht bestellt um uns, Bengt. Und jetzt wird ja auch Ylva wieder mit anpacken."

„Ja. Liza hat erzählt, dass Ylva wohl einiges gelernt hat in den Staaten. Ich wusste ehrlich gesagt gar nicht, dass die sich dort mit Bier überhaupt auskennen."

Augenblicklich tat Bengt seine unüberlegte Aussage leid. Sollte an möglichen Übernahmeplänen doch etwas dran sein, wäre es kein guter Schachzug, den Gesprächspartner bei seiner Berufsehre zu packen. Zumindest nicht in dieser Art Gespräch. „Aber man lernt ja nie aus", fügte er beschwichtigend hinzu und stürzte den letzten Schluck Bier hinunter.

„Hatte diese Carol ..." Anita sprach nun leise. „Hatte sie Familie in den USA?"

„Nein, soweit wir wissen nicht. Sie war wohl eher der Typ Karrierefrau. Zumindest hat ihr Chef sie als sehr pflichtbewusste und zuverlässige Mitarbeiterin beschrieben."

„Das ist gut", sagte Anita mit glasigen Augen.

„Ja. Es ist gut, dass sie keine Kinder zurückgelassen hat. Für uns wäre es allerdings ein wichtiger Ansatzpunkt gewesen, mit Angehörigen zu sprechen."

Bengt ließ seinen Blick noch einmal von einem zum anderen wandern. Dann klappte er seinen Schreibblock zu und stand auf.

„Dann bedanke ich mich für eure Zeit ... und das Bier."

Als er seine Autotür öffnete, sah er aus dem Augenwinkel eine Gestalt an einem der Fenster im ersten Stock. Er hob die Hand, doch die alte Ingeborg blickte nur starr auf ihn herunter. Dann drehte sie sich um und verschwand im Dunkel des Zimmers.

Nachdem Stig den Kommissar hinausbegleitet hatte, fand er Anita unbewegt auf der Kante des Sofas vor. Er sah seine Frau eindringlich an, doch die wich seinem Blick aus. Mit einem Ruck stand sie auf und räumte geschäftig die Gläser zusammen.

„Es darf auf keinen Fall so aussehen, als wollten wir verkaufen."

Anitas Stimme klang angestrengt und schwankte, als wäre sie hin- und hergerissen zwischen Flüstern und Schreien.

„Das wollen wir doch auch nicht. Oder?"

Stig suchte Blickkontakt zu seiner Frau, doch Anita ging mit gesenktem Kopf an ihm vorbei Richtung Küche.

„Nein, natürlich nicht."

„Vielleicht sollten wir einfach die Wahrheit sagen", murmelte Stig ihr hinterher.

Abrupt blieb Anita stehen und drehte sich zu ihm um. Die Gläser in ihrer Hand klirrten.

„Nein!"

Stig zuckte zusammen. So heftig reagierte Anita nur selten. Mit einem unterdrückten Seufzer ließ er sich aufs Sofa sinken. Anita stellte die Gläser ab, setzte sich neben ihn und nahm seine Hand zwischen ihre.

„Das bringt doch keinem mehr etwas. Jetzt erst recht nicht", sagte sie leise.

Stig nickte langsam. Dann schloss er die Augen und lehnte müde den Kopf gegen die Sofalehne.

Freitag

Mit dem ersten schrillen Ton ihres Handyweckers schreckte Marie hoch. Ein leichter Schmerz fuhr ihr durch den Nacken und sie brauchte einen Moment, um zu verstehen, wo sie war.

Durch die Fenster des Wohnzimmers fiel blendend helles Sonnenlicht in den Raum. Marie rieb sich den Kopf, der unangenehm drückte, und richtete sich mühsam auf dem Sofa auf. Vor ihr auf dem Boden lagen ihre Notizzettel in provisorischer Ordnung aufgereiht. Dazwischen eine halbleere Tüte Chips und Salmiaklakritz, dessen merkwürdig intensiven Geschmack sie bei diesem Anblick gleich wieder auf der Zunge spürte.

In einer Ecke des Sofas hatte Lennart sich mit den Füßen auf dem Couchtisch und dem Kopf auf der Lehne langgemacht und schlief noch. Marie hatte nie verstanden, dass es Menschen gab, die beim Erklingen eines Weckers nicht schlagartig mit leichtem Panikgefühl aufwachten, so wie es bei ihr der Fall war. Offensichtlich ging es Lennart da ganz anders. Er rührte sich keinen Millimeter.

Irritiert versuchte Marie, sich an ihre eigene Schlafposition zu erinnern. Hatte sie etwa mit dem Kopf auf Lennarts Schoß geschlafen? Gab es irgendetwas, woran sie sich erinnern sollte? Oder vielleicht besser nicht?

Marie fuhr sich durch die Haare. Sie unterdrückte das Bedürfnis, zuerst die Zähne putzen und in einen Spiegel schauen zu wollen und schüttelte Lennart an der Schulter.

Der schluckte, öffnete langsam die Augen und sah sie verschlafen an. Marie versuchte in seinem Gesicht zu lesen, ob am Vorabend irgendetwas zwischen ihnen passiert war, was ihr nun peinlich sein müsste. Ob sie etwas Unpassendes gesagt oder getan oder einfach nur zu viel getrunken hatte. Aber Lennart richtete nur den Blick Richtung Fenster und lächelte.

„Sieht so aus, als wäre der Sommer endlich da.“

Marie folgte seinem Blick. Tatsächlich schob sich die Morgensonne nicht nur grell, sondern auch ungewohnt heiß in den Raum.

Im Laufe des Tages hatten Marie und Lennart ihre Präsentation im Büro mit wenig Statistik und vielen Fotos unterfüttert, bis auch Marie einigermaßen zufrieden war. Ihr war zwar nicht ganz wohl bei dem Gedanken, ohne konkrete Zahlen und Fakten vor die Gemeinde zu treten. Doch vermutlich hatte Lennart Recht damit, dass es in erster Linie darauf ankam, bei Lasse und den Bewohnern von Lågomby auf Zustimmung zu stoßen.

„'Ne halbe Stunde haben wir noch. Das reicht genau für einen Aufguss in der Gemeindesauna", schlug Lennart gutgelaunt vor.

Marie, die gerade die letzten Unterlagen für ihren Vortrag sortiert und zusammengepackt hatte, hielt in ihrer Bewegung inne. Sauna? In Windeseile versuchte sie noch einmal abzuwägen, ob sie sich in der vergangenen Nacht in eine verfängliche Situation gebracht hatte. Hatte sie Lennart irgendwelche Signale gegeben? Sie hielt den Blick auf die Papiere vor sich gerichtet.

„Also ehrlich gesagt ... Bei dem Wetter? Ich glaub ..."

Lennart lachte. „Entspann dich, Marie. Das war nur ein Spaß."

Marie sah auf und schaute in Lennarts verschmitztes Gesicht. Unwillkürlich musste nun auch sie lachen.

Er grinste. „Sauna steht erst in der zweiten Woche auf dem Programm."

Der Gedanke an Sauna holte Marie wieder ein, als sie den Gemeindesaal betraten. Die Hitze des Tages staute sich in dem ohnehin schon luftarmen Raum und Marie spürte, wie ihr augenblicklich der Schweiß den Rücken hinunterrann.

Sie hatte nicht damit gerechnet, dass der geräumige Saal bis auf den letzten Platz besetzt sein würde. Während sie sich einen Weg zu den ihnen zugewiesenen Plätzen in der ersten Reihe bahnte, wurde Lennart von einem jungen Mann zurückgehalten. Aus dem Augenwinkel sah Marie, wie die beiden sich kurz an der Hand hielten, bevor Lennart ihr lächelnd folgte. Für einen kurzen Moment spürte sie Enttäuschung in sich aufsteigen, die gleich darauf einem Gefühl von Erleichterung wich.

‚Hätte eh nur alles verkompliziert.'

Sie musste über ihre eigenen Gedanken schmunzeln.

„Was ist?", fragte Lennart, als er neben ihr Platz nahm.

Marie schüttelte lächelnd den Kopf.

„Nichts, alles gut."

Fast ein wenig überrascht stellte sie fest, dass es sich genau so anfühlte. Alles war gut, zumindest in diesem Moment.

Unterdessen hatte Zeremonienmeister Lasse das Mikrofon ergriffen. Mit einem lauten Räuspern zog er die Aufmerksamkeit der Anwesenden auf sich.

„Liebe Gemeinde!"

Lasse lächelte und ließ seinen Blick staatsmännisch über die Reihen wandern.

„Es freut mich, dass ihr alle gekommen seid. Ich glaube, so eine große Resonanz hatten wir seit Jahren nicht mehr."

An dieser Stelle wurde der Bürgermeister betont ernst.

„Ich habe euch aus zwei Gründen heute Abend hergebeten. Wie die meisten von euch sicher schon mitbekommen haben, hat unsere schöne Stadt in der vergangenen Woche Zuwachs bekommen. Die bezaubernde Marie Falk aus Deutschland ist zu uns gezogen, um uns darin zu unterstützen, Lågomby wieder zu dem zu machen, was wir einmal waren. Mehr noch, um Lågomby zu dem zu machen, was wirklich in dieser Stadt steckt! Nämlich ein Traum-Reiseziel für Menschen aus der ganzen Welt!"

Mit diesen Worten, die Lasse voller Inbrunst ins Mikrofon zimmerte, stimmte er auch gleich einen Applaus an, der sich zögerlich ausbreitete und relativ schnell wieder von ihm selbst unterbrochen wurde.

„Liebe Marie, herzlich willkommen in Lågomby! In wenigen Minuten werden uns Marie und unser wunderbarer Lennart präsentieren, was wir mit Lågomby vorhaben. Nur so viel schon vorweg: Ihr werdet begeistert sein!"

Marie nickte Lasse freundlich zu und unterdrückte den Impuls, seine großspurige Ankündigung Lennart gegenüber zu kommentieren. Stattdessen konzentrierte sie sich darauf, ihre aufkommende Aufregung zu kontrollieren. Und sie registrierte zufrieden, dass sie Lasses Ausführungen weitestgehend folgen konnte. Ihr gutes Gefühl für Sprachen, das nicht zuletzt ein Grund für ihre Berufswahl gewesen war, machte sich also endlich mal bezahlt. Und auch der eilig absolvierte Intensivkurs mit ihrer Lehrerin in Deutschland, die sie unter anderem mit Audio-Übungen und Radiomitschnitten speziell auf den hiesigen Dialekt vorbereitet hatte, schien seine Wirkung nicht zu verfehlen.

„Zunächst aber zu den unerfreulichen Ereignissen dieser Woche, die ihr sicherlich alle aus der Zeitung kennt. Eine schreckliche Sache, wirklich. Aber ich bin sicher, dass dieser Fall in Kürze aufgeklärt sein wird und wir wieder nach vorne blicken können ... Unser Freund Bengt arbeitet mit seinem Team auf Hochtouren daran und ich kann euch versichern, liebe Mitbürgerinnen und Mitbürger, dass er jedwede Unterstützung, die er dazu benötigt, von uns erfährt. Als erstes wird Bengt uns nun selbst in einem kurzen Statement mitteilen, wie der Stand der Ermittlungen in diesem tragischen Fall aussieht. Bengt, wenn ich bitten darf."

Der Kommissar stand auf und betrat die Bühne. Lasse klopfte ihm kameradschaftlich auf die Schulter und blieb neben ihm stehen.

„Okay ... Danke dir, Lasse."

Auch Bengt räusperte sich und ließ seinen Blick über die Zuhörer wandern. Im Gegensatz zu Lasse war diese Pause jedoch weniger auf rhetorische Wirkung als auf Nervosität zurückzuführen. Er holte tief Luft.

„Folgendes kann ich euch zu diesem Zeitpunkt sagen: Wir haben die tote Frau, die am Dienstag hier im Moor gefunden wurde, inzwischen identifizieren können. Es handelt sich um eine US-Staatsbürgerin aus San Diego. Ihr Name ist Carol Johnson. Emil, kannst du bitte das Bild auflegen?"

Emil, den Lennart Marie im Flüsterton als Hausmeister des Gemeindezentrums vorstellte, hob in der Mitte des Saals den Daumen zur Bestätigung und machte sich dann in aller Ruhe an einem neben ihm platzierten Beamer zu schaffen. Um die Zeit zu überbrücken – und das lauter werdende Gemurmel in der Menge zu unterdrücken – fuhr Bengt fort.

„Ihr werdet gleich ein Bild von Miss Johnson zu sehen bekommen. Ein Foto von früher, also als sie noch lebte."

Bengt räusperte sich, irritiert über seine eigene Wortwahl, fing sich dann aber schnell wieder.

„Unsere Untersuchungen haben ergeben, dass sie in der Nacht von Montag auf Dienstag zu Tode kam. Wenn irgendjemand von euch sie davor gesehen hat, dann bitte ich euch eindringlich, so schnell wie möglich zu mir zu kommen. Jeder Hinweis kann wichtig für uns sein!"

In diesem Moment erschien hinter Bengt ein überlebensgroßes Bild der freundlich lächelnden Carol Johnson.

„Genau. Also, das ist – war – Carol Johnson ... Was kann ich euch noch sagen?"

Er warf einen kurzen Blick auf den Notizblock in seiner Hand.

„Nachdem wir jetzt also wissen, wer sie ist, sind wir natürlich dran, herauszufinden, warum sie hier war, wie sie hergekommen ist, wen sie eventuell unterwegs getroffen hat, und all solche Dinge."

„Einen Täter hast du also noch keinen, oder?" Ein älterer Mann aus dem Publikum hatte Bengts neuerliche Pause genutzt und sich erhoben. Sofort entstand allgemeines Gemurmel im Saal.

„Nein. Aktuell haben wir noch keinen dringend Tatverdächtigen ermitteln können." Etwas lauter fügte Bengt hinzu: „Aber wir arbeiten mit Hochdruck daran."

Plötzlich schob sich Lasse an Bengt vorbei.

„Liebe Freunde, wir befinden uns ja noch an einem sehr, sehr frühen Zeitpunkt der Ermittlungen und wie schon gesagt kann ich euch absolut versichern, dass Bengt und ich wirklich alles daran setzen, diese unschöne

Geschichte so schnell wie möglich aufzuklären. Aber wenn ich an dieser Stelle schon mal meine persönliche Meinung kundtun darf ... dann sieht für mich alles danach aus, dass diese Tat mit allerhöchster Wahrscheinlichkeit nichts mit uns und unserer schönen Stadt zu tun hat. Ich bin mir ganz sicher, dass – so schlimm das auch ist – da jemand unsere idyllische Abgeschiedenheit genutzt hat, um seine schändliche Tat vor der Öffentlichkeit zu verbergen."

Sichtlich perplex über Lasses Einwurf erkämpfte Bengt sich das Mikrofon zurück.

„Danke, Lasse. Du weißt, wir freuen uns immer über deine Unterstützung." Gefestigt fuhr er fort. „Aber was die Ermittlungen angeht, werden wir", er deutete mit einer Handbewegung Richtung Liza, die ebenfalls in der ersten Reihe saß, „die nötigen Schlüsse ziehen, sobald die Faktenlage abschließend geklärt ist."

Lizas Mundwinkel zuckten verräterisch, als sie ihrem Chef bekräftigend zunickte.

Während Lasse den Moment wie gewohnt staatstragend weglächelte, richtete Bengt sich wieder an die Versammlung.

„Also nochmal: Nein, wir haben zu dieser Zeit noch keinen Verdächtigen. Und daher muss ich euch auch bitten, vorsichtig und aufmerksam zu sein. Ich sage ausdrücklich, dass ich nicht davon ausgehe, dass sich jemand in akuter Gefahr befindet. Aber solange wir nicht mit Sicherheit wissen, was passiert ist, habt bitte ein Auge aufeinander. Ich werde euch natürlich auf dem Laufenden halten. Danke euch."

Damit ging Bengt zu seinem Platz zurück.

Marie und Lennart machten sich für ihren Auftritt bereit, doch plötzlich erhob sich Solveig aus der Zuhörerschaft und richtete sich an die Familie Alfredsson, die geschlossen in der zweiten Reihe saß.

„Hier in der Stadt geht das Gerücht um, dass die Frau hier war, um die Brauerei zu kaufen. Stimmt das? Wollt ihr verkaufen?"

Schlagartig wurde es still im Saal. Alle Augen wanderten nun zwischen Solveig und den Alfredssons hin und her. Man hätte in diesem Moment eine Stecknadel fallen hören können, so ruhig waren die Anwesenden in Erwartung der Antwort.

Etwas zögerlich erhob sich Stig.

„Liebe Solveig. Ich habe nicht die geringste Ahnung, wie du – oder ihr – auf so eine Idee kommt. Verkaufen? Ganz im Gegenteil!"

Nicht ohne Stolz ließ er den Blick über seine Familie schweifen. Anita nickte ihm zustimmend zu. Während Ingeborg, die neben ihrem alten Vertrauten Ove saß, sich gewohnt ungerührt gab, war Jonas und Ylva eine positive Aufregung anzusehen.

„Wie ihr wisst, ist Ylva nach einem Jahr in den USA endlich wieder zuhause", fuhr Stig fort und lächelte seiner Tochter zu.

„Was vielleicht nicht alle wissen, ist, dass sie dort an der Zukunft unserer Brauerei gearbeitet hat. An der Zukunft Lågombys, um genau zu sein! Wir – wir alle hier – können sehr stolz sein auf das Bier, das wir seit der Zeit meines Vaters hier brauen und verkaufen. Unser Lager war über viele Jahrzehnte genau das Bier, das unsere Kunden wollten."

Er machte eine Pause. Für einen Augenblick wirkte es, als würden Stigs Gedanken den Weg aus der glorreichen Vergangenheit der Brauerei in die Gegenwart nicht schaffen. Doch dann fuhr er umso klarer fort.

„Aber wir sind nicht blind. Und wir wissen – genau wie ihr –, dass sich Dinge ändern können. Dass sich Geschmäcker ändern können. Und dass auch wir deshalb offen sein müssen für Veränderung. Genau aus diesem Grund war Ylva in den USA. Um herauszufinden, in welche Richtung wir gehen müssen – in welcher Richtung die Zukunft unseres Biers liegt."

Er warf einen Blick in Ylvas Richtung.

„Aber wer könnte euch das besser erzählen als Ylva selbst. Lasse, kann Ylva die Bühne für ein paar Minuten nutzen, um uns allen hier einen kleinen Vorgeschmack auf die Zukunft von *Alfredssons* zu geben?"

In Stigs kurzer Ansprache waren so viele zukunftsweisende Schlüsselworte enthalten, dass Lasse seine Begeisterung kaum verbergen konnte und Ylva ohne Umschweife ans Mikrofon bat. Diese wirkte zwar kurz überrascht, griff dann aber nach Jonas' Hand und zog ihren Bruder mit sich auf die Bühne. Marie und Lennart wechselten einen verwunderten Blick.

„Liebes Lågomby ..." Ylva lächelte ihr einnehmendes Lächeln. „Das vergangene Jahr war sehr aufregend für mich. Aber ich freue mich auch sehr, jetzt endlich wieder zuhause zu sein."

Zum ersten Mal an diesem Abend ertönte ein spontaner Applaus aus den Reihen.

„Mein Vater hat Recht. Der Biermarkt hat sich in den letzten Jahren radikal verändert. Ehrlich gesagt schon in den letzten Jahrzehnten. Aber wir haben hier oben ja unsere eigene Zeitrechnung."

Bei jedem anderen hätte diese Aussage vermutlich zu empörtem Murren unter den Zuhörern geführt, aber aus Ylvas Mund klang es weder herablassend noch bevormundend. Anders als der Geschäftsmann Lasse präsentierte Ylva sich als gleichgestellt. Sie wollte sich nicht von der Masse abheben, sodass man ihr sofort glaubte, dass ihr nicht nur der Familienbetrieb, sondern auch das Wohl der Gemeinde am Herzen lag.

„Als mein Opa die Brauerei gegründet hat, war es sein Ziel, ein einfaches Bier für einfache Leute anzubieten. Kein Schnickschnack. So wie wir es hier oben mögen. Und wie es viele Jahre auch Sinn gemacht hat. Inzwischen hat sich der Geschmack der Konsumenten aber weiterentwickelt. Sie wollen Abwechslung. Vielfalt. Und immer wieder etwas Neues ausprobieren. Und sie sind auch bereit, dafür etwas mehr zu bezahlen! Eine Umstrukturierung in diese Richtung bedeutet natürlich, dass wir zunächst investieren müssen. Wir müssen neue Rezepte entwickeln, neue Hopfensorten ausprobieren, unser Marketing neu aufstellen. Aber: Wir haben auch schon ganz viel, worauf wir aufbauen können. Um unser Quellwasser beneiden uns Brauereien in ganz Europa. Unsere regionalen Getreidezulieferer ..."

Ylva suchte Blickkontakt zu einigen der anwesenden Bauern im Saal.

„... sind – und bleiben – ein Garant für unsere Qualität. Und nicht zuletzt sind auch unsere Mitarbeiter und Partner der ersten Stunde – ihr! – ein Grundstein für den Erfolg von *Alfredssons*."

Wie um ihren letzten Worten Nachdruck zu verleihen, machte sie eine kurze Pause.

Mit einem immer stärker werdenden Ziehen in der Magengegend realisierte Marie, dass Ylva die gesamte Bevölkerung Lågombys mit ihrem Plan einer kompletten Neuausrichtung der Brauerei mehr und mehr in den Bann zog. Und sie verstand auch, dass damit ihr eigener Plan gefährdet war. Lasse hatte im Vorfeld bereits unmissverständlich klargemacht, dass die Gemeinde nur Geld für ein Großprojekt aufbringen konnte. Marie hatte es so verstanden, dass sie nicht viel Spielraum zum Ausprobieren hatte, sondern gleich ihre erste Idee zünden musste. Damit, dass es zusätzlich Konkurrenz von anderer Seite her geben könnte, hatte sie nicht gerechnet.

„Ihr könnt euch bestimmt denken, dass wir diesen Traum nicht allein verwirklichen können. Daher hoffen wir von ganzem Herzen auf eure Unterstützung – wie ihr sie uns schon seit Gründung der Brauerei habt zukommen lassen. Neue Investitionen bedeuten natürlich auch neue Arbeitsplätze. Wir sind fest davon überzeugt, dass ein Aufschwung von *Alfredssons* einen Aufschwung für die ganze Region bedeutet. Wir bringen Lågomby wieder ganz nach oben! Wenn ihr dabei seid."

Die unmissverständliche Antwort kam in Form von Applaus. Minutenlang. Und voller Begeisterung.

Marie und Lennart sahen sich an und wussten beide, dass ihr Golfressort damit gestorben war – noch bevor überhaupt irgendjemand von seiner Planung erfahren hatte.

Nachdem wieder etwas Ruhe eingekehrt war, trat Lasse zurück ans Mikro, immer noch klatschend.

„Vielen Dank, Ylva. Was für eine tolle Überraschung! Ich glaube die offizielle Zusage der Gemeinde, euer Vorhaben zu unterstützen, ist damit nur noch Formsache. Sobald ihr den finalen Businessplan habt, setzen wir uns zusammen und machen Nägel mit Köpfen!"

Er warf einen Blick auf die Uhr.

„Leider müssen wir hier jetzt Platz machen für Emma und ihre Line-dance-Gruppe."

Erst jetzt sah Lasse zu Marie hinüber.

„Ach ja, Marie! Für euch ist das natürlich auch eine tolle Sache, nicht wahr? Da reden wir dann noch, wie ihr euch an dieser Entwicklung beteiligen könnt."

Marie krallte sich regelrecht am Lenkrad fest, als sie ihren Wagen über die Nygata lenkte. Unmittelbar nach der Gemeindeversammlung war sie in erster Linie perplex gewesen. Sie hatte sich schnell und ohne viele Worte von Lennart verabschiedet und davongemacht.

Jetzt spürte sie Wut in sich aufsteigen. Lasse hatte Lennart und sie übel vorgeführt, auch wenn das vielleicht nicht so geplant gewesen war. Ganz offensichtlich war er einer von diesen Leuten, die ihre Meinung in Windeseile ändern konnten und vor allem auf ihr eigenes Ansehen bedacht waren. Keine besonders angenehme Eigenschaft. Vor allem nicht für diejenigen, die für eine solche Person arbeiten mussten.

Auch auf Ylva war Marie wütend. Obwohl ihr bewusst war, dass die eigentlich keine Schuld traf. Sie hatte ja nicht wissen können, dass sie Marie und Lennart mit ihren Plänen regelrecht in die Parade gefahren war. Und selbst wenn, konnte Marie ihr kaum vorwerfen, sich um das Wohl ihres Familienbetriebs zu kümmern.

Trotzdem fühlte Marie sich irgendwie betrogen. Und zudem unangenehm daran erinnert, dass sie nicht dazugehörte. Dass sie hier oben im Grunde überhaupt nichts verloren hatte.

Auch dass sie sich Ylva nach ihrem ersten zufälligen Aufeinandertreffen insgeheim schon als neue Freundin vorgestellt hatte, verstärkte dieses Gefühl nur noch.

Beim Einbiegen in den Björnväg erwischte Marie den falschen Gang, kuppelte ruppig nach und fluchte genervt.

Im nächsten Moment drückte sie ihren Fuß mit aller Kraft aufs Bremspedal.

Obwohl sie nicht besonders schnell gefahren war, blieb der Wagen mit einem heftigen Ruck stehen. Marie spürte ihr Herz hämmern. Gebannt vor Schreck starrte sie durch die Windschutzscheibe.

Nur wenige Meter vor ihr stand eine ausgewachsene Elchkuh mit einem kleinen Kalb, das sich halb hinter dem Körper der Mutter versteckte. Die stand da wie versteinert, kein einziger Muskel in ihrem Körper regte sich, ihre Augen waren fest auf das Scheinwerferlicht gerichtet.

Maries Herzschlag war augenblicklich hochgeschnellt, doch sie blieb ganz still sitzen und schaute das riesige Tier mit seinem Jungen ehrfürchtig an. Dann tastete sie, ohne den Blick abzuwenden, nach dem richtigen Knopf und schaltete die Scheinwerfer aus. Ein paar Sekunden vergingen bevor die Elchkuh sich wieder in Bewegung setzte. Sie gab ihrem Kalb einen Stoß mit der langen runden Schnauze und mit wenigen Sätzen waren die beiden zwischen den Bäumen verschwunden.

Marie blickte ihnen nach. Dann brach sie in erleichtertes Lachen aus.

Es begann schon zu dämmern, als Bengt nach der Gemeindeversammlung noch einmal ins Kommissariat fuhr. Eigentlich hatte er nicht vorgehabt, die ganze Versammlung hindurch zu bleiben. Doch dann hatte ihr Verlauf ihn so überrascht, dass er sich das Schauspiel nicht hatte entgehen lassen können.

Nachdenklich breitete er seine Notizzettel auf dem Schreibtisch aus, nahm dann in seinem Stuhl Platz und drehte sich – von den Notizzetteln weg – Richtung Fenster. Immer wieder listete er alle Informationen gedanklich auf, spielte einige Momente der vergangenen Stunden vor seinem inneren Auge ab. Er stolperte über Stigs so plötzlich erwachten Geschäftssinn und erinnerte sich an Ylvas glänzende Augen bei der Präsentation ihres neuen Betriebskonzepts. Er sah Lasses gierigen Blick vor sich, als ihm klar geworden war, dass Lågomby im Fahrwasser der Brauerei vielleicht doch noch einmal zu einer wirtschaftlich relevanten Marke aufgebaut werden konnte. Und er erinnerte sich an die begeisterte Reaktion der Anwesenden.

Es war nicht zu übersehen gewesen, dass die komplette Gemeinde noch immer hinter der alten Brauerei stand, sich regelrecht damit identifizierte. Jetzt, wo Stig und Lasse grünes Licht für einen Neuanfang gegeben hatten, war das Ziel offensichtlich keine Frage mehr: Mit vereinten Kräften sollte an einer möglichst schnellen Umsetzung von Ylvas Plänen gearbeitet werden. Pläne, die sie aus den USA, den Vorreitern in Sachen kreativer

Bierherstellung, mitgebracht hatte. Dass man bisher wenig Konkretes über diese Pläne wusste, schien niemanden zu stören.

Nur die arme Marie war dabei unter die Räder gekommen. Sie tat Bengt direkt leid. Sicherlich war sie nicht darauf vorbereitet gewesen, dass die Strukturen in einem abgeschiedenen kleinen Städtchen in Nordschweden, wo man im Notfall auch in Zeiten von Internet und Smartphones noch auf die Hilfe seiner Nachbarn angewiesen war, anders funktionierten als in ihrer Heimat.

Aber was hatte all das für seinen Fall zu bedeuten? Es konnte doch kein Zufall sein, dass die marode Brauerei nach Jahrzehnten des langsamen Zusammenschrumpfens ausgerechnet jetzt einen plötzlichen Aufschwung erleben sollte. Kurz nachdem eine unbekannte amerikanische Brauerin, die vermutlich mit einem Scouting-Auftrag ihrer Firma unterwegs gewesen war, tot in der Gegend gefunden worden war.

Bengt überlegte. Ihm war unwohl bei dem Gedanken, weiter in die Aktivitäten der Familie Alfredsson eindringen zu müssen – nicht etwa, weil ihre anhaltende gesellschaftliche Stellung ihm Respekt einflößte, sondern weil er wusste, dass bei Ermittlungen in solchen Kreisen meist nicht die Richtigen, die Entscheidenden zur Rechenschaft gezogen werden konnten. Unwillkürlich kam ihm Ylva in den Sinn. Ihr müdes, ernstes Gesicht, als sie gestern aufs Revier gekommen war, um ihre Aussage zu machen. Und ihr strahlendes Lächeln, als sie heute Abend ihre Pläne vorgestellt hatte. Bengt stutzte. War sie vielleicht der eigentliche Grund, warum er sich sträubte, weiter in diese Richtung zu denken?

Er drehte sich zu seinem Schreibtisch um und vertiefte sich noch einmal in die Informationen, die er bislang zusammengetragen hatte – die Fotos vom Tatort, den Obduktionsbericht der Leiche, die Zeugenaussagen von Marie und Ylva sowie die Notizen aus dem Telefonat mit der *Black Beach Brewery*.

Seufzend schaltete er seinen Computer und die kleine Schreibtischlampe noch einmal an.

Samstag

Am Samstagmorgen saß Bengt wenige Meter von der Hofeinfahrt der Brauerei entfernt in seinem Wagen. Die Uhr neben dem Radio zeigte 8:53 Uhr an. Er hatte die gesamte Familie Alfredsson auf neun Uhr herbestellt. Nach guter schwedischer Sitte wartete er, um dann auf die Minute genau pünktlich bei dem Treffen zu erscheinen. Stig und Anita hatte er bereits durch das Tor gehen sehen. Durch den Rückspiegel beobachtet schienen sie sich nicht zu unterhalten, sondern hatten auf Bengt ernst und in sich gekehrt gewirkt. Wenige Minuten später war Jonas mit dem Fahrrad an ihm vorbeigerauscht. Auf Ingeborg musste er wohl kaum warten. Er war fast sicher, dass die alte Dame einen standesgemäßen Auftritt, wenige Minuten nach dem vereinbarten Zeitpunkt, hinlegen würde. In Gedanken ging er immer wieder alle relevanten Indizien durch. Er seufzte.

In diesem Augenblick klopfte es an die Scheibe. Bengt fuhr zusammen. Er blickte auf und sah Ylva, die ihm lächelnd von draußen zuwinkte. Bengt nahm seine Mappe vom Beifahrersitz und stieg aus.

„Hej, Ylva."

„Morgen, Bengt." Sie legte den Kopf ein wenig schief – eine Geste, die ihm in den vergangenen Jahren sehr vertraut geworden war.

„Du siehst müde aus."

„War 'ne lange Nacht." Bengt schlug die Fahrertür zu. Gemeinsam überquerten sie die Straße und betraten den Hof.

„Gibt's Neuigkeiten?" Ylva sah ihn fragend von der Seite an.

Bengt nickte. „Sieht so aus."

Er wollte auf das kleine Verwaltungsgebäude zugehen, doch Ylva steuerte einen der kaum noch benutzten Gebäudeteile direkt neben der großen Brauhalle an.

„Wir treffen uns im alten Sitzungssaal."

Bengt folgte ihr stumm. Sicherlich war das Ingeborgs Idee gewesen. Die Senior-Chefin des Hauses wollte die Würde und Bedeutung des alten Familienbetriebs in die Waagschale werfen, ganz egal wie sehr diese inzwischen in die Jahre gekommen sein mochten. Bengt dagegen hatten Rang und Namen noch nie viel bedeutet. Dementsprechend ließ er sich auch nicht davon beeindrucken. Er fragte sich lediglich, ob Ingeborg bereits ahnte, warum er hier war.

Als sie den Saal betraten, war der Rest der Familie Alfredsson bereits versammelt – auch Ingeborg. Sie hatte sich offensichtlich gegen einen vornehm verspäteten Auftritt entschieden und thronte stattdessen auf einem

Holzstuhl mit kunstvoll verschnörkelter Rückenlehne am hinteren Ende des langen Tisches. Um sie herum saßen Stig, Anita und Jonas.

Bengt blinzelte. Nach dem hellen Morgenlicht draußen mussten seine Augen sich erstmal an das Dämmerlicht im Saal gewöhnen. Man hatte lediglich die vorderen Fensterläden geöffnet, sodass das hintere Ende des Raums nur indirekt beleuchtet wurde – vielleicht um die schon fast symbolische Staubschicht auf den antiken Möbeln und Bildern zu verbergen.

„Morgen Bengt. Bitte nimm Platz."

Stig schob ihm eine altmodische Tasse mit Kaffee quer über den Tisch.

„Guten Morgen."

Bengt nahm die Porzellantasse vom Unterteller und ging damit weiter bis zum Ende des Tischs. Er spürte, wie alle ihm mit den Augen folgten, kümmerte sich aber nicht weiter darum.

Er legte seine Mappe auf der Fensterbank ab und betrachtete einen Moment lang den kleinen Staubwirbel, den er dadurch verursacht hatte. Dann wandte er sich den Alfredssons zu.

„Es geht noch einmal um Carol Johnson", setzte er an.

„Hast du ihren Mörder endlich gefasst?" Ingeborg drehte sich umständlich auf die Seite, an der Bengt stand. Er war sich sicher, dass sie ihm in diesem Moment einen ihrer vielseitig erprobten herablassenden Blicke zuwerfen wollte. Doch er hatte sich rechtzeitig vom Fensterbrett wegbewegt, sodass Ingeborgs Blick ins Leere fiel.

Betont gelassen spazierte er hinter Ingeborgs Rücken hin und her. Er wusste, dass er das Familienoberhaupt damit verärgerte. Sie war es gewohnt, alle und alles im Blickfeld zu haben. Zeigen würde sie ihren Ärger jedoch nicht, denn das käme in ihrer Welt einer Niederlage gleich. Bengt lächelte stumm in sich hinein. Er verfolgte keine bestimmte Absicht mit seinem Verhalten. Es gab keinen Grund dafür, Ingeborg zu verunsichern, zumindest keinen ermittlungstechnischen. Er hatte schlichtweg keine Lust, den Hierarchie-Vorstellungen der alten Dame zu entsprechen. Also genoss er den kurzen Moment seines kleinen Triumphs, bevor er sich zusammenriss und zum eigentlichen Grund für dieses Treffen zurückkehrte.

„Ihr habt mir versichert, dass es keinerlei Verkaufspläne für die Brauerei gibt."

Bengt richtete sich an Anita und Stig. Die beiden sahen ihn verwundert an.

„Natürlich wird nicht verkauft", mischte sich Ingeborg forsch ein. Bengt überging ihren Einwand und hielt seinen Blick unverwandt auf die jüngere Generation gerichtet.

„Aber eure Geschäftsbücher würden mir vielleicht etwas anderes sagen?"

„Was gehen dich denn unsere Geschäftsbücher an?“

Ingeborg stützte sich mit beiden Händen an der Tischkante ab und drehte sich nun beinahe gewaltvoll zu Bengt um.

„Wir haben seit einiger Zeit Probleme, das stimmt“, lenkte Stig ein. „Aber die Brauerei gehört nun mal zur Familie.“

Ingeborg bekräftigte Stigs Aussage mit einem einzelnen, energischen Kopfnicken.

„Solange wir einigermaßen davon leben können, kommt ein Verkauf für uns nicht in Frage. Und du hast ja gestern Abend gehört, dass es nun neue Pläne gibt“, fuhr Stig fort.

Er schickte ein kurzes Lächeln in Ylvas Richtung. Ylva verfolgte das Gespräch stumm. Sie wirkte nun bedrückt. Von der Euphorie des Vorabends war nichts mehr zu spüren.

Bengt nickte. „Ja, das hab ich gehört.“

Er machte eine kurze Pause.

„Aber das sind bislang nur Ideen. Ein gutes Angebot hättet ihr kaum ausschlagen können. Schon alleine aus Verantwortung euren Angestellten gegenüber.“

Anita blickte verunsichert von Bengt zu Stig.

„Wirtschaftlich gesehen vielleicht nicht. Aber es gab doch gar kein Angebot.“

„Kann sein. Trotzdem gehe ich davon aus, dass Miss Johnson über die angespannte Lage der Brauerei im Bilde war.“

Bengt entging nicht, dass Stig und Ingeborg einen überraschten Blick austauschten. Doch sein Fokus lag nun auf Ylva, der in diesem Moment ein schockiertes „Verdammt!“ entfuhr.

„Ylva!“, kam es sofort streng aus Ingeborgs Richtung.

Die vermied es nun strikt, ihre Familie anzuschauen. Stattdessen suchte sie Bengts Blick.

„Ich habe ihr erzählt, dass wir ... ein paar Schwierigkeiten haben“, erklärte Ylva.

Bengt nickte nur, wenig überrascht.

„Damals auf der Braumesse. Wir haben uns gut verstanden. Sie hat gefragt, wo ich herkomme ... Ich hab mir nichts dabei gedacht“, fuhr Ylva fort.

„Ist das dein Ernst?“ Jonas sah seine Schwester entsetzt an. „Du kannst doch nicht rumlaufen und unsere Firmeninterna ausplaudern. Und dann auch noch auf einer Braumesse! Die Frau war ’n Scout! Damit hast du ihr unsere Brauerei ja förmlich angepriesen.“

„Ich hab ihr überhaupt nichts angepriesen!", entgegnete Ylva wütend. Sie wirkte überrascht darüber, so heftig von Jonas angegangen zu werden – waren die beiden sich doch meistens diskussionslos einig, wenn es um die Brauerei ging.

„Außerdem hat Papa doch recht – es ist kein Geheimnis, dass *Alfredssons* schon bessere Zeiten hatte."

Trotzdem sah sie nun entschuldigend zu ihren Eltern hinüber.

Ingeborg lehnte sich vor und tätschelte Ylvas Hand.

„Mach dir keine Sorgen, Kindchen. So schnell kriegt man die Alfredssons nicht klein. Ist ja nichts passiert."

Bengt beugte sich dicht an Ingeborg vorbei nach vorne und stellte seine Kaffeetasse mit einem gedämpften Knall neben der alten Frau auf den Tisch. Ingeborg fuhr zusammen.

„Außer dem Mord, meinst du?" Er sah Ingeborg streng an. Ganz bewusst hatte er die alte Frau geduzt, gerade weil er wusste, dass ihr die modernen Umgangsformen der jüngeren Generationen ein Dorn im Auge waren – zumindest, wenn es um ihre eigene Person ging. Doch Ingeborg ließ sich nichts anmerken.

„Mord? Wer weiß denn schon, was der armen Frau passiert ist? Du ja offenbar noch nicht", stichelte sie gegen Bengt.

„Und selbst wenn sie hinter der Brauerei her war – was können wir dafür, wenn sie hier herumspioniert hat? Wir wussten doch nicht einmal was davon!"

Bengt nickte. „Das Problem ist, dass einer von euch vielleicht doch davon wusste."

Sein Blick wanderte müde, fast schon traurig zurück zu Ylva.

Die starrte den Kommissar ungläubig an.

„Ich? Du glaubst doch nicht ... ? Das kann nicht dein Ernst sein, Bengt! Wir kennen uns doch jetzt seit Jahren."

„Deswegen weiß ich auch, wie sehr du an der Brauerei hängst. Du hast die Leidenschaft von deinem Großvater geerbt."

Er lächelte etwas gequält.

„Dir ging es nie um den Status oder das große Geld. Sondern um das Unternehmen selbst, und um das Produkt."

Ylva sah Bengt verwirrt an. Offensichtlich fiel es ihr schwer, das, was er sagte, in einen logischen Zusammenhang mit dem Mordfall zu bringen. Bengt stand ganz still am anderen Ende des Tisches. Es wirkte jetzt, als müsse er sich sehr auf seine Worte konzentrieren.

„Während dein Vater starr am alten Erfolg eures Biers festhielt – und das Unternehmen damit eigentlich schon aufgegeben hatte –, bist du bis in die USA gereist, um neue Geschäftsstrategien für euch zu entwickeln.“

Bengt spürte, wie sich eine unterdrückte Unruhe unter den Anwesenden breitmachte. Niemand sagte etwas. Selbst Ingeborg schienen nun die Worte zu fehlen, um ihn zu unterbrechen.

„Und gerade in dem Augenblick, als du soweit warst, mit all deinen Ideen nach Lågomby zurückzukehren, hast du einen Fehler gemacht.“

Er bemerkte eine Veränderung in Ylvas Gesicht. Die Verwirrung war gewichen. Stattdessen verfolgte sie jedes seiner Worte mit konzentrierter Aufmerksamkeit. Bengt rückte seinen Blick ein wenig von ihr ab, um sich nun – im entscheidenden Moment – nicht aus der nötigen Ruhe bringen zu lassen.

„In deiner Euphorie hast du dich Carol Johnson anvertraut, einer Fremden – die augenscheinlich noch ganz anderes Potential in dem Betrieb gesehen hat. Ich glaube, dass sie dir von ihren Plänen, *Alfredssons* für die Expansion der *Black Beach Brewery* zu kaufen, erzählt hat. Vielleicht dachte sie sogar, sie könnte euch damit helfen.“

Er ließ seinen Blick über die Anwesenden schweifen, die ihn allesamt mit angehaltenem Atem anschauten.

„Vielleicht hätte sie euch damit sogar geholfen. Trotzdem wäre ein Verkauf alles andere als in deinem Sinn gewesen, Ylva. Denn du wolltest bei deiner Rückkehr einen Generationenwechsel durchführen und die Brauerei zusammen mit Jonas neu ausrichten.“

Ylva lehnte sich in ihrem Stuhl zurück. Sie verschränkte die Arme vor der Brust und beobachtete Bengt mit leicht verengten Augen.

„Aber du wusstest, dass deine Eltern einen guten Deal nicht ablehnen könnten. Also blieb dir nur Eines: Du musstest verhindern, dass Carol Johnson ihnen überhaupt ein Angebot machen konnte.“

Einen Moment lang starrten Bengt und Ylva sich stumm an.

„Bist du fertig?“, fragte Ylva ruhig.

Bengt nickte.

„Dann erklär mir doch bitte, wie ich einen Mord begangen haben soll, wenn ich an dem Tag noch gar nicht hier war.“

Bengt nickte wieder. Langsam ging er zurück zum Fensterbrett und nahm seine Mappe.

„Du bist am Donnerstag, also zwei Tage nach dem Leichenfund in Lågomby angekommen. Richtig?“

„Richtig.“

Bengt öffnete die Mappe und zog ein Blatt Papier, auf dessen oberem Ende das Logo von Scandinavian Airlines prangte, daraus hervor. Langsam schob er es über den Tisch zu Ylva hinüber. Die übrigen Alfredssons starrten die beiden fassungslos an.

„Von der Fluggesellschaft weiß ich aber, dass du schon am Montag in Stockholm gelandet bist. Montag – an diesem Abend wurde Carol Johnson ermordet."

Sie hatte vergessen, wie lange man in diesem Land reisen konnte, ohne an seine Grenzen zu stoßen. Ab Stockholm waren es sechs Stunden Zug, zwei Stunden Warten, zwei Stunden Bus, nochmal Warten, nochmal Bus und dasselbe Spiel noch ein weiteres Mal gewesen.

Bis Umeå war sie noch eine unter vielen gewesen. Mit ihrem kleinen Wander-Rucksack und den Outdoor-Klamotten hatte sie sogar richtig gut ins Bild ihrer Mitreisenden gepasst. Etwas amüsiert hatte sie festgestellt, dass diese Mischung aus Retro-Schick und modernsten Funktionsmembranen, die sie selbst eher unbewusst gewählt hatte, offenbar exakt dem aktuellen Trend entsprach. Die meisten dieser Möchtegern-Abenteurer blieben im Zug sitzen, als sie in Umeå ausstieg. Weiter im Norden wartete schließlich das wahre Lappland, mit all den romantischen und exotischen Angeboten, die sich im Süden so gut vermarkten ließen. Mit ihr stiegen lediglich die Hipster-Studenten aus, die offenbar immer noch fest daran glaubten, dass Umeå das Berlin des Nordens sei.

Im Überlandbus nach Lycksele war von denen nichts mehr zu sehen – außer ihr nur einige allein reisende ältere Männer und Frauen, die vermutlich zu Behördengängen oder dem halbjährlichen Konzertbesuch in die Provinzhauptstadt Västerbottens gefahren waren, und eine Gruppe bärtiger Männer um die 30, die aussahen, als könnte jeder einzelne von ihnen eine ausgewachsene schwedische Fichte mit bloßen Händen aus dem Boden reißen.

Die Baumreißer waren in Lycksele sogar mit ihr in den nächsten – deutlich kleineren – Bus gestiegen, der sie von der Hauptstraße, die weiter nach Nordwesten in Richtung norwegische Grenze führte, direkt nach Westen ins Niemandsland brachte.

Müde entzifferte sie den Schriftzug auf einer ihrer Jacken: Lappland Gruvbolag. Minenarbeiter also, keine Baumfäller. Sie erinnerte sich, irgendwo gelesen zu haben, dass man in Fäbodliden erst neulich wieder neue Goldvorkommen ausgemacht hatte.

Auf den letzten Kilometern ihrer mittlerweile endlos scheinenden Reise saß sie dann wirklich alleine – und war ihren Gedanken damit endgültig ausgeliefert.

Ein Teil von ihr wäre am liebsten sofort aus dem Bus gesprungen und den ganzen Weg zurück in ihr gewohntes Leben gegangen, notfalls zu Fuß. Aber ihre Beine blieben schwer auf den abgewetzten Kanten des Sitzes liegen.

In den letzten Wochen hatte sich etwas in ihr verändert. Alles, was sie sich in den vergangenen Jahren mühevoll aufgebaut hatte, funktionierte plötzlich nicht mehr. Es hatte als unbestimmtes Gefühl in ihrem Bauch begonnen und sich langsam in ihr hochgearbeitet. Als alle Fragezeichen schließlich zu Gewissheit geworden waren, hatte diese sich irgendwo im Inneren ihres Brustkorbs verhakt – wie ein Bleigürtel, der jedem Atemzug unmäßige Energie abrang und sie stetig nach unten zog.

Marie bog langsam auf den Parkplatz des Kommissariats ein, wo heute nur wenige Autos geparkt standen. Sie war nicht sicher, ob sie Bengt an einem Samstag überhaupt hier antreffen würde. Andererseits richteten sich die Ermittlungen eines Mordfalls wohl kaum nach Werktagen.

Lennart hatte am frühen Vormittag angerufen. Er war zwar ebenso empört über Lasses Verhalten bei der Gemeindeversammlung, ließ sich dadurch aber deutlich weniger aus der Ruhe bringen als Marie. Mit seiner gelassenen Art schaffte er es sogar, sie so weit zu beruhigen, dass sie ihren Ärger fürs Wochenende beiseiteschob und sich anderen Dingen widmete.

Leider beschränkte sich Maries private To-do-Liste nach wie vor auf genau einen Punkt: Sie musste wissen, was es mit der toten amerikanischen Brauerin auf sich hatte. Sonst würde sie in diesem Haus niemals Ruhe finden.

Da Bengt nicht an sein Handy ging, war sie kurzerhand ins Auto gestiegen und hatte sich auf den Weg zum Kommissariat gemacht. Allemal besser als alleine zuhause rumzuhocken.

Doch weiter als bis zum Pförtner kam sie nicht. Bengt war auf irgendeinem Außentermin, ob er heute noch einmal ins Büro kommen würde, wusste der Mann nicht.

Eine Weile strich Marie ziellos durch den nördlichen Randbezirk von Lågomby. Als sie um eine der vielen gleichförmigen Ecken bog, blieb sie abrupt stehen. Verblüfft blickte sie auf die kleine Einkaufspassage, die sich vor ihr erhob: Eine Anlage mit diversen Geschäften, einer Bowlingbahn, einem Schnellrestaurant und sogar einem kleinen Kino.

‚Hätte Lennart mir auch mal sagen können', grummelte sie in Gedanken, während sie den weitläufigen Parkplatz betrat. Sie schlenderte einmal an den Geschäften vorbei, kaufte sich dann kurzentschlossen ein Ticket fürs Kino – eine schwedische Komödie, die bereits begonnen hatte. Eine Viertelstunde lang konzentrierte sie sich pflichtbewusst darauf, die Sprache zu verstehen. Dann erlaubte sie sich wegzudösen und den Rest des Films zu verschlafen. Sie genoss das Knistern und Flüstern der anderen Zuschauer im Halbdunkel des Kinosaals um sich herum. Es erinnerte sie daran, wie sie als Kind zwischen ihren Eltern inmitten von deren Freunden oder vor dem Fernseher eingeschlafen war. Es hatte ihr das Gefühl vermittelt, niemals ganz alleine zu sein. Ein Gefühl, das sich in den letzten Jahren langsam aber sicher rargemacht hatte.

Mit einer angenehmen Benommenheit verließ sie danach den Kinosaal und machte sich auf den Heimweg. Sie erreichte das Haus mit einer beinahe überraschenden Zufriedenheit und beschloss, den Nachmittag zu nutzen, um endlich ihre Sachen auszupacken.

Sie griff nach dem Türknauf, hielt dann aber schlagartig inne. Die Tür war angelehnt. Aus dem Wohnzimmer drangen leise Geräusche zu ihr nach draußen.

Eine Sekunde lang blieb Marie wie angewurzelt stehen. Dann schoss ihr ein einziger Gedanke durch den Kopf:

‚Nichts wie weg hier!'

Doch gerade als sie kehrtmachen und zurück zu ihrem Wagen rennen wollte, wurde die Tür von innen aufgerissen.

Eigentlich hatte Bengt vorgehabt, nach seinem Termin bei den Alfredssons ins Büro zu fahren, um sich mal ganz in Ruhe, ohne die ständige Unterbrechung durch Kollegen, Telefonate oder vorwitzige Journalisten auf ein paar offene Fragen dieses Falls konzentrieren zu können. Doch im Auto hatte er sich plötzlich ungewohnt matt und abgeschlagen gefühlt, sodass er stattdessen, fast schon automatisch, nach Hause gefahren war. Er blieb einige Sekunden regungslos am Steuer sitzen, bevor er mit schweren Beinen ausstieg und langsam auf die Eingangstür zu schlurfte.

Drinnen ließ er sich, ohne zuvor die Schuhe auszuziehen, aufs Sofa fallen und schloss die Augen. Das Meeting hatte ihm sämtliche Energie geraubt. Kopfschmerzen hatte er auch. Und irgendwie war das alles auch nicht so verlaufen, wie er es sich vorgestellt hatte.

Aber was *hatte* er sich überhaupt vorgestellt? Dass er der versammelten Familie Alfredsson in bester Agatha-Christie-Manier seine Theorie vortragen würde und am Ende Ylva – ausgerechnet Ylva! – als Mörderin präsentierte, die dann unter Tränen die Tat gestand?

Nein, es war ein viel vageres Gefühl gewesen, das ihn dazu gebracht hatte, die aktuelle Indizienlage vor der versammelten Familie auf den Tisch zu legen. Dass dabei ausgerechnet Ylva, für die er – ganz im Gegensatz zu anderen Mitgliedern der Familie – zweifellos eine gewisse Sympathie empfand, ins Blickfeld der Ermittlungen geriet, erschien ihm als eine der besonderen Tücken der Arbeit eines Kleinstadtkommissars.

Sie hatte ihn nur angestarrt. Mit einem Blick, den Bengt irgendwo zwischen Wut, Fassungslosigkeit und Enttäuschung eingeordnet hatte. Vor allem diese Enttäuschung war es, die ihn getroffen hatte.

Nach einem kurzen Moment angespannter Stille war es natürlich Ingeborg gewesen, die als erste ihre Fassung wiedergefunden hatte. Und wie. Mit einem für ihr Alter bemerkenswert kräftigen Faustschlag auf den Holztisch ließ sie die anderen,inklusive Bengt, zusammenfahren und in der anschließenden Tirade wissen, dass sie eine solch infame Beschuldigung ihrer Familie auf keinen Falls dulden würde.

Ylva hatte ihn währenddessen mit einem so eisigen Blick bedacht, dass es Bengt tatsächlich kurz gefröstelt hatte. Ob sie ihm ohne das bühnenreife Auftreten der Alfredssonschen Matrone hätte antworten wollen, konnte Bengt nicht beurteilen. Zu schnell ließen Ingeborg und Stig unisono wissen, dass hier am Tisch niemand mehr etwas ohne vorige Konsultation des Familienanwalts sagen würde und dass Bengt, wenn er nichts Weiteres vorzubringen habe, nun bitte das Gelände verlassen möge.

Der Kommissar öffnete die Augen und starrte an die Decke. Er würde Ylva bis morgen Zeit geben, freiwillig mit einer Erklärung zu ihm zu kommen. Dann müsste er sie vorladen.

Er hatte keine Ahnung, warum Ylva alle – davon war Bengt nach diesem Treffen überzeugt – über die Details ihrer Ankunft im Unklaren gelassen und sich selbst damit verdächtig gemacht hatte. Gleichzeitig kam es ihm jetzt, nachdem er sie mit der Faktenlage konfrontiert hatte, immer unwahrscheinlicher vor, dass Ylva wirklich in den Fall verwickelt sein könnte.

Und trotzdem – er hatte das Gefühl, an diesem Morgen in ein Wespennest gestochen zu haben. Irgendjemand in dieser Familie – wenn nicht alle – war weit davon entfernt, Bengt die ganze Wahrheit zu sagen. Da war er sich sicher. Dass ihn dieser Umstand selbst nicht weiter überraschte, bestätigte ihn nur in seiner Strategie.

Mit diesem Gedanken schloss Bengt die Augen wieder und schlief fast augenblicklich ein.

Als er ein paar Stunden später aufwachte, fühlte Bengt sich weniger gerädert, als er es sonst von zu ausführlichen Mittagsschläfen gewohnt war. Seine Kopfschmerzen waren abgeklungen und er war optimistisch, sich mit einer Tasse Kaffee einigermaßen wiederherstellen zu können.

Er schlug sein gedankliches Notizbuch auf, entdeckte darin als erstes den Namen „Marie“ und griff diesen Punkt auf, mit dem Ziel, den Tag noch zu einem halbwegs produktiven Abschluss zu bringen.

Er ging zu dem kleinen Bücherregal hinüber. Seine Einrichtung wies auch nach zweieinhalb Jahren in dieser Wohnung noch eine unfreiwillig moderne Spartanität auf. Er hatte beim Auszug aus dem Häuschen in Umeå, in dem er mit seiner Ex-Frau und Ebba gelebt hatte, nur ein paar Möbelstücke mitgenommen, die er selbst gekauft hatte und die Camilla ohnehin nie besonders gefallen hatten. Nach und nach hatte er die Lücken aufgefüllt, nicht ohne Lizas Zutun. Liza hatte ihm dabei gewohnt unsubtil alles ans Herz gelegt, was sie sich selbst wünschte, aber nicht leisten konnte. Auf diese Weise war ein bemerkenswerter Mix aus schlichten Designerstücken und auffälligen Vintage-Möbeln entstanden. Bengt fühlte sich darin wohl und er genoss die leeren Oberflächen, die Camilla nun nicht mehr mit aufdringlichen Deko-Elementen zupflastern konnte.

Er ließ den Blick über seine übersichtliche Sammlung von Fachliteratur schweifen. Die meisten Bücher rund um Polizeiarbeit und Kriminalistik hatte er geschenkt bekommen – von seinen Kollegen oder Camilla, die immer schon der Ansicht gewesen war, Bengt sollte in puncto Karriere mehr Ehrgeiz an den Tag legen. Dabei war er damals nicht zuletzt wegen ihr aus Malmö zurück in den Norden gekommen, um in Umeå seine höhere Laufbahn abzuschließen. Das Buch, das er jetzt suchte, hatte Camilla ihm, wahrscheinlich nachdem sie sein irritiertes Gesicht unter dem Weihnachtsbaum bemerkt hatte, als den aktuellen Bestseller der Kriminal-Fachliteratur angepriesen: „Sie sehen was, das du nicht siehst – Der korrekte Umgang mit Zeugen“ von P.A. Richardson, einem amerikanischen Polizeipsychologen. Vermutlich war es ihm nach Maries Anruf nur deswegen wieder eingefallen, weil das Buch in seiner Hand sich damals noch einmal unpassender angefühlt hatte, als Camilla kurz darauf sein Geschenk an sie – ein mehrtägiger Spa-Aufenthalt unter den Nordlichtern Kirunas – ausgepackt hatte. Doch jetzt war es genau, was er suchte.

Er nahm es mit in die Küche, wo er sich Kaffee machen wollte, und überflog im Gehen das Inhaltsverzeichnis. Er erinnerte sich, dass dieser Richardson nicht unumstritten war. Während die meisten seiner Kollegen sich auf Methoden konzentrierten, mit denen man dem Zeugen möglichst schonend alle relevanten Informationen entlockte, ging er einen Schritt weiter und hielt es für möglich, Zeugen unter bestimmten Umständen als eine Art Ermittlungswerkzeug einzusetzen. Voraussetzung waren für Richardson eine stabile Psyche des Zeugen sowie ein gesundes eigenes Interesse an der Aufklärung des Falls. Beides glaubte Bengt in Marie zu sehen.

Er setzte den Kaffee auf und vertiefte sich in ein Kapitel über die Kategorisierung von Zeugen. In Gedanken glich er seinen eigenen Fall mit Richardsons Auslegungen ab, wobei er mit einer gewissen Zufriedenheit vermerkte, dass Marie weder Augenzeugin des Tathergangs war noch als Erkennungszeugin in Bezug auf den Täter fungieren konnte. Die theoretische Möglichkeit, dass Marie nicht nur durch Zufall mit dem Mord in Verbindung geraten war, hatte Bengt ohnehin von vornherein ausgeschlossen.

Als seine Kaffeemaschine mit einem unüberhörbaren Gurgeln verkündete, dass der Kaffee fertig war, hatte Bengt eine Entscheidung getroffen. Solange Marie sich weiterhin psychisch als stabil erwies, gab es für ihn keinen Grund, sie nicht in einige Punkte seiner Ermittlungen miteinzubeziehen.

Das freute ihn nicht nur, weil er davon überzeugt war, Marie damit letztlich bei der Verarbeitung der Geschehnisse helfen zu können, sondern auch, weil er ihren Blick von außen nutzen wollte. Marie war, ganz anders als Liza und er, neu in Lågomby und kannte weder dessen Bewohner noch die Strukturen und Gepflogenheiten des Ortes. Das konnte seiner Meinung nach nur hilfreich sein, um einen objektiven Blick auf diesen Fall zu gewährleisten.

„Alex! Bist du verrückt geworden?!"

Alex stand im Türrahmen. Sein Lächeln wirkte ein wenig angekratzt. Das Wiedersehen hatte er sich offensichtlich anders vorgestellt.

Marie verharrte auf der Veranda. Am liebsten wäre sie trotzdem zum Auto gerannt und einfach davongefahren. Aber wohin sollte sie schon fahren? Außerdem würde er wohl kaum so schnell aufgeben, nachdem er extra den weiten Weg hierher gemacht hatte. Also riss sie sich zusammen.

„Was machst du hier?"

Alex grinste und lehnte sich vor.
„Was soll ich hier schon machen?"
Er legte einen Arm um ihre Hüfte und setzte zu einem Kuss an, den Marie geistesgegenwärtig auf ihre Wange umlenkte. Alex ließ sich davon nicht irritieren. Er hatte zu seinem gewohnten Selbstbewusstsein zurückgefunden.
Marie schob sich an ihm vorbei ins Haus.
„Ich muss wohl nicht fragen, wie du reingekommen bist."
„War nicht allzu schwierig, den Schlüssel auf der Veranda zu finden." Alex drückte die Tür hinter sich zu. „Wo warst du denn? Ich bin schon seit Stunden hier."
Er ließ sich über die Armlehne aufs Sofa fallen. Marie bemerkte, wie vertraut ihr seine Bewegungen waren. Früher hatte sie es immer gemocht, wie er sich jeden Raum zu eigen machte.
Sie wollte schon zu einer Antwort ansetzen, als ihr bewusst wurde, dass sie ihm keinerlei Erklärung schuldig war.
Oder etwa doch?
Sie lehnte sich gegen die Küchenanrichte, darauf bedacht, eine gewisse Distanz zwischen Alex und ihr zu bewahren.
„Was willst du hier, Alex?"
Alex richtete sich auf. Sein Gesicht wurde ernst. Offensichtlich hatte er verstanden, dass er so nicht weiterkam. Sie sah, wie die zwei winzigen Fältchen auf seiner Stirn erschienen, die immer hervortraten, wenn er sich konzentrierte, und bemerkte ein kurzes schmerzhaftes Ziehen in ihrem Brustkorb.
„Ich möchte dich zurückholen, Marie."
Er stand auf und kam auf sie zu.
„Nach Hause."
Er griff nach ihren Händen. Marie wollte sie zurückziehen, ließ es dann aber doch zu.
„Das hier ist jetzt mein Zuhause. In das du ungefragt eingedrungen bist."
„Das ist kein Zuhause, Marie. Das ist eine Übergangslösung, eine Flucht. Und das kann ich sogar irgendwie verstehen."
Marie hob erstaunt die Augenbrauen.
„Du hast Zeit für dich gebraucht. Wolltest abwarten, bis die Sache mit Nadja vollständig geklärt ist."
Er zog sie näher an sich heran.
„Aber das ist sie jetzt. Nadja ist Geschichte. Und ich gehöre endgültig dir."

Er lächelte sein strahlendes Lächeln. Marie betrachtete ihn nachdenklich. Ein kleiner Teil in ihr kam ins Wanken, wollte ihm immer noch glauben. Aber sie schüttelte tapfer den Kopf.

„Das ist es nicht, Alex. Jedenfalls nicht nur."

Sie löste sich vorsichtig aus seiner Umarmung.

„Es war einfach Zeit. Ich hab was Neues gebraucht. Veränderung. Eine Herausforderung."

„Und was ist mit uns?"

Marie hob langsam die Schultern und ließ sie dann wieder sinken.

„Ich weiß es nicht. Ich glaub – wir haben den Moment verpasst?"

Alex' Gesichtsausdruck wurde härter.

„Du willst mir ernsthaft erzählen, dass du lieber in dieser Waldhöhle haust, als mit mir zusammen zu leben?"

„Ich mag es hier."

„Glaubst du nicht, das könnte nur eine Panikreaktion sein? Weil jetzt endlich eintritt, was du – was wir uns schon so lange gewünscht haben? Das ist vollkommen normal."

Marie betrachtete ihn verblüfft. War das sein Ernst?

Alex lächelte siegesgewiss. „Du hast noch nicht einmal deine Taschen ausgepackt."

„Was fällt dir ein, hier herumzustöbern?"

„Komm schon, Süße, hab dich nicht so. Ich hab doch verstanden, worum es dir geht. Jetzt hol deine Sachen und lass uns abhauen."

Marie schüttelte ungläubig den Kopf.

„Du hast überhaupt nichts verstanden, Alex. Sonst wärst du gar nicht hier."

„Marie, ich bitte dich. Komm zu dir. Du bist sauer auf mich, weil das mit Nadja etwas länger gedauert hat als geplant."

Sie lachte auf. „Ach, die drei Jahre. Schon vergessen."

„Okay. Aber deswegen kannst du doch nicht dein ganzes Leben zerstören. Du redest dir ein, das hier sei ein Karrieresprung. Aber was hat dir dieses Kaff wirklich zu bieten? Eine sogenannte Führungsposition? Meinetwegen. Wie viele Mitarbeiter hast du hier denn – zwei oder drei? Und wie hast du vor, Touristen in dieses gottverlassene Nest zu locken? Organisierte Elchjagden? Im Winter mal 'ne Fahrt mit dem Hundeschlitten? Oder lieber die gehobene Variante mit Golfressort? Und im Sommer tanzt du dann zusammen mit den zehn Dorfbewohnern um den Maibaum? Die Touris tun mir jetzt schon leid!"

„Mittsommer", murmelte Marie und unterdrückte den Impuls, Alex zu erklären, warum ein Golfressort eine gar nicht so abwegige Idee gewesen war.

„Was?"

„Das sind Mittsommerstangen."

Alex verdrehte genervt die Augen, besann sich dann aber auf seine Strategie und sah sie eindringlich an.

„Ich bitte dich, Marie, wach auf! Ich könnte mir nie verzeihen, wenn ich dich hier zurücklassen würde."

Marie hielt seinem Blick stand, selbst erstaunt darüber, wie ruhig sie plötzlich war. Die Unsicherheit der vergangenen Minuten war von ihr gewichen. Es war eine Sache, wenn sie ihren Neuanfang hier selbst insgeheim manchmal in Frage stellte. Aber von Alex würde sie ihn sich ganz bestimmt nicht miesmachen lassen.

„Weißt du was, Alex, du hast recht." Sie nickte. „Lågomby ist kein besonders attraktiver Ort, und wird aller Wahrscheinlichkeit nach niemals eine Touristenhochburg werden."

Er nickte bekräftigend, sichtlich erleichtert über ihre plötzliche Einsicht.

„Die Bevölkerung ist überaltert, die Gemeinde kurz vorm Bankrott und mein Chef hier ist vermutlich nicht viel besser als mein alter zuhause."

Den ungeklärten Leichenfund im Wald gleich hinter ihrem Haus ließ Marie in ihrer Aufzählung unter den Tisch fallen.

„Vermutlich bin ich der einzige Trottel, der sich überhaupt auf diesen Job beworben hat."

Sie machte eine Pause. Dann fuhr sie leiser, aber langsam und deutlich fort.

„Und trotzdem will ich lieber hierbleiben, als mit dir zurückzugehen."

Sie sah wie Alex schluckte. Und wusste, dass er diese Möglichkeit schlichtweg nicht in Betracht gezogen hatte.

„Ich bin nicht vor dir geflüchtet, oder vor uns. Es ist einfach genau das, was *ich* jetzt brauche. Und ich fühle mich wohl hier. Meistens zumindest."

Alex schwieg. Mit einem Mal sah er schrecklich aus. Marie musste unwillkürlich wegschauen. Es tat weh, ihn so zu sehen. Sie hatte ihn nicht verletzen wollen. Doch sie wusste, dass er es anders nie verstehen würde.

„Und jetzt?", fragte Alex.

Marie atmete tief durch. Sie deutete aufs Sofa.

„Du kannst heute Nacht hier schlafen. Aber morgen musst du fahren. Und ich bleibe hier."

Noch einmal trat Alex an sie heran, nahm ihre Hand und drückte sie an seine Brust.

„Bist du dir wirklich sicher, Marie? Wieso willst du jetzt alles kaputtmachen? Wir hatten es uns doch immer so schön vorgestellt. Wir beide, zusammen, in deiner schnuckligen Wohnung. Nur wir Zwei."

Marie erstarrte. Langsam zog sie ihre Hand unter seiner hervor und drückte ihn von sich weg. Sie ging an den Kühlschrank, nahm Lennarts Frischhaltebox mit ein paar übriggebliebenen Köttbullar heraus und ging damit zur Treppe. Dort drehte sie sich noch einmal zu Alex um.

„Im Schrank ist eine Decke. Wenn ich morgen Früh aufstehe, bist du verschwunden."

Alex sah sie verständnislos an.

„Ich meine es ernst, Alex. Sonst ruf ich die Polizei. Der Hauptkommissar ist ein Freund von mir – das ist der Vorteil in so einem gottverlassenen Nest."

Sie drehte sich um und verschwand ohne ein weiteres Wort in ihrem Zimmer.

Sonntag

Als Bengt sein Büro mit einer Tüte voll offenwarmen Gebäcks betrat, saß Liza schon an ihrem Schreibtisch, den Telefonhörer zwischen Ohr und Schulter geklemmt, während ihre Hände wie losgelöst vom Rest ihres Körpers Papiere und Unterlagen auf ihrem Schreibtisch sortierten.

„Du wirst verstehen, dass wir keine Details über die laufenden Ermittlungen rausgeben können", erklärte sie ihrem Gesprächspartner am anderen Ende der Leitung, nickte Bengt kurz zu und fügte dann lakonisch hinzu: „Das hat sich seit gestern nicht geändert."

Offensichtlich gab die Presse selbst am Sonntag keine Ruhe. Bengt fischte einen Krapfen aus seiner Tüte und platzierte ihn vor Liza, bevor er sich an seinem eigenen Schreibtisch niederließ. Er war froh, dass Liza alle Anrufe und Anfragen dieser Art von ihm fernhielt, zumal es ihm so vorkam, als würde sie sogar so etwas wie Belustigung aus diesen Gesprächen ziehen.

„Natürlich hat die Öffentlichkeit ein Recht auf Information." Lizas Stimme war nicht anzuhören, dass ihre Augäpfel sich während des Sprechens in einem weiten Bogen Richtung Hinterkopf bewegt hatten.

„Deswegen hat unser Medienbeauftragter ja extra eine Hotline eingerichtet."

Bengt horchte auf. Von einem Medienbeauftragten erfuhr er gerade zum ersten Mal. Er hörte, wie Liza in Seelenruhe eine Telefonnummer durchgab und das Gespräch dann, allem Anschein nach höchstzufrieden mit sich selbst, beendete. Bengt runzelte die Stirn.

„Der wievielte Journalist war das, dem du Lasses Privatnummer gegeben hast?"

„Heute?", fragte Liza unschuldig. „Der dritte."

Jetzt konnte Bengt sich ein Schmunzeln nicht verkneifen, während Liza sich zurücklehnte und sich mit aller Aufmerksamkeit ihrem Krapfen widmete. Erst als sie fertig war, meldete sie sich wieder zu Wort.

„Das mit dem Krapfen war ziemlich unfair."

Bengt sah von seinem Schreibtisch auf.

„Nicht gut?"

„Doch, klar. Franssons haben schon immer die besten gemacht. Aber eigentlich bin ich echt sauer auf dich."

Bengt nickte, wenig überrascht. „Ich vermute, du hast mit Ylva gesprochen?"

„Ich weiß gar nicht, wo ich anfangen soll. Dass du mich nicht einweihst, ist ja schon krass genug. Aber gut – deine Entscheidung. Aber dann Ylva verdächtigen. Vor ihrer Familie. Was sollte die Aktion?"

Bengt musterte seine Assistentin einen Moment lang, ohne zu antworten. Ganz unrecht hatte sie vermutlich nicht. Es gab sicherlich Kommissare, die vor einer Konfrontation möglicher Verdächtiger erst noch mehr Informationen zusammengetragen hätten als er. Aber das war nun mal nicht sein Stil. Und langsam, aber sicher ging es ihm gewaltig auf die Nerven, dass ihm hier niemand seinen Job so richtig zuzutrauen schien.

„Sie hat ein Motiv, Liza. Und sie hat gelogen, was ihre Ankunft in Schweden angeht."

Lizas Gesichtsausdruck wechselte von Wut zu Verständnislosigkeit.

„Das heißt du glaubst wirklich, dass Ylva eine Mörderin ist?"

„Was ich – oder du – glaube, ist erstmal komplett irrelevant. Was ich *weiß*, ist, dass es eine eindeutige Verbindung zwischen dem Mordopfer und Ylva gibt. Und eine indirekte zur ganzen Familie Alfredsson. Und dass das überhaupt die einzigen Verbindungen zwischen dieser Carol und Lågomby sind, die wir bisher finden konnten. Grund genug, in diese Richtung zu ermitteln – findest du nicht?"

Liza wandte ihren Blick ab und schien nachzudenken. Nach ein paar Sekunden fügte Bengt hinzu:

„Nein. Ich kann mir auch nicht vorstellen, dass Ylva eine Mörderin ist. Aber sie lügt uns an. Und wir brauchen endlich Fakten. Da ist es manchmal gar nicht schlecht, für ein bisschen Unruhe zu sorgen."

„Ich glaube, die kannst du haben."

Bengt folgte Lizas Blick aus dem Fenster hinter sich. Auf dem Parkplatz stieg in diesem Moment Ylva aus dem Auto und ging auf den Eingang des Kommissariats zu. Seine Assistentin war bereits auf dem Weg zur Tür, als Bengt sich noch einmal versöhnlich an sie richtete.

„Danke, dass du heute reingekommen bist, Liza. Ich kann mir vorstellen, du hättest auch Besseres zu tun am Wochenende."

„Naja. Wenn du nen Serien-Marathon und Mikrowellen-Popcorn als was Besseres bezeichnen willst." Liza hielt inne, grinste dann und fügte hinzu: „Also ja, hast Recht."

Wenige Minuten später saßen sich Bengt und Ylva in seinem Büro gegenüber. Bengt war darauf bedacht, ihrem immer noch kühlen Blick möglichst professionell zu begegnen. Und auch Ylva wahrte einen unpersönlichen Abstand zu ihm. Ob ihn das beruhigte oder eher irritierte, konnte Bengt in diesem Moment nicht sagen.

„Ich kann nachvollziehen, dass dir mein Auftritt gestern nicht gefallen hat. Aber das ändert nichts daran, dass alles, was ich gesagt habe, korrekt ist und einer Aufklärung bedarf. Fakt ist, dass du offenbar die einzige Person hier in der Gegend bist, die Carol Johnson persönlich kannte. Dass du wusstest, was ihr Job war, und daher zumindest ahnen konntest, was sie in Lågomby vorhaben könnte. Und dass du uns vorgemacht hast, du seiest erst Mittwochabend in Stockholm gelandet. Inzwischen wissen wir aber, dass du schon am Montag angekommen bist, was es dir theoretisch möglich machte, noch in derselben Nacht bis hierher zu kommen."

„Bin ich aber nicht."

Ylva war Bengts Zusammenfassung stoisch gefolgt. Jetzt seufzte sie und lehnte sich in ihrem Stuhl zurück.

„Ich bin wirklich erst Donnerstagmorgen hier oben angekommen. Die Tage davor war ich in Stockholm."

Auch Bengt entspannte sich nun etwas, versuchte aber, sich seine Erleichterung über ihre Aussage nicht anmerken zu lassen.

„Okay. Das ist ja nichts Verbotenes. Warum hast du das nicht gestern gesagt? Oder gleich von Anfang an?"

Ylva zuckte fast ein wenig trotzig mit den Schultern.

„Ich war bei Hanna. Stenqvist."

Bengt runzelte die Stirn. Er kannte den Namen, wusste ihn aber nicht augenblicklich einzuordnen.

„Hanna Stenqvist", wiederholte er, beinahe Silbe für Silbe. Dann fiel es ihm ein. „Die aus der Videothek?"

Ylva nickte.

Mit einem Mal kam Bengts Erinnerung sintflutartig zurück. Wie konnte er Hanna nur vergessen haben? Sie musste ungefähr so alt wie er selbst sein und war ausgesprochen hübsch. Außerdem war sie mit ihren auf der einen Seite langen, auf der anderen kurz geschorenen blauen Haaren in Lågomby aufgefallen wie ein bunter Hund. In einer Zeit, in der es noch Videotheken gab, hatte Hanna Stenqvist im einzigen Laden dieser Art im Ort gearbeitet.

„Ich wusste nicht, dass ihr befreundet seid?"

Für einen kurzen Moment bildete er sich ein, den Anflug eines Grinsens über Ylvas Gesicht huschen zu sehen.

„Da bist du nicht der Einzige", fuhr Ylva fort. „Ich hing damals nach der Schule oft bei ihr im Laden rum. Wir haben über Filme gequatscht. Und natürlich die große, weite Welt – also alles außerhalb von Lågomby. Seit sie in Stockholm lebt, besuche ich sie hin und wieder."

Bengt hakte nach: „Schön und gut. Aber nochmal: Warum hast du das nicht gestern schon gesagt und uns beiden die Aufregung erspart?"

„Weißt du was, Bengt? Frag doch einfach Liza."

Ylva lächelte süffisant.

„Die scheint sich hier etwas besser auszukennen als du."

Mit dieser Ohrfeige von Satz stand Ylva auf und machte sich bereit zu gehen. Bevor sie zur Tür ging, öffnete sie ihre Handtasche und kramte mehrere Zettel hervor, die sie vor Bengt auf seinen Schreibtisch flattern ließ.

„Hier hast du Hannas Nummer und den Namen von dem Schuppen, in dem wir Montagabend gefeiert haben. Da findest du bestimmt jemanden, der sich an uns erinnert."

Sie sah ihn selbstbewusst an.

„Oder du fragst einfach Marie. Die hat mich gesehen, als ich am Donnerstag hier ankam."

Als Bengt von den Zetteln aufsah, war Ylva bereits aus seinem Büro verschwunden. Durchs Fenster beobachtete er, wie sie in ihr Auto stieg und davonfuhr. Verwundert registrierte er so etwas wie einen kleinen Stich in seiner Bauchgegend.

Er wartete einen Augenblick, nutzte den Moment, um sich zu sammeln. Dann rief er Liza herein, die ihren Arbeitsplatz unter irgendeinem Vorwand geräumt hatte.

Ein wenig überrascht war Marie dann doch, dass Alex am nächsten Morgen tatsächlich aus ihrem Wohnzimmer verschwunden war. Er musste in aller Frühe aufgestanden sein. Wahrscheinlich, um sie nicht noch einmal sehen zu müssen.

Beim Gedanken an den Vortag schüttelte sie noch einmal ungläubig den Kopf. Dann machte sie sich daran, seine Schlafstatt beiseitezuräumen.

Als alle Spuren von seiner Anwesenheit hier verräumt waren, spürte sie ein Gefühl zwischen Erleichterung und Genugtuung in sich aufsteigen. Zwischenzeitlich hätte Alex es beinahe geschafft, sie noch einmal rumzukriegen. Und dabei war sie für ihn doch nur so etwas wie ein letzter Strohhalm gewesen. Zumindest aber die bequeme Variante.

Seine Frau hatte ihn schlichtweg rausgeschmissen. Daran hatte Marie jetzt keinerlei Zweifel mehr. Warum sonst hätte Alex sich so plötzlich bei ihr einnisten wollen? Vermutlich hatte sie irgendwie Wind von ihrer Affäre bekommen. Früher oder später kam sowas ja doch immer raus.

Oder hatte es noch eine andere Frau gegeben, mit der Nadja ihn erwischt hatte? Einen winzigen Stich versetzte dieser Gedanke Marie trotz allem. Doch sie zwang sich rational zu bleiben und machte es sich für ein ausgiebiges Frühstück bequem.

Alex' Versuch, Maries neues Zuhause schlechtzureden, hatte das Gegenteil in ihr bewirkt. Sie war froh über den freien Tag und stürzte sich in die Aufgabe, endlich all ihre Sachen auszupacken und die Zimmer etwas persönlicher zu gestalten.

Bei einem Streifzug durch das ganze Haus entdeckte sie im Keller ein altes Herrenfahrrad. Die Reifen waren beide platt und der Rahmen schon leicht angerostet. Genau das, was sie jetzt brauchte: ein Projekt. Nach einer Woche in Lågomby war sie es ohnehin leid, jeden Weg mit dem Auto zu machen.

Sie zerrte das Fahrrad zwischen einem umgefallenen Brennholzstapel hervor und schleppte es nach draußen.

Bei genauerer Betrachtung wollte sie der Mut schon fast wieder verlassen. Zudem war die Sonne gerade hinter den Kieferspitzen am Rande des Gartens hervorgewandert und brannte ihr nun direkt auf den Rücken.

„Da sag nochmal einer, in Skandinavien sei es kalt“, stöhnte Marie – nicht ohne gedanklich festzustellen, dass sie nun wohl endgültig begonnen hatte, mit sich selbst zu reden.

Aber was blieb ihr schon anderes übrig, als sich selbst an dem rostigen Ding zu versuchen? Eine Fahrradwerkstatt hatte sie in Lågomby noch nicht entdeckt. Und ohnehin war es Sonntag.

Also ging sie zurück in den Keller und kramte alles an altem Werkzeug hervor, was sie finden konnte. Zufrieden förderte sie ein altes Reifen-Reparaturkit zutage.

Während sie mit Schraubenschlüssel und Hammer die verrosteten Schrauben öffnete und die Räder aus dem Gestell nahm, erinnerte sie sich daran, wie sie früher mit ihrer Mutter ihr kleines Kinderfahrrad geflickt hatte. Schuldbewusst fiel ihr ein, dass sie sich seit einer kurzen Nachricht, dass sie gut in Lågomby angekommen sei, nicht mehr bei ihren Eltern gemeldet hatte. Abendliche Telefonate hatten nicht zu ihrem Vorsatz gepasst, ihr emotionales Chaos in der Heimat hinter sich zu lassen und sich stattdessen von Anfang an voll und ganz auf ihr neues Zuhause einzulassen.

Vorsichtig hebelte sie den Mantel vom Vorderreifen und nahm den schlaffen Schlauch von der Felge. Sie holte eine Schüssel mit Wasser aus der Küche, pumpte den Schlauch mühsam mit der alten Handpumpe, die am Fahrradrahmen befestigt gewesen war, auf, und zog ihn dann langsam durchs Wasser – um seufzend festzustellen, dass gleich an drei verschiedenen Stellen Luft aus dem Schlauch austrat. Sorgfältig machte sie die kleinen Löcher ausfindig, markierte sie mit einem Filzstift und begann dann, sie zu flicken.

Beim ersten Loch brauchte sie drei Anläufe, bis der Flicken es tatsächlich vollständig versiegelte. Doch schon beim zweiten ging ihr die Arbeit leichter von der Hand. Obwohl ihr inzwischen der Schweiß von der Stirn rann, begann ihr die Arbeit richtig Spaß zu machen. Es hatte etwas Befriedigendes, die sofortige Wirkung ihrer Mühen sehen zu können, und sie bastelte geduldig weiter, bis sie beide Reifen geflickt und wieder ans Fahrrad montiert hatte.

Ächzend richtete sie sich auf. Ihr Rücken war von der nach vorne gebeugten Haltung steif geworden. Sie streckte sich mit schmerzverzerrtem Gesicht. Dann stieg sie aufs Fahrrad und fuhr eine vorsichtige Runde durch den Garten. Der Untergrund war holprig und das Fahrrad quietschte und rappelte, doch die Reifen hielten.

„Na also – wer sagt's denn?!", murmelte sie, nicht ohne Stolz, vor sich hin. Zufrieden lehnte sie das Fahrrad an die Hauswand und ging hinein, um zu duschen.

Eine halbe Stunde später kam sie keuchend an der Kreuzung zur Storgata an. Das Fahrrad fuhr schwerfällig und das rechte Pedal hatte sich gelockert, sodass Marie bei jeder Umdrehung einen kurzen Moment ins Leere trat. Sie hielt an der Tankstelle und bat Gustav, den alten Tankstellenwart, um etwas Öl. Der sonst eher einsilbige und grummelige alte Mann konnte sich beim Anblick ihres Fahrrads ein Grinsen nicht verkneifen. Es schien ihn sogar in so gute Laune zu versetzen, dass er sich höchstpersönlich davor hinkniete und ein halbes Fläschchen Öl darauf verwendete, die Kette sowie einige Schrauben kräftig zu schmieren.

Dankbar stattete Marie sich in seinem kleinen Laden mit Gummibärchen und einem Schokoriegel aus, schwang sich wieder auf den Sattel und machte sich auf zu einer kleinen Erkundungstour der näheren Umgebung.

Kaum hatte seine Assistentin das Büro betreten, stand Bengt auf und ging auf sie zu.

„Komm, Liza, lass uns ein paar Schritte gehen. Ich brauche frische Luft."

Sie verließen das Polizeigebäude und spazierten langsam nebeneinander her. Bengt hatte kein bestimmtes Ziel im Sinn. Er ließ ein paar Minuten vergehen, bevor er das Gespräch begann.

„Ylvas Alibi klingt plausibel. Sie sagt, sie sei bei Hanna Stenqvist in Stockholm gewesen."

Beim Blick in Lizas Gesicht verstand Bengt.

„Aber das weißt du wohl schon, nicht wahr?"

Liza nickte. „Hat sie mir gestern am Telefon erzählt."

Bengt blieb stehen.

„Es tut mir leid, dass ich dir nichts von dem Treffen mit den Alfredssons erzählt habe. Aber ich wusste ja, dass du es nicht gutheißen würdest."

„Wundert dich das?"

„Überhaupt nicht. Und du kannst mir glauben, dass ich mein Wochenende auch lieber anders verbracht hätte. Aber ich hab hier einen Job zu machen."

„Eben drum", hakte Liza ein. „Eine stichfeste Indizienlage sieht für mein Gefühl anders aus."

„Du solltest mir schon zutrauen, dass ich nicht komplett planlos handle."

Bengt sah Liza mit gehobenen Augenbrauen an, um seinem Anliegen Nachdruck zu verleihen.

„Ich bin mir ganz sicher, dass die Alfredssons irgendetwas vor uns verbergen."

Liza erwiderte seinen Blick ernst. Dann nickte sie.

„Okay. Hast ja recht, Chef."

Sie gingen weiter, vorbei am Einkaufszentrum, dessen Türen gerade erst für die Nachmittagsvorstellung des Kinos und ein paar vereinzelte Bowling-Spieler geöffnet wurden.

„Ehrlich gesagt bin ich auch ganz froh, dass du mich nicht mitgenommen hast."

Bengt lächelte erleichtert.

„Ylva wird es mir vermutlich nicht ganz so leicht machen", fuhr er etwas wehmütig fort.

„Nein, vermutlich nicht."

Liza klopfte ihm aufmunternd auf die Schulter.

Bengt steuerte nun mehr oder weniger bewusst eine ruhige Seitenstraße an, um ungestört reden zu können.

„Ylva meinte, dass du mir verraten kannst, warum sie so ein Geheimnis aus ihrem Treffen mit Hanna gemacht hat."

Liza warf ihrem Chef einen überraschten Seitenblick zu.

„Das weißt du wirklich nicht?"
Bengt schüttelte den Kopf.
„Ich könnte nur raten. Offensichtlich wollte sie nicht, dass ihre Familie es mitbekommt, oder?"
„Na ja, Jonas darf es natürlich wissen. Und selbst Anita und Stig haben es mittlerweile wahrscheinlich gefressen. Aber auf Stress mit Ingeborg kann Ylva bestimmt gut verzichten."
Bengts Schritte verlangsamten sich.
„Ingeborg hat also ein Problem mit Hanna Stenqvist – warum? Ich kann mir zwar vorstellen, dass die beiden nicht den gleichen Geschmack in Sachen Frisuren teilen ..."
Liza lachte.
„ ... aber im Prinzip gibt es zwischen diesen beiden Menschen doch überhaupt keine Berührungspunkte."
Jetzt grinste Liza.
„*Berührung* ist kein schlechtes Stichwort."
Bengt blieb noch einmal stehen, diesmal vor Überraschung. „Hanna – und Ylva!? Im Ernst?"
Er sah seine Assistentin ungläubig an.
„Und du bist sicher, dass du den richtigen Beruf gewählt hast?" Lizas Grinsen wurde breiter. „Ist dir nie aufgefallen, dass Hanna vor allem mit Frauen rumhing? Und einen Sommer lang eigentlich nur mit Ylva."
Bengt schüttelte gedankenverloren mit dem Kopf.
„Hanna und ich hatten nicht unbedingt den gleichen Freundeskreis."
„Das kann ich mir vorstellen", bestätigte Liza.
Dass Bengts Überraschung sich eigentlich mehr auf Ylva als auf Hanna bezog, behielt er für sich.
Er räusperte sich, bemüht wieder zum ermittlungstechnisch relevanten Teil dieses Gesprächs zurückzukehren.
„Also nochmal der Reihe nach: Ylva hatte also ... ein Verhältnis mit Hanna. Wann war das? Vor zehn Jahren?"
Liza überlegte. „Müsste hinkommen. Vielleicht elf. Das war der Sommer nach unserem Examen. Am Anfang bin ich noch manchmal mit in die Videothek. Aber dann war ziemlich schnell klar, dass ich da nur das fünfte Rad am Wagen bin."
„Und Ingeborg fand das natürlich alles andere als gut?"
„Korrekt. Du kennst sie ja. In ihrer Welt ist sowas noch ein echter Skandal."

Die beiden hatten inzwischen den Kirchplatz erreicht. Bengt lehnte sich an das Mäuerchen unterhalb des kleinen Friedhofs und sah Liza nachdenklich an.

„Okay. Ich versuche jetzt mal, dir zu beweisen, dass ich in meinem Beruf nicht ganz fehl am Platz bin. Sag mir, ob ich auf der richtigen Spur bin."

„Abgemacht, Chef. Schieß los." Liza stemmte sich das Mäuerchen hoch und zog die Beine in einen Schneidersitz.

„Ingeborg hat also mitbekommen, dass zwischen ihrer Enkelin und der blauhaarigen Videotheken-Angestellten etwas lief ... läuft?"

Er sah fragend zu Liza. Die schüttelte gelassen den Kopf.

„Ich glaub nicht."

Bengt nickte und nahm sich vor, seine eigene Reaktion auf diese Information später in Ruhe auszuwerten.

„Okay. Was die gute Ingeborg von dieser Beziehung hielt, müssen wir wohl gar nicht weiter erörtern."

Liza hob vielsagend die Augenbrauen.

„Wahrscheinlich hat sie es erstmal auf die gewöhnliche Tour versucht, hat Ylva zum Gespräch gebeten und ihr erklärt, dass das nicht ... standesgemäß sei oder so."

Liza deutete Bengt mit einer Geste an, weiter zu sprechen.

„Irgendwann musste Ingeborg jedoch einsehen, dass sie bei Ylva nicht weiterkommt. So wie ich Ylva kennengelernt habe, lässt sie sich diesbezüglich nicht gerne etwas vorschreiben. Vielleicht steigerte sie sich in diese Beziehung ..."

„Nennen wir es mal Affäre", unterbrach ihn Liza.

„ ... in diese Affäre sogar umso mehr rein, je mehr sie Ingeborg damit reizte. Also änderte die alte Dame ihre Strategie. Sie knöpfte sich Hanna vor."

„Warm, Chef, sehr warm. Und dann?"

„Ingeborg löste das Problem so, wie sie in ihrem Leben vermutlich fast alle Probleme gelöst hat: Mit Geld. Sie bot Hanna Geld an, unter der Bedingung, dass sie sich von ihrer Enkelin fernhält, am besten gleich ganz aus Lågomby verschwindet ... Und die hat es angenommen?"

Liza legte ihren Kopf schief und nickte langsam.

„Das ist zumindest die Story, wie ich sie kenne."

„Und was hat Ylva dazu gesagt, dass Ingeborg ihr ihre Freundin quasi abgekauft hat?"

Liza lachte auf. „Die hat Hanna noch dazu überredet, das Geld anzunehmen."

Bengt sah sie mit großen Augen an.

„Den beiden war wohl von Anfang an klar, dass das zwischen ihnen nur sowas wie ein Sommer-Flirt war. Und Ylva wollte sich vielleicht eh nur ausprobieren oder so. Sie wusste von vornherein, dass Hanna dringend weg wollte aus der Provinz. Deswegen war sie der Meinung, Hanna solle das Geld von Ingeborg einfach annehmen. Selbst Schuld, wenn man zu solchen Mitteln greift. Ylva hat Hanna sogar noch zum Zug nach Stockholm gebracht."

„Hat sie Ingeborg zur Rede gestellt?"

Bengt hatte mittlerweile seinen Schreibblock rausgeholt und begonnen, sich Notizen zu machen.

„Ich glaub nicht." Liza schüttelte den Kopf. „Es hat sie schon genervt, dass in ihrer eigenen Familie zu solchen Mitteln gegriffen wird. Aber ich glaube, irgendwie hat es sie auch gefreut, dass sie Ingeborg auf diese Weise ein Schnippchen schlagen konnte. Und Hanna war damit ja letztlich geholfen. War bestimmt gar nicht so wenig, was die Alte lockergemacht hat."

„Und – warum besucht sie Hanna immer noch heimlich? Wenn das gar nichts Ernstes zwischen ihnen war, meine ich."

Bengt bemühte sich, seine Frage so beiläufig wie möglich klingen zu lassen.

„Warum nicht? Die beiden verstehen sich gut."

„Aber Ingeborg darf davon nichts wissen?"

„Hanna war für Ylva immer so eine Art Zuflucht, wenn sie auch mal die Schnauze voll hatte vom Kleinstadtleben. Das ist alles. Ich glaube Ylva hatte einfach keinen Bock auf Diskussionen. Und eigentlich geht es ja auch niemanden etwas an."

Sie warf Bengt einen kurzen Seitenblick zu.

„Aber diese Taktik ist jetzt wohl nach hinten losgegangen."

Bengt senkte den Blick zu Boden und kickte nachdenklich einen Stein weg. Dann sammelte er sich wieder.

„Also gut. Wir müssen irgendwie näher rankommen an Carol Johnson. Ich möchte noch einmal mit ihrem Chef sprechen. Vielleicht gibt es da doch noch irgendwas, das uns weiterhelfen kann. Und check du bitte bei den Kollegen in den USA, ob sie dort inzwischen als vermisst gemeldet wurde."

Liza nickte. „Alles klar, Chef."

Montag

Am Montagmorgen fühlte Marie sich erstaunlich aufgeräumt und mit sich selbst im Reinen. Sie schloss die Tür zum Büro auf und erinnerte sich daran, wie sie vor erst einer Woche hier angefangen hatte. Zugegebenermaßen war einiges seit ihrer Ankunft alles andere als glatt gelaufen. Aber sie hatte sich fest vorgenommen, sich weder durch ihren schrecklichen Fund im Wald noch durch die unerfreuliche Gemeindeversammlung und schon gar nicht durch Alex‘ Besuch runterziehen zu lassen. Im Gegenteil – sie hatte das Gefühl, nach ihrem etwas stolprigen Start in Lågomby nun eine zweite Chance für einen sauberen Neuanfang zu bekommen. Und die wollte sie auf jeden Fall nutzen.

Mit dem Vorsatz, die Woche positiv anzugehen, hatte sie an diesem Morgen eines der wenigen Sommerkleider angezogen, die sie nach Schweden mitgenommen hatte, und wagte sich nun sogar an Lennarts heilige Kaffee-Station. Tatsächlich schaffte sie es, ihm bei seiner Ankunft ein ähnlich gut riechendes Getränk zu servieren, wie er es gewöhnlich für sie tat.

Lennarts Blick wanderte misstrauisch von der dampfenden Tasse auf seinem Schreibtisch zu Marie.

„Ich hab nichts kaputtgemacht."

Marie hob die Hände, um ihre Unschuld zu beteuern.

Lennart setzte sich, beugte sich über die Tasse und roch vorsichtig daran.

„Ist da irgendwas drin?"

Marie schüttelte lächelnd den Kopf, nahm einen großen Schluck aus ihrer eigenen Tasse und lehnte sich zufrieden in ihrem Bürostuhl zurück.

„Gar nicht so schlecht, oder?"

Lennart nippte daran, ließ den Kaffee auf seiner Zunge nachschmecken, nickte dann anerkennend und nahm noch einen Schluck.

„Nach Lasses Auftritt hätte ich ja fast Verständnis dafür, wenn du der ganzen Sache hier ein schnelles, schmerzloses Ende bereiten würdest", er ließ seinen Blick über Maries Kleid wandern, „oder dich zumindest mit irgendeinem Hilfsmittel in diese auffallend gute Laune versetzt."

Marie lachte. „Ich hab am Wochenende ungewollte Hilfestellung bekommen."

Lennart hob fragend die Augenbrauen.

„Es kann ja etwas sehr Befreiendes haben, sich von ...", Marie zögerte kurz, „etwas zu verabschieden, das einem nicht guttut."

„Hast du in der kurzen Zeit hier etwa schon so viel Schlechtes angesammelt?"

Sie winkte ab. „Altlasten."

„Verstehe. Das passt ja dann haargenau zu unserem Thema hier: Alles auf Anfang. Hast du schon irgendwelche Ideen, wie wir weitermachen?"

Marie nahm noch einen großen Schluck Kaffee und lächelte Lennart auffordernd an.

„Ich dachte ich lass mich mal von meinem hippen, ortskundigen Kollegen inspirieren."

„Aber gerne doch."

Lennart zog ein Notizheft aus seiner Tasche hervor.

„Ich hab mir natürlich am Wochenende auch so meine Gedanken gemacht."

„Echt? Ich dachte du wärst mit Spannenderem beschäftigt." Marie grinste.

Lennart verstand nicht sofort.

„Du meinst Magnus?" Er lächelte unwillkürlich. „Der musste gestern schon wieder zurück nach Umeå."

„Wochenendbeziehung?" Marie verzog mitfühlend das Gesicht. Aber Lennart zwinkerte ihr gutgelaunt zu.

„Einer muss ja das Geld nach Hause bringen."

„Und – macht er?"

Marie merkte, wie sehr sie es genoss, endlich mal wieder so etwas wie ein normales, freundschaftliches Gespräch zu führen.

Lennart nickte vielsagend. „Er ist Architekt. Letztes Jahr hat er sogar irgendeine Auszeichnung bekommen. Jetzt knallt's grad richtig bei ihm."

„Und du wolltest lieber hierbleiben als mit ihm zu gehen?"

„Das versteht keiner. Aber ich mag's hier einfach. Und was würde aus Lågomby werden, wenn alle wegziehen?"

Marie nickte anerkennend. „Da hab ich ja Glück gehabt."

Sie lächelte Lennart an, erleichtert darüber, sich jetzt keine Gedanken mehr um irgendwelche Gefühle machen zu müssen, die zwischen ihnen stehen könnten.

„Also", setzte Lennart an, „das wirst du jetzt wahrscheinlich nicht so gerne hören, aber – so trampelig sich Lasse gestern mal wieder angestellt hat – mit einer Sache hat er ja nicht ganz unrecht."

„Dass der Ausbau der Brauerei auch für uns ‚eine tolle Sache' ist?"

„Oder zumindest etwas, das wir auch für unsere Zwecke nutzen können", bestätigte Lennart.

„Viel anderes wird uns wohl kaum übrigbleiben." Sie seufzte.

Gedankenverloren ließ sie den Blick über den Vorplatz des Rathauses schweifen.

„Was ist denn jetzt schon wieder los?"

Sie stand neugierig auf und trat ans Fenster.

„Spielen die da jetzt ernsthaft *Kubb*?"

Der inzwischen schon alltäglichen Menschenansammlung vor *Mickes Bar* war es offensichtlich zu langweilig geworden, tagein tagaus auf Informationen aus erster Hand zu hoffen. So hatten sich, in nächster Nähe zu Solveigs Limonadenstand, zwei Teams gebildet, die unter lauten Zurufen versuchten, sich gegenseitig ihre Holzkegel umzuwerfen.

„Schon ziemlich absurd, was für eine belebende Wirkung so ein Mord haben kann."

Lennart war hinter Marie getreten. Eine Weile beobachteten sie das Geschehen auf dem Platz.

„Also gut", Marie drehte sich zu ihm um, „dann spielen wir das Spiel eben mit."

„Du willst da mitspielen?" Lennart sah sie verständnislos an, aber Marie überging seine Zwischenfrage einfach.

„Offensichtlich hat es ja keinen Sinn, sich gegen die Dynamik der Bevölkerung zu stellen. Also erzähl mir was über diese Ylva. Kann man mit ihr arbeiten?"

Lennart nickte. „Ylva ist cool. Hast du ja bei der Versammlung gesehen: Alle mögen Ylva."

Bengt war dem Geruch frischer Zimtschnecken in die kleine Polizeikantine gefolgt – wie jeden Montagmorgen. Für gewöhnlich frühstückte er lieber alleine, in seinem Büro. Aber hin und wieder schien es ihm angebracht, sich unter die Kollegen zu mischen. Dass das regelmäßig nach dem Wochenende, was er überwiegend alleine verbrachte, der Fall war, ignorierte er dabei.

Ein junger Kollege in Uniform, der gerade sein Tablett in den Geschirrwagen schob, grüßte Bengt freundlich.

Bengt nickte ihm zu. „Einsatz, Rami?"

Der Polizist verzog das Gesicht. „Blechschaden auf der Landstraße."

„Wildunfall?"

Rami schüttelte den Kopf. „Irgendjemand hat da seinen Anhänger geparkt."

Bengt lächelte. „Verkehrssicherheit ist ein wichtiger Teil unserer Arbeit. Wir können viele Menschenleben retten, wenn wir unsere Straßen sicher halten."

Rami nickte tapfer. „Kommst du im Mordfall voran?“

Bengt zog die Luft geräuschvoll ein. „Wir sind dran.“

Rami verstand. Er hob die Hand und ging zum Ausgang, wo er beinahe mit Liza zusammenstieß.

Die pflückte sich eine Zimtschnecke aus der Auslage, gab der Kantinenchefin zu verstehen, sie anzuschreiben, und setzte sich mit Bengt an einen kleinen Tisch am Fenster.

„Morgen, Chef.“

„Morgen, Liza.“

Bengt biss ein Stück aus seiner Zimtschnecke, nahm einen kräftigen Schluck Kaffee und lehnte sich zurück. Liza, die Bengts Montagmorgen-Zeremonie schon bestens kannte,

beobachtete ihn dabei ebenso beiläufig wie geübt, während sie immer wieder kleine Stückchen von ihrer eigenen Zimtschnecke zupfte und sich in den Mund schob.

„Jetzt?“, fragte sie, als Bengt seine Zimtschnecke aufgegessen, aber noch eine halbe Tasse Kaffee vor sich hatte.

Bengt nickte. „Okay, was gibt's Neues?“

„In den Staaten ist auch keine Vermisstenanzeige zu Carol Johnson eingegangen. Aber das haben wir ja eigentlich schon erwartet – ohne Angehörige.“

„Dann müssen wir wohl auch Partner und Mitbewohner ausschließen. Konntest du Kontakt zum FBI aufnehmen?“

Bengt entging nicht, dass ein paar Kollegen am Nachbartisch bei der Nennung der amerikanischen Bundespolizei neugierig aufhorchten. Er drehte sich mit Liza Richtung Fenster.

„Noch nicht persönlich. Agent Bradley muss irgendwann heute Nacht zurückgerufen haben.“

„Verdammte Zeitverschiebung.“

Liza nickte. „Ich bleib dran.“

„Und hast du in San Diego jemanden erreicht?“

„Ja. Der Chef von *Black Beach* hält sich heute Abend für ein Gespräch bereit.“

„Gut.“ Bengt leerte seine Kaffeetasse mit einem kräftigen Schluck.

„Dann müssen wir ja jetzt nur noch einen Weg finden, wie wir hier vor Ort vorankommen.“

Marie betrat das Brauerei-Gelände und sah sich um. Gerade als sie auf das kleine Verwaltungsgebäude zugehen wollte, wurde die Tür zu einer der Hallen geöffnet. Maschinengeräusche drangen auf den Hof. Der alte Braumeister Ove erschien mit einem mittelgroßen Bierfass unterm Arm in der Tür.

„Kann ich helfen?"

Seine Stimme hallte zwischen den alten Gemäuern.

Marie ging ein paar Schritte auf ihn zu.

„Ich suche Ylva."

Ove musterte sie einen Moment. Dann nickte er in Richtung eines kleineren Gebäudes am hinteren Ende des Hofes.

„In der alten Kesselstube."

Marie hob dankend die Hand und machte sich auf den Weg dorthin. Sie zuckte zusammen, als Oves Stimme noch einmal hinter ihr ertönte.

„Du bist die Neue, oder?"

Marie drehte sich zu ihm um. „Ich bin Marie."

„Aus Deutschland?"

Marie nickte und machte sich schon auf einen Nazi-Spruch gefasst. Aber der alte Ove nickte nur zurück und ging mit seinem Fass zu einem kleinen Lieferwagen, der auf dem Hof parkte.

Als Marie die Tür zur Kesselstube öffnete, sah sie erstmal überhaupt nichts. Nur durch die Ritzen in den Fensterläden fiel etwas Licht in den Raum. Sie hörte ein kratzendes Geräusch, irgendwo weiter hinten.

„Ylva?"

Nochmal das Geräusch, dann ein Scheppern. Irgendetwas musste umgekippt sein. Eine Tür öffnete sich und Ylva tauchte im beleuchteten Türrahmen auf. Sie trug Gummistiefel und eine Art Anglerhose. In einer behandschuhten Hand hielt sie eine große Bürste.

„Ja?"

„Hej Ylva, ich bin's, ..."

„Marie!", unterbrach Ylva sie. „Das ist ja eine schöne Überraschung. Komm rein!"

Marie betrat die Kesselstube und tapste etwas unsicher durch das schummrige Licht auf Ylva zu. In dem Nebenraum standen mehrere vergleichsweise kleine Kessel in einer Schaumlake auf dem gekachelten Boden.

„Ich versuche die alten Testkessel wieder fit zu kriegen. Da hat sich in den letzten Jahrzehnten ne ordentliche Staubschicht drin abgelagert."

„Brauchst du die für eure Neuausrichtung?"

„Genau.“ Ylva seufzte. „Eigentlich ist das Zeug inzwischen total überholt. Am liebsten würde ich alles neu kaufen. Aber wir müssen erstmal so sparsam wie möglich planen. Die Unterstützung der Gemeinde hilft uns zwar echt weiter, aber allzu locker sitzt das Geld hier ja bei niemandem mehr.“

Sie begann an der Innenseite eines der Kessel zu schrubben. „Aber das hast du ja vermutlich auch schon mitbekommen.“

Marie hob vielsagend die Augenbrauen.

„Kann man so sagen.“

„Hey!“ Ylva sah auf. „Wolltet ihr nicht bei der Versammlung euer neues Konzept vorstellen? Ich bin echt gespannt, was ihr euch ausgedacht habt. Lågomby hat dringend einen kleinen Push nötig.“

„Tja.“ Marie lächelte schief. „Ich fürchte, dafür seid ihr hier jetzt erstmal zuständig.“

Ylva schaute sie verwundert an. Dann ließ die Bürste sinken. Offensichtlich begriff sie erst jetzt, welche Auswirkung ihre Geschäftspläne auf Maries Arbeit hatten. Marie spürte eine gewisse Erleichterung, als sie Ylvas betretenes Gesicht bemerkte.

„Oj då! ... Ich wusste nicht, dass ... Das tut mir leid!“

Marie winkte ab.

„Schon okay. Vermutlich hätte ein Golfressort ohnehin nicht so richtig hierher gepasst.“

Verwundert stellte sie fest, dass sie tatsächlich meinte, was sie gerade gesagt hatte. Vielleicht hatte es mit Alex‘ abfälliger Bemerkung diesbezüglich zu tun, aber Marie glaubte auch, sie wären ohne den Druck der spontan angesetzten Gemeindeversammlung nicht bei ihrer erstbesten Idee hängengeblieben. Viel lieber als ein generisches Konzept der Kategorie Golfressort hätte sie eine kreative Idee, eine ganz individuell auf Lågomby zugeschnittene Tourismusstrategie vorgestellt. In gewissem Sinne war es ihr also gar nicht so unrecht, dass die Brauerei ihnen einen Strich durch die Rechnung gemacht hatte – auch wenn sie das bis zu diesem Moment selbst nicht so ganz begriffen hatte.

„Und jetzt – wie geht‘s weiter?“, riss Ylva sie aus ihren Gedanken. „Kann ich dir irgendwie helfen?“

Marie begegnete Ylvas Blick und glaubte wirkliches Interesse darin zu sehen. Sie nickte.

„Deswegen bin ich hier. Ich würde gerne ein bisschen mehr über eure Pläne erfahren. Vielleicht gibt es ja irgendeine Möglichkeit zur Zusammenarbeit. Immerhin war *Alfredssons* ja mal ein wichtiges Zugpferd dieser Region.“

Sie wollte sich schon auf die Lippen beißen und hoffte, Ylva würde ihr die wenig schmeichelhafte Vergangenheitsform nicht übelnehmen. Doch deren Gesicht hellte sich jetzt schlagartig auf.

„Ja klar – das wäre doch super! Weißt du was, ich zeig dir einfach gleich mal die Brauerei, oder? Vielleicht fällt uns dabei ja direkt etwas ein."

„Gerne." Marie nickte erfreut. „Ich hab nämlich ehrlich gesagt überhaupt keine Ahnung, wie Bier in die Flasche gelangt. Und vielleicht kannst du mir auch ein bisschen was über eure Firmengeschichte erzählen. Die ist ja offenbar eng verknüpft mit der Gegend hier."

„Das stimmt."

Ylva zog die Handschuhe aus und ging mit Marie zum Ausgang der Kesselstube.

„Da solltest du dann auch mal mit Ove sprechen. Der kennt den Betrieb besser als jeder andere."

„Meinst du, das würde er machen?"

„Klar, warum nicht?"

„Naja, als ich ihm eben im Hof begegnet bin, wirkte er nicht gerade wie ein leidenschaftlicher Geschichtenerzähler."

Ylva lachte. „Das stimmt. Aber unterschätz die nordischen Männer nicht: Beim richtigen Thema können die auch mal ins Schwärmen kommen. Und die Brauerei ist sein Ein und Alles. Da fragen wir ihn am besten mal in aller Ruhe nach Feierabend."

Sie überquerten den Hof und betraten die Haupthalle durch die Tür, durch die Ove zuvor mit dem Fass gekommen war.

„Aber du hast recht. Die Leute hier sind schon ein etwas spezieller Schlag. Seitdem ich aus den Staaten zurück bin, fällt mir das selbst viel mehr auf als früher."

Ylva nahm zwei Arbeitshelme von einem Regalfach im Eingangsbereich und reichte Marie einen davon.

„Sieht beknackt aus, aber ist Vorschrift."

Sie setzten die Helme auf und gingen weiter in Richtung Brauhalle. Marie betrachtete fasziniert die riesigen glänzenden Kupferkessel, die sich über die komplette Halle erstreckten. An einem davon blieben sie stehen.

Durch eine verglaste Luke, kurz unterhalb der Stelle, an der sich der Kessel zu einem Abzugsrohr verjüngte, konnte man hineinschauen. Verwundert stellte Marie fest, wie tief der gewaltige Tank reichte. Erst einige Meter unter sich konnte sie die schaumige Oberfläche des Biersuds erkennen. Ylva erklärte ihr, dass in dieser Halle nur der obere Teil der Kessel zu sehen war. Ihr Hauptteil befand sich ein Stockwerk tiefer im Keller und ragte durch den Boden zu ihnen herauf.

Marie entging nicht, dass beinahe die Hälfte der Halle nicht in Betrieb war. Einige der Kessel wirkten matt und sahen aus, als seien sie schon seit vielen Jahren nicht mehr genutzt worden.

In einem Lagerraum ließ Ylva sie am Malz riechen und ein winziges und furchtbar bitteres Stück Hopfen probieren.

Marie verzog das Gesicht.

„*Das* ist Hopfen?“

Ylva lachte. „Hopfen-Pellets. Das macht die Dosierung und Lagerung viel einfacher.“

Sie verschloss den Karton wieder sorgfältig.

„Es gibt viele unterschiedliche Hopfen-Sorten, verschiedene Beeren- oder Zitrusrichtungen zum Beispiel. Dadurch wird die Fruchtigkeit des Biers bestimmt, und die Bitterkeit. Aktuell benutzen wir allerdings nur diese eine Sorte.“

„Ist das schlecht?“

Marie versuchte noch immer den bitteren Geschmack des Pellets von ihrer Zunge zu kriegen.

„Nicht unbedingt schlecht, aber modern ist anders. Wir brauen seit Jahren ja auch nur eine einzige Sorte Bier, und das ist heutzutage eigentlich gar nicht mehr tragbar – wirtschaftlich gesehen, mein ich. Vor allem seitdem sich durch die Craftbeer-Bewegung das Angebot so vergrößert hat.“

Sie passierten eine kleinere Halle, in der einige Männer Metallfässer mit Bier befüllten und auf Paletten stapelten. Sie nickten Ylva zu, nicht ohne Marie dabei neugierig zu beäugen. Vermutlich kam es nicht allzu häufig vor, dass Fremde die Brauerei besichtigten.

„Und das willst du jetzt ändern?“

„Das ist der Plan. In den USA machen die echt die abgefahrensten Sachen. Aber jetzt müssen wir erstmal herausfinden, was davon auch hier ankommen könnte. Ich hoffe, dass wir den Prozess schnell ins Rollen bringen können. Ist schon ’ne ganz schöne Umstellung für alle. Wir haben hier bisher ja noch nicht mal ein Ale gemacht.“

„Und wieso nicht?“

Sie waren inzwischen wieder auf dem Hof angekommen und setzten sich unter einem der großen Fenster der Brauhalle auf eine Holzbank.

Ylva hob seufzend die Schultern.

„Mein Vater war noch nie ein großer Freund von Veränderungen. Und meine Großmutter sowieso nicht. Das ist wahrscheinlich der Nachteil eines Familienbetriebs – da hängen immer wahnsinnig viele Erinnerungen und Emotionen mit drin. Unser *Alfredssons* ist wie ein Relikt aus einer anderen Zeit. Aber es ist die Zeit, mit der mein Vater sich noch heute identifiziert.

Er hat von klein auf in der Brauerei mitgeholfen. Er kennt nichts anderes. Craft Beer – das klingt für ihn wie 'ne Krankheit."

„Das wirkte aber neulich bei der Sitzung ganz anders."

„Stimmt. Das hat mich selbst überrascht."

Ylva lachte.

„Jonas und ich hatten uns schon die wildesten Strategien überlegt, wie wir unseren Vater umstimmen könnten. Aber er hat wohl endlich eingesehen, dass es so nicht weitergehen kann."

Sie scharrte nachdenklich mit den Füßen über den Boden. Der Gedanke an die angeschlagene Situation der Brauerei machte ihr offensichtlich zu schaffen. Dann sprang sie plötzlich auf.

„Ich hab ein geiles *IPA* aus Portland mitgebracht. So etwas will ich hier unbedingt auch machen."

„Ein was?"

„*India Pale Ale*. Das musst du echt probieren."

In diesem Augenblick klingelte Maries Handy.

„Das ist bestimmt Lennart."

Sie kramte ihr Handy hervor und las den Namen auf dem Display.

„Oh, Bengt!"

Als Marie das Telefonat kurz darauf zufrieden beendete, bemerkte sie Ylvas verwunderten Blick.

„Das war Bengt Holmgren. Er will mich nochmal sprechen."

Ylva nickte. Die Begeisterung, die sie noch vor wenigen Minuten versprüht hatte, war einem fast mürrischen Gesichtsausdruck gewichen.

„Ich glaube er fühlt sich ein bisschen verantwortlich für mein Wohlbefinden. Weil ich doch die Leiche gefunden habe", fuhr Marie erklärend fort.

„Hab davon gehört. Kein schöner Einstand hier."

„Nee, wahrhaftig nicht. Aber für dich ja auch nicht. Du hast diese Carol sogar gekannt, oder?"

Ylva nickte stumm. Sie warf einen Blick auf die alte Uhr oben am höchsten Punkt des Hauptgebäudes.

„Ich sollte jetzt langsam los. Ich hab Gitte versprochen, ihr heute beim Einlegen der Heringe zu helfen, für Mittsommer."

„Jetzt schon? Werden die nicht schlecht?"

Marie ertappte sich dabei, wie sie die Nase leicht rümpfte. Über die eingelegten Fischspezialitäten der Schweden hatte sie schon in ihren Reisebüro-Zeiten immer wieder gelesen. Und auch ihre Schwedisch-Lehrerin hatte ihr geraten, so lange einen weiten Bogen um Surströmming und dergleichen zu machen, bis sie sich ganz sicher war, dass sie in Schweden bleiben wollte.

Ylva schüttelte den Kopf. „Nicht, wenn man weiß, wie. Gitte macht es nach einem alten Hausrezept. Sie hat es mir beigebracht, als ich noch ganz klein war. Seitdem haben wir es immer zusammen gemacht."

Bei der Erinnerung daran fand doch nochmal ein kleines Lächeln den Weg auf Ylvas Gesicht.

„Das Bier trinken wir dann ein anderes Mal, okay?"

„Kein Problem." Marie nickte. „Ich muss auch langsam zurück ins Büro."

Ylva hob die Hand zum Abschied und ging dann schnellen Schrittes in Richtung Kesselstube davon.

Am Abend saß Marie auf ihrer Veranda und wartete auf Bengt. Sie hatte vorsichtshalber zwei Knäckebrote mit Käse gegessen, bevor sie sich kurz frischgemacht und umgezogen hatte. Bengt hatte am Telefon nicht gesagt, ob sie essen gehen würden. Zuhause in Deutschland wäre sie aufgrund der Uhrzeit davon ausgegangen, aber sie hatte schon festgestellt, dass die meisten Leute hier oben eher früher zu Abend aßen. Insofern wollte sie für alle Eventualitäten gewappnet sein.

Knapp fünf Minuten nach der verabredeten Zeit bog ein etwas klapprig wirkender Saab in Maries Einfahrt ein.

„Fünf Minuten zu spät. Wie unschwedisch", kommentierte Marie mit einem Augenzwinkern, als Bengt ausstieg.

Der lachte. „Du lernst aber schnell ... Sorry, ich hatte eben noch ein wichtiges Telefonat."

Für Marie unerwartet galant lief Bengt um das Auto herum, um ihr die Tür aufzuhalten.

„Danke, dass du so spontan Zeit hast."

„Kein Problem. Mein Terminkalender ist noch ziemlich übersichtlich."

Bengt lächelte und fuhr los. Marie fiel auf, wie freundlich sein Gesicht wirkte, wenn er mal nicht konzentriert oder besorgt dreinschaute.

„Bitte lass mich aber unbedingt wissen, wenn dir unser Gespräch zu anstrengend ist."

„Anstrengend?", Marie sah ihn verwundert an.

„Ich meine, falls es dir zu viel wird oder so. Ich könnte absolut verstehen, wenn du lieber nichts mehr mit der ganzen Sache zu tun haben möchtest."

Bengt dachte an seine Wochenend-Lektüre, in der er auch gelesen hatte, dass Zeugen unter Umständen eine ausgeprägte Emotionalität an den Tag legen konnten, auf die unbedingt Rücksicht genommen werden musste.

„Wie gesagt: Ich bin okay, wirklich."

Sie machte eine kurze Pause.

„Es lässt mir nur einfach keine Ruhe, nicht zu wissen, was passiert ist."

Bengt warf ihr einen prüfenden Seitenblick zu.

„Ehrlich gesagt ist das auch der Grund, warum ich dich heute angerufen habe. Ich glaube, dass wir uns gegenseitig helfen können."

„Ach ja? Da bin ich aber gespannt."

Bengt nickte nur und Marie verstand: später. Sie blickte aus dem Fenster. An der Abzweigung Richtung Zentrum waren sie längst vorbeigefahren. Stattdessen war Bengt kurz hinter der Polizeistation rechts auf die Landstraße abgebogen.

„Wo fahren wir denn überhaupt hin?"

„Ins *Easy Rider*. Das ist 'ne Kneipe ein paar Kilometer hier die Straße runter. Sieht von außen 'n bisschen ... uncharmant aus. Aber es gibt gutes Bier und wirklich passables Essen. Und normalerweise trifft man dort nicht halb Lågomby."

„Gutes Bier?", fragte Marie.

„Kein *Alfredssons*", erklärte Bengt ohne Umschweife.

„Wobei ich auf Ylvas neue Ideen wirklich gespannt bin. Das wird geschmacklich bestimmt spannender als ihr gutes altes Lager."

„Das glaub ich auch", stimmte Marie zu. „Sie scheint ja 'ne echte Leidenschaft für Craft Beer zu haben. Ich war vorhin in der Brauerei und hab mir von ihr ein bisschen was erklären lassen."

„Ihr kennt euch also schon?", fragte Bengt interessiert.

„Ein bisschen. Ich versuche mit den Plänen der Alfredssons einen Anknüpfungspunkt für eine neue Tourismusstrategie zu finden."

„Ach wirklich?" Bengt hob vielsagend die Augenbrauen. „Das scheint mir eine sehr gute Idee!"

Irgendetwas an seiner Antwort ließ Marie ahnen, dass mehr dahintersteckte als bloße Anteilnahme an ihren beruflichen Plänen.

Wenige Minuten später parkte Bengt den Wagen vor dem *Easy Rider*. Beziehungsweise vor dem *asy ride*, wenn man sich an den noch funktionstüchtigen Neon-Buchstaben über dem Eingang orientierte.

Das Lokal wäre Marie im Vorbeifahren weder negativ noch positiv besonders aufgefallen. Es war in einer alten Scheune untergebracht, von deren Wänden an einigen, eigentlich an den meisten Stellen die Farbe abblätterte. Auf dem Parkplatz standen zwei Pickup-Trucks und drei Motorräder. Marie fielen die Diner-Sitzecken in *Mickes Bar* ein. Offenbar war man hier oben im Niemandsland stilistisch noch immer stark vom Americana-Look vergangener Zeiten geprägt. Es amüsierte sie, dass man damit auch heute wieder voll im Trend lag – wenn auch mit großer Wahrscheinlichkeit vollkommen zufällig.

Auch im Innenbereich sah das *Easy Rider* wie eine typische Biker-Kneipe aus. Rechter Hand lag eine lange Bar, zentral im Raum stand ein alter Billardtisch, rund herum waren dunkle, runde Tische verteilt. An der Bar saßen zwei ältere Männer – mit typisch schwedischem Sicherheitsabstand zwischen sich. Die mutmaßlichen Besitzer der Motorräder spielten Pool.

Bengt führte Marie an einen Tisch ganz hinten in einer Ecke. Wie er ja bereits angedeutet hatte, war ihm wohl daran gelegen, unter vier Augen mit ihr zu reden.

„Hast du schon gegessen?"

Er lehnte sich zum Nachbartisch hinüber und angelte dort nach einer weiteren Speisekarte.

„Eine Kleinigkeit, ja. Ich war mir ehrlich gesagt nicht sicher, worauf das hier hinauslaufen würde", antwortete Marie wahrheitsgemäß und ließ ihren Blick über die Karte wandern. Doch schon bei den Vorspeisen hielt sie inne und sah Bengt an.

„Irgendwelche Empfehlungen?"

Bengt nickte nur, stand auf und ging hinüber zum Tresen. Marie überlegte kurz, ob sie ihm folgen sollte, war dann aber zu neugierig darauf, was Bengt von sich aus bestellen würde, und blieb sitzen. Eine Viertelstunde später türmten sich zwischen den beiden knusprige Chicken Wings, mit Käse überbackene Nacho-Chips sowie etwas Frittiertes, das sich *Norrländische Austern* nannte. Dazu hatten beide ein großes, tschechisches Bier bestellt. Marie atmete genießerisch den herzhaften, leicht fettigen Geruch des Essens ein, der sich schnell an ihrem Tisch verbreitet hatte – auch wenn sie bereits ahnte, dass sie sich am Ende des Abends nicht mehr ganz so wohlfühlen würde.

Nachdem sie sich ein paar Minuten mehr oder weniger schweigend über das Essen hergemacht hatten, hielt Marie die Neugier nicht mehr aus.

„Also, warum bin ich hier, Bengt? Gibt es was Neues?"

Der Kommissar legte seinen angebissenen Hühnchenflügel auf den kleinen Teller vor sich.

„Zumindest wissen wir inzwischen ein bisschen mehr über Carol Johnson. Das Telefonat, das ich vorhin erwähnte, das war mit ihrem Chef aus San Diego. Er hat mir versichert, dass es von seiner Seite keinen offiziellen Plan gab, *Alfredssons* zu übernehmen. Er behauptet sogar, noch nie von unserer Brauerei gehört zu haben."

„Kaum vorstellbar!", kommentierte Marie leicht amüsiert.

„Und warum war diese Carol dann hier?"

Sie hatte ein paar Nachos in der Hand und zog sie langsam vom Teller weg, um den dabei entstehenden Käsefaden zu zertrennen.

„Ihr Chef sagt, dass sie ziemlich spontan Urlaub genommen hat. Zwei Wochen. Wohin sie wollte, wusste er aber nicht – behauptet er jedenfalls."

„Und glaubst du ihm?"

Marie roch skeptisch an einer der *Austern*.

„Momentan gibt es keinen Grund, ihm nicht zu glauben."

Bengt konnte sich ein Grinsen nicht verkneifen.

„Das ist die Spezialität des Hauses."

Beherzt biss Marie in den gold-braunen Klumpen. Er hatte eine fleischige Konsistenz und schmeckte leicht säuerlich, aber nicht unangenehm.

„Frittierter eingelegter Rentier-Hoden."

Bengt genoss es sichtlich, Marie die Spezialität des Lokals zu übersetzen. Umso beeindruckter wirkte er, als die sich ohne mit der Wimper zu zucken die zweite Hälfte in den Mund schob.

„Hab ich mir schon gedacht, dass es was in die Richtung sein muss", entgegnete Marie gelassen. „Aber frittiert schmeckt ja eigentlich eh alles."

Genüsslich leckte sie sich die Finger ab.

Bengt lachte auf und Marie stellte zufrieden fest, dass er seine besorgte Kommissaren-Haltung abgelegt hatte und sich stattdessen zunehmend entspannte.

Als hätte er ihre Gedanken erraten, räusperte er sich und wurde dann schnell wieder ernst.

„Ich stehe natürlich auch in Kontakt mit den Kollegen in den USA. Die untersuchen Miss Johnsons Umfeld und Vergangenheit. Aber ich bin ziemlich sicher, dass wir den Grund für ihren Tod hier in Lågomby suchen müssen."

„Wir?"

Marie nahm noch einen Schluck Bier und sah ihr Gegenüber abwartend über den Glasrand an.

„Das ist der Hauptgrund, wieso ich mit dir sprechen wollte. Ich möchte dich bitten, mir zu helfen."

Als er Maries fragenden Blick sah, fuhr Bengt fort: „Keine Sorge, ich habe nicht vor, dich zum Hilfs-Sheriff zu machen. Und auf keinen Fall will ich, dass du dich irgendwie in Gefahr begibst! Aber ich verstehe, dass du ein ganz eigenes Interesse hast, dass dieser Fall möglichst schnell aufgeklärt wird. Und ich kann mir vorstellen, dass du in deiner Position – also zum einen als Tourismus-Chefin und zum anderen als Neue in der Stadt – vielleicht ganz andere Dinge mitbekommst als ich."

Marie runzelte die Stirn.

„Ich soll für dich spionieren?"

Bengt leerte sein Glas und setzte es ab.

„Nur die Ohren offenhalten. Irgendjemand hier muss mehr wissen, als er mir sagt."

Das Haus wirkte unbewohnt. Zumindest brannte kein Licht und die Verschläge an den Fenstern waren geschlossen. Tatsächlich sah alles genauso aus wie sie es in Erinnerung hatte.

Sie wusste nicht, was seit ihrem Weggang aus Lågomby passiert war, ob man das Haus inzwischen vermietet oder verkauft hatte. Es war ihr einfach als Erstes eingefallen, als sie vor knapp einer Stunde aus dem Bus gestiegen war.

Erst in diesem Moment hatte sie realisiert, dass ihr Plan genau dort endete – an dieser heruntergekommenen Bretterbude, die sich nur mit viel Wohlwollen Bushaltestelle nennen ließ. Kurz hatte sie in Erwägung gezogen, sich einfach an Ort und Stelle in die Ecke zu kauern und dort ein paar Stunden zu schlafen. Schließlich konnte sie nicht einfach so bei ihnen auftauchen, mitten in der Nacht. Doch dann waren die Erinnerungen und Gefühle wie eine Lawine über sie hereingebrochen. Sie musste sich erst einmal sammeln, in Ruhe nachdenken, wie sie genau vorgehen wollte. Und dafür schien ihr das Waldhaus der geeignete Ort.

Dienstag

Als Lennart kurz nach neun das Büro betrat, saß Marie bereits seit einer guten Stunde an ihrem Schreibtisch. Das Gespräch mit Bengt am Vorabend hatte noch lange in ihr nachgewirkt und heute Morgen war sie in aller Frühe und voller Tatendrang aufgewacht. Ihr fehlte jedoch noch eine konkrete Idee, wie sie möglichst subtil an Informationen kommen sollte – denn dass sie nicht einfach nur die Augen offen halten und auf einen Zufall hoffen konnte, war für sie gleich klar gewesen. In der Hoffnung, dass diese sich eher manifestieren würde, wenn sie ihrem Kopf etwas Ablenkung gönnte, steckte Marie ihre Energie fürs Erste in ihre tatsächliche Arbeit.

„Lennart! Gut, dass du da bist. Ich habe mir ein paar Dinge überlegt, die wir dringend angehen müssen."

Marie stand auf und ging zu der weißen Schreibtafel.

„Dir auch einen guten Morgen, liebe Marie."

Lennart platzierte seine Umhängetasche auf seinem Stuhl und trat an die Kaffeebar.

„Sorry." Marie lächelte. „Guten Morgen. Wie du siehst, hab ich den Dreh schon raus."

Sie nickte in Richtung der halbvollen Kaffeekanne. Lennart goss sich einen Schluck ein, probierte und füllte seine Tasse dann komplett.

„Zwei von Zwei. Ich bin in der Tat beeindruckt."

Er machte es sich in seinem Stuhl bequem.

„Dann schieß mal los."

Marie nahm sich einen Marker und begann zu schreiben.

„Erstens: Übernachtungsmöglichkeiten. Da haben wir ja letzte Woche schon eine Aufstellung gemacht. Diese Woche sollten wir die alle abklappern und herausfinden, ob unsere Informationen noch aktuell sind. Und dann müssen wir sie auf der Webseite publizieren. Ich hab gesehen, dass die Möglichkeit dafür im System schon angelegt ist. Aber wir müssen echt schauen, dass wir alle Anbieter auf lagomby.se bündeln. Unsere Besucher sollen dort das komplette Angebot vorfinden."

„Absolut." Lennart nickte und machte sich eine Notiz.

„Zweitens: Unsere Broschüre. Wann wurde die das letzte Mal aktualisiert? Vor fünf Jahren oder so? Das ist also höchste Zeit. Sicherlich ein etwas längeres Projekt, daher sollten wir da schnell einen Plan machen. Ich kann das Gerüst bauen, könnte aber dein Insider-Wissen gebrauchen, was die Details angeht."

Marie machte eine Pause und sah Lennart an.

Lennart grinste. „Klingt gut."
„Was?" Marie sah ihn fragend an.
„Nichts ... Ich freu mich nur, dass du dich offensichtlich dazu entschieden hast, Lågomby eine Chance zu geben."
„Naja", gab Marie betont cool zurück, „eigentlich habe ich einfach nur keine andere Wahl."
Sie lächelte. Dann fuhr sie fort:
„Drittens: Und das ist das Dringendste. Ich habe meine Beziehungen in der Heimat spielen lassen. Der deutsche Tourismusverband lässt gerade ein Magazin-Special drucken. Thema *Trekking in Nordeuropa*. Und wir könnten da noch mit einem Absatz reinkommen, wenn wir uns beeilen."
Lennart warf einen Blick auf eine bereits leicht vergilbte Karte mit der Überschrift *Wanderparadies Lågomby* auf Maries Schreibtisch, die sie irgendwo im Regal gefunden haben musste. Er runzelte die Stirn.
„Das müssen aber richtig gute Beziehungen sein."
Marie folgte Lennarts Blick.
„Das Wegenetz ist gar nicht mal nicht schlecht. Und der zuständige Redakteur war sogar schon mal hier in der Gegend – also so ungefähr."
„Umeå?"
„Fast, irgendwo bei Östersund."
Lennart prustete vor Lachen. „Hier in der Gegend? Da wäre ja Norwegen noch näher dran!"
„Ist doch egal."
Marie winkte lächelnd ab.
„Er sagt er mag Nordschweden."
„Na dann ..."
Er schüttelte in gespielter Missbilligung den Kopf.
„So langsam verstehe ich, warum Lasse auf eine Deutschland-Expertin für diesen Job bestanden hat."
„Hauptsache ist doch, dass wir einen Platz in diesem Magazin bekommen. Richard, der Redakteur, will ganz bewusst Ecken rein nehmen, die noch nicht so überlaufen sind. Aber wir müssen ihm bis Anfang nächster Woche einen Text, ein paar aktualisierte Wanderrouten und zwei bis drei hochwertige Bilder schicken."
Fragend sah sie ihren Mitarbeiter an. Der nickte.
„Das bekommen wir hin."
Lennart dachte kurz nach und grinste dann.
„Mein Cousin ist Waldarbeiter – und Freizeit-Dichter. Wenn der mir 'n bisschen was von der Natur hier vorsäuselt, bau ich da 'nen knackigen Text draus. Und wegen der Wanderrouten hau ich meinen Vater mal an.

Der spaziert seit Jahrzehnten durch die hiesigen Wälder und hat sich zum Ziel gesetzt, neben den besten Pilzstellen auch neue Elch-Pfade und dergleichen aufzuspüren. Wenn ich ihn mit einem frisch gebackenen Preiselbeerbrot besuche, verrät er mir bestimmt ein paar seiner Geheimtipps. Und am Wochenende machen wir dann selbst 'ne kleine Tour und schießen die Fotos."

Zufrieden klopfte Marie Lennart auf die Schulter und vertiefte sich dann wieder in die Unterlagen vor sich.

„Ich wusste doch, dass Kleinstadt-Strukturen auch ihr Gutes haben."

Lennart nahm den letzten Schluck von seinem Kaffee.

„Wie war es eigentlich gestern in der Brauerei? Meinst du es gibt da eine Möglichkeit zur Zusammenarbeit?"

Marie sah auf. „Gut war's. Und du hast Recht, Ylva ist wirklich nett. Ich kann mir schon vorstellen, wie wir das PR-seitig vermarkten können: ‚Lågomby – Mit Hopfen und Malz aus der Krise' – oder so ähnlich. Was konkrete Kooperationen angeht, treffe ich mich noch mit Jonas. Der soll wohl eher den Business-Part übernehmen."

Während sie sprach, sah Marie durchs Fenster, wie der alte Ove sich über den Platz auf die heute Morgen noch eher spärliche Menschenmenge zu bewegte. Ihr kam in den Sinn, was Ylva am Vortag über Ove gesagt hatte und sie nahm sich vor, ihn jetzt gleich um ein Gespräch über die Brauerei zu bitten.

„Ich komm gleich wieder", informierte sie Lennart, bevor sie kurzentschlossen aus der Tür schlüpfte und über den Platz auf Ove zusteuerte.

Als Ove an Solveigs Stand anhielt und mit der Wirtin sprach, verlangsamte Marie ihren Schritt. Die beiden sprachen nur kurz, dann platzierte Solveig ein kleines Schild mit der Aufschrift *Stängd* an ihrem Stand und ging mit Ove in ihr ebenfalls noch geschlossenes Lokal.

Ohne sich den Impuls selbst so richtig erklären zu können, überquerte Marie schnell den Platz und öffnete vorsichtig die Tür zu *Mickes Bar*. Sie betrat den Vorraum und schloss die Tür leise hinter sich. Die Zwischentür zum Hauptraum war nur angelehnt und Marie hoffte, dass Solveig und Ove sie nicht gehört hatten.

„Ich *bin* sicher", klang die Stimme der Wirtin gedämpft, aberdafür umso bestimmter aus dem Gastraum zu Marie herüber.

Die spähte durch den Türspalt und sah, dass Solveig und Ove am anderen Ende des Raums an der Bar standen.

„Sie ist es. Ich hab mir das ganze Wochenende den Kopf darüber zerbrochen. Kein Zweifel! Sie sieht älter aus, natürlich, aber noch genauso hübsch wie damals."

Maries Herz begann mit einem Mal schneller zu schlagen. Sie hörte, wie Ove einen Laut irgendwo zwischen Schnauben und Grunzen von sich gab. Er sah Solveig an.

„Stimmt. Hat sich gut gehalten." Er blickte zu Boden.

„Und jetzt? Was machen wir jetzt?"

Solveig setzte sich auf einen ihrer Barhocker.

„Wir? Gar nichts machen wir! Das ist eine Familienangelegenheit. Da halten wir uns schön raus."

Als die Wirtin einige Augenblicke nichts erwiderte – oder flüsterte sie? Marie hielt den Atem an – fuhr Ove mit seiner durchdringenden Stimme fort:

„Solveig, hör mir zu! Du hast Ylva doch gehört am Freitag. Und du glaubst doch auch an sie, oder etwa nicht? Wenn wir jetzt nicht die Schnauze halten, ist alles vorbei. Dann ist die ganze Stadt am ..."

Maries Ärmel hatte sich unbemerkt an der Türklinke verhakt. Als sie sich minimal bewegte, folgte ihr die Tür und gab ein leises Quietschen von sich. Blitzschnell zog Marie ihren Kopf zurück und erstarrte.

„Hallo? Ist da jemand?" Solveigs Stimme klang, als sei sie bereits ein paar Schritte nähergekommen.

Sorgfältig darauf bedacht kein weiteres Geräusch zu verursachen, drehte Marie sich um, öffnete so vorsichtig wie möglich die Außentür, huschte nach draußen und schloss die Tür wieder hinter sich. Die wenigen Leute, die sich vorhin noch um Solveigs Stand versammelt hatten, waren nun, da er geschlossen war, verschwunden. Der Platz war menschenleer. In Maries Kopf rasten die Gedanken. Quer über den Platz zu ihrem Büro waren es gut 50 Meter, komplett einsehbar. Nach rechts bis zur nächsten Ecke war der Weg etwas kürzer. Marie rannte los und bog Sekunden später im Vollsprint um die Kurve – ohne sich umzusehen, ob sich die Tür zu *Mickes Bar* hinter ihr noch einmal geöffnet hatte.

„Ich werd verrückt", hörte Bengt Lizas ungläubige Stimme zu seinem Schreibtisch rüberschwappen.

„Was? Nicht schon wieder die Presse, oder?"

„Nee. Um die kümmert sich doch jetzt unser Medienbeauftragter." Liza grinste.

„Hat Lasse schon mit einer Abmahnung gedroht?“, hakte Bengt ein.
„Sowas ähnliches.“ Liza winkte unbekümmert ab. „Aber insgeheim freut der sich doch, dass er so viel Aufmerksamkeit von der Presse bekommt. Da bin ich mir sicher.“
„Mir soll‘s recht sein“, brummte Bengt. „Solange er uns nicht in die Quere kommt.“
„Keine Sorge. Ich füttere ihn alle paar Tage mit ’nem unwichtigen Detail. Das kann er dann aufbauschen, wie er mag, Aber jetzt check mal schnell deine Mails. Es gibt News aus San Diego.“
„*Black Beach*?“ Bengt öffnete sein Mailprogramm.
Liza schüttelte den Kopf. „Besser.“
Sie stand von ihrem Platz auf und stellte sich hinter Bengt, um ihm über die Schulter zu schauen.
„Agent Bradley!“
Bengt überflog die Mail des FBI-Agenten, öffnete ihren Anhang, vergrößerte das Dokument – und ließ sich in seinen Stuhl zurückfallen.
„Wusst ich‘s doch!“
„*Das* wusstest du?“ Liza sah ihren Chef beeindruckt an.
„Naja, ich hab sowas geahnt.“
Liza setzte sich auf Bengts Schreibtisch. Ihre Augen funkelten.
„Und was heißt das jetzt?“
„Das heißt, dass wir recht hatten: Die Leiche wurde nicht zufällig im Moor bei Lågomby abgeladen – ganz im Gegenteil. Das sieht verdammt nach einer offenen Rechnung aus.“
Liza sprang vom Tisch und las noch einmal die Urkunde auf Bengts Bildschirm.
„Karla Jönsson, geboren 1971 in Kvarnbyn. – Das ist Richtung Skellefteå, oder?“
Bengt nickte. „Keine zwei Stunden von hier.“
Er las weiter. „1988 ist sie in die USA eingereist. Die amerikanische Staatsbürgerschaft hat sie 1996 erhalten ... unter dem Namen Carol Johnson. Anscheinend ist sie nie mehr hierher zurückgekehrt.“
„Bis jetzt“, fügte Liza vielsagend hinzu.
Bengt nickte. „Bis jetzt.“
„Ich schau mal, was ich über ihre Eltern rausbekommen kann.“ Liza ging zurück an ihren eigenen Schreibtisch und begann, ihre Tastatur zu bearbeiten.
„Johan und Hedwig Jönsson ...“

Eine Stunde später fuhr Bengt auf der Landstraße Richtung Osten. Lizas erste Recherche über die Jönssons hatte nur bedingt Nützliches hervorgebracht. Demnach hatte die Familie über mehrere Generationen in der Gegend um den Göksjö einen Bauernhof betrieben, ehe Johan und Hedwig vor etwa zehn Jahren in recht kurzem Abstand nacheinander verstorben waren.

Bengt musste sich eingestehen, eine gewisse Erleichterung darüber zu verspüren. Es wäre das erste Mal gewesen, dass er als zuständiger Kommissar jemandem die Nachricht vom Tod eines Angehörigen hätte überbringen müssen.

Trotzdem hatte er kurzerhand beschlossen, zu dem alten Hof zu fahren, um sich umzusehen. Was ihn dort erwarten würde, war aus den spärlichen Informationen, die sie zusammengetragen hatten, nicht ersichtlich gewesen.

Erst bei der zweiten – verlangsamten – Vorbeifahrt sah der Kommissar rechter Hand die staubige Einfahrt und bog vorsichtig auf den holprigen Weg ab. Auf beiden Seiten kratzten Sträucher an seinem Wagen und Bengt war rasch klar, dass hier schon lange niemand mehr gefahren war. Nach etwa 200 Metern überquerte der Pfad einen kleinen Hügel. Dahinter tauchte ein schlichtes Bauernhaus mit angrenzender Scheune auf.

Bengt hielt vor dem Haus an, stieg aus und sah sich um. Sein erster Eindruck, dass der Hof wohl schon lange nicht mehr bewohnt war, bestätigte sich. Sowohl von der Scheune als auch vom Haupthaus war die rote Farbe bereits weitestgehend abgeblättert und sämtliche Fenster waren offensichtlich eingeworfen worden. Er ging davon aus, dass dieser Ort in den letzten Jahren in erster Linie als mehr oder weniger geheimer Treff- und Feierpunkt der örtlichen Jugend genutzt wurde.

Vorsichtig stieg Bengt die drei Stufen zur Eingangstür hinauf. Das Holz unter seinen Füßen machte kein besonders vertrauenerweckendes Geräusch. Oben angekommen war er überrascht, die Tür abgeschlossen vorzufinden. Er hatte angenommen, dass die Jugendlichen sie im Laufe der Zeit aufgebrochen hätten, um sich das lästige Einsteigen durchs Fenster zu ersparen. Kurz erwog Bengt, dies nun selbst nachzuholen, doch er verwarf den Gedanken schnell wieder. Stattdessen beschloss er, das Gebäude zunächst zu umrunden, um sich einen Gesamteindruck zu verschaffen.

Hinter dem Haus erstreckte sich eine Ackerfläche, die sich die Natur in Form von wild wachsenden Gräsern inzwischen zu großen Teilen zurückgeholt hatte. Am Haus selbst führte hier eine schmale Treppe in den Keller hinunter. Bengt stieg sie hinab und probierte sein Glück an dieser Tür. Sie schwang ohne Widerstand auf.

Dem Kommissar stieß ein modriger Geruch entgegen. Ein unbestimmtes, ungutes Gefühl überkam ihn. Bengt zögerte kurz, ehe er die Taschenlampe an seinem Smartphone aktivierte und den Keller betrat.

Trotz des künstlichen Lichts brauchten seine Augen einen Moment, um sich in der dunklen Umgebung zurechtzufinden. Der Raum war so niedrig, dass Bengt den Kopf einziehen musste. Er erstreckte sich über die gesamte Grundfläche des Gebäudes und war offensichtlich ganz klassisch als Lager genutzt worden. Vor sämtlichen Wänden standen selbstgezimmerte Regale, die mit alten Einmachgläsern und vor sich hin schimmelnden Kartons gefüllt waren. In der Mitte des Kellers führte eine Treppe nach oben.

Je weiter er in den Raum hineinging, umso stärker nahm er nun einen zweiten Geruch wahr. Etwas Stechend-Süßliches setzte sich in seiner Nase fest. Bengt versuchte, die Quelle zu orten. Langsam bewegte er sich auf die Ecke hinter der Treppe zu, die er vom Kellereingang aus nicht einsehen konnte. Auch ein fremdartiges Geräusch, das Bengt bis hierher noch zu ignorieren versucht hatte, wurde nun immer lauter.

Vorsichtig bog er um die Treppe. Plötzlich trat er auf etwas Matschiges, kam ins Rutschen und griff instinktiv nach dem Regal neben sich.

Der Schmerz in seiner Hand war weniger stark als überraschend. Als Bengt die Hand blitzartig zurückzog, rutschte sein Fuß durch den Ruck auf dem schleimigen Untergrund weiter. Er verlor endgültig die Balance und schlug rücklings auf dem Kellerboden auf.

Bengt stöhnte.

Im Sturz hatte er sein Smartphone fallen lassen und tastete nun hastig danach. Seine eine Hand begann vor Schmerzen zu pochen. Seine andere Hand griff in ein matschiges Etwas, das sich zu Bengts Entsetzen bewegte und begann, seinen Arm hinaufzukriechen. Er unterdrückte einen Schrei und rutschte so schnell er konnte rückwärts, bis er an ein weiteres Regal stieß. Dort sprang er auf und schüttelte seinen rechten Arm so lange, bis er sicher war, dass da nichts mehr an ihm hochkroch.

Dann atmete er ein paar Mal tief durch. Es gelang ihm, seinen rasenden Puls wieder in halbwegs normale Bahnen zu lenken.

Er befühlte seine linke Hand und traf dort auf eine etwa zwei Zentimeter lange Glasscherbe, die sich in seinen Handballen gebohrt hatte. Ohne zu zögern zog er sie mit einer schnellen beherzten Bewegung hinaus. Die Hand presste er gegen den Oberkörper.

Etwa einen Meter vor sich sah Bengt jetzt den schwachen Lichtschein seines Smartphones, das mit dem Display nach unten auf dem Boden lag. Er ging vorsichtig einen Schritt nach vorne, griff schnell danach und ließ sich dann wieder rückwärts an das Regal zurückfallen. Dann leuchtete er vor sich auf den Boden.

Mit einer Mischung aus Ekel, Erleichterung und Scham betrachtete Bengt das Schlachtfeld, das sich vor ihm auftat. Einige der Gläser mit eingemachten Früchten waren offenbar vor einiger Zeit vom Regal gefallen und bildeten nun den Lebensraum für eine symbiotische Gemeinschaft von Würmern, Fliegen und Maden.

Leicht benommen verließ Bengt den Keller, um sich um die Wunde an seiner Hand zu kümmern. Da diese immer noch blutete, ging er zurück zu seinem Wagen, holte den Erste-Hilfe-Kasten aus dem Kofferraum und legte sich mit etwas Mühe einhändig einen Verband an.

Nachdem er sich erstversorgt hatte, ging Bengt zurück in den Keller – und dieses Mal schnurstracks auf die Treppe in der Raummitte zu. Auch die Tür nach oben ließ sich problemlos öffnen. Bengt trat in den Hausflur im Erdgeschoss.

Durch die Milchglasscheibe der Haustür strahlte Sonnenlicht hinein und ließ die unzähligen Staubpartikel in der stickigen Luft aufleuchten.

Vom Flur gingen insgesamt vier Räume ab, eine weitere Treppe führte ins obere Geschoss. Bengt betrat das erste Zimmer, das wohl als eine Art Arbeitszimmer genutzt worden war. Außer einem alten Schreibtisch aus massivem, dunklem Holz, einem breiten Holzstuhl und einem kleinen, anscheinend halb geplündertem Bücherregal gab es hier keine weiteren Möbelstücke. Bengt öffnete die Schreibtischschublade, fand außer ein paar Stiften und einer leeren Zigarettenschachtel aber nichts darin.

Durch eine Verbindungstür gelangte er in den nächsten Raum, wo er sich im ehemaligen Wohnbereich der Jönssons wiederfand. Vor dem Fenster stand ein streng und unbequem aussehendes Sofa, davor ein kleines Tischchen, das mit alten Zigarettenstummeln und leeren Bier- und Schnapsflaschen übersät war. Offensichtlich war er hier in das Epizentrum der vermeintlichen Party-Aktivitäten vorgedrungen. Außerdem befanden sich in dem Raum eine Anrichte sowie ein Esstisch mit vier Stühlen – alles funktional und schlicht und mit einer dicken Staubschicht bedeckt. In der Ecke stand ein altmodischer Kachelofen. Hier und da lagen ein paar zerfledderte Bücher und andere Gegenstände auf dem Boden verstreut. Erst jetzt fiel Bengt auf, was ihm sowohl im Flur als auch im Wohnzimmer gefehlt hatte: Es gab keinerlei Anzeichen von Bildern an den Wänden. Einzig an der Wand hinter dem Esstisch zeichnete sich eine große, deutlich hellere Stelle ab. Hier hatte allem Anschein nach ein riesiges Kruzifix gehangen.

Schließlich sah er sich noch kurz Küche und Bad an, die abgesehen von der auffällig puristischen Ausstattung ebenso wenig besondere Erkenntnisse brachten wie die anderen Räume. Dann stieg Bengt die Treppe ins Obergeschoss hinauf.

In dem ausgebauten Speicher befanden sich zwei Schlafzimmer – ein großes mit einem alten, zweiteiligen Doppelbett, das offensichtlich das elterliche gewesen war, sowie ein deutlich kleineres. Bengt hielt sich nur kurz im Schlafgemach von Hedwig und Johan auf und betrat dann das letzte Zimmer: Ein Kinderzimmer, das diesen Namen kaum verdiente. Winzig und dunkel war es lediglich mit einem Einzelbett, einem Stuhl und einem viel zu mächtigen Holzschrank eingerichtet.

Er musste sich eingestehen, dass er insgeheim wohl gehofft hatte, hier einen entscheidenden Fund zu machen. Etwas zu entdecken, was ihn unmittelbar in seinem Fall voranbringen würde. Doch außer einem immer stärker werdenden Gefühl der Beklemmung, das in diesem durch und durch freudlosen Dachzimmer seinen Höhepunkt erreichte, schien es in dem verwaisten Haus nichts zu holen zu geben. Auch der Inhalt der Schränke brachte ihn nicht weiter. Sollte es hier mal irgendeinen nützlichen Hinweis gegeben haben, so war dieser schon längst den Spielen der nächtlichen Hausbesucher zum Opfer gefallen.

Gerade als Bengt sich zum Gehen wenden wollte, hörte er hinter sich ein Geräusch. Ein Knarzen auf dem alten Holzfußboden. Blitzschnell drehte er sich um – und starrte in den auf seinen Kopf gerichteten Lauf eines Jagdgewehrs.

„Lass deine Hände schön, wo ich sie sehen kann, Freundchen." Der alte Mann am anderen Ende des Gewehrs musterte Bengt mit zusammengekniffenen Augen.

„Ich bin Polizist. Beruhig dich, ja!"

Instinktiv hatte Bengt die Hände nach oben gehoben, ließ sie nun aber langsam wieder sinken.

„Ich werde nun in meine Hosentasche greifen und meinen Dienstausweis rausholen. Okay?"

Der greisenhaft alt aussehende Mann knurrte nur, was Bengt – Optimist, der er war – als Zustimmung interpretierte. In Zeitlupe zog er das kleine laminierte Kärtchen aus seiner Tasche und hielt es seinem Gegenüber vors Gesicht.

„Kommissar Bengt Holmgren."

Der alte Mann zögerte noch einen Augenblick, dann ließ er das Gewehr ruckartig sinken. An seinem misstrauischen Gesichtsausdruck änderte sich jedoch nichts.

„Polizei Lågomby, soso. Und was willst du hier? Hast du 'nen Durchsuchungsbefehl?"

„Sag du mir lieber erstmal, wer du bist. Und wie du darauf kommst, dass es okay ist, fremden Leuten mit diesem Ding im Gesicht rumzufuchteln."

Der Mann und Bengt sahen sich einen kurzen Moment schweigend an – und kamen dann, ohne weitere Worte darüber zu verlieren, zu einer Art vorläufigen Einigkeit.

„Roland Hedegård. Mein Hof grenzt da hinten an."

Mit einem halbherzigen Kopfnicken deutete er in Richtung Rückseite des Jönsson'schen Grundstücks.

„Aha."

Um die Situation weiter zu entspannen, ging Bengt einen Schritt zurück und lehnte sich gegen die Stuhllehne.

„Ich vermute, du hast meinen Wagen entdeckt und wolltest nach dem Rechten sehen."

„Diese Kinder glauben, die können hier machen, was sie wollen. Ist doch keine Müllkippe hier! Ich hab schon welche erwischt, die extra aus Umeå gekommen sind, um hier Weiß-Gott-Was zu machen."

Bengt nickte. „Ich hab ihre Spuren gesehen. Ziemlich respektlos."

Er wollte das minimale Vertrauen des alten Mannes aufrechterhalten, nicht nur wegen des geladenen Gewehrs, das dieser immer noch fest in der Hand hielt.

„Hör zu: Gehen wir doch nach unten und unterhalten uns ein bisschen. Dann erzähle ich dir auch, weshalb ich hier bin. Okay?"

Wieder gab Roland ein Knurren von sich und zeigte Bengt dann wieder mit einem Nicken des Kopfes an, vorauszugehen.

Im Wohnzimmer wischte der Kommissar zwei der Stühle am Esstisch mit seinem Ärmel sauber und setzte sich. Roland stellte sein Gewehr in unmittelbarer Nähe am Kachelofen ab und nahm dann ebenfalls Platz.

„Ist es in Ordnung, wenn ich mir ein paar Notizen mache?" Bengt nahm seinen Schreibblock und Stift aus der Jackentasche und legte beides vor sich auf den Tisch.

„Jetzt sag mir erstmal, was die Polizei hier will."

„Ich bin hier, um etwas über die Familie Jönsson zu erfahren. Die haben doch hier gelebt, nicht wahr?"

„Die Jönssons. Ja, die haben hier gelebt. Tun sie aber schon 'ne ganze Weile nicht mehr."

„Wie lange?", hakte Bengt nach.

„Das ist jetzt", Roland überlegte, „bald zehn Jahre her. Hedwig hat's zuerst erwischt. Und Johan ein, zwei Jahre später."

„Was hat sie erwischt?"

„Das Leben." Roland machte eine unbestimmte Handbewegung.

Bengt nickte langsam.

„Aber du hast sie noch persönlich gekannt?"

Unvermittelt gab der alte Mann ein neues Geräusch von sich, das Bengt erst nach einem kurzen Moment der Verwirrung als Lachen erkannte.

„Hah! Gekannt. Das ist gut."

Roland schüttelte ausgiebig den Kopf, ehe er fortfuhr.

„Ich habe über 30 Jahre Hof an Hof mit den Jönssons gelebt. Und meine Familie seit drei Generationen. Aber gekannt haben wir die nie wirklich."

Bengt sah den Bauern interessiert an.

„Woran lag das?"

„Gott."

„Bitte?"

„Gott. Kirche. Religion. Das war alles, worum sich das Leben der Jönssons gedreht hat. Wenn du mich fragst, waren das richtige Fanatiker."

Der Kommissar begann nun, sich Notizen zu machen.

„Ihre Familie ist nicht religiös?"

„Naja, schon ..."

Bengt merkte, dass er den Alten etwas verunsichert hatte, was ihm allein schon aus ermittlungstechnischen Gründen augenblicklich leidtat.

„Natürlich gehen wir in die Kirche. Aber ..."

Zum ersten Mal war Rolands Blick ein Stück von Bengt abgewichen. Doch gleich darauf sah er ihn wieder eindringlich an.

„... man will ja auch leben, nicht wahr? Die Jönssons, die haben nur für Gott gelebt. Das war nicht normal. Finde ich. Und das arme Mädchen erst."

Bengt hörte auf, mitzuschreiben, und suchte nun ebenfalls direkten Blickkontakt.

„Du meinst Karla?"

„Genau. Karla." Roland seufzte. „Die war anders. ‚Lebensfroh' ist vielleicht das richtige Wort. Und das bei diesen Eltern." Er gab erneut dieses entfernt nach Lachen klingende Geräusch von sich.

„Dass die so normal war, das ist das einzige göttliche Wunder, das in diesem Haus jemals geschehen ist, wenn du mich fragst."

Bengt wartete einen Moment, ehe er die nächste Frage stellte. „Weißt du, was aus ihr geworden ist?"

Bengt hätte schwören können, dass sich in diesem Moment ein dunkler Schatten über Rolands Blick legte – ein Effekt, den er bisher nur aus Büchern gekannt hatte.

„Abgehauen ist sie. Wäre ich vermutlich auch an ihrer Stelle."

„Wann war das?"

Roland dachte einen Moment nach.

„Das muss Ende der Achtziger gewesen sein. 87. Oder 88. Sie war schon davor vom Hof gegangen – ich glaube, sie hat irgendwo eine Ausbildung gemacht. Und dann war sie auf einmal komplett weg. Wie vom Erdboden verschwunden."

„Und ihre Eltern?"

„Haben einfach weiter gemacht. Als wäre nichts passiert. Ich glaube, die haben nicht mal versucht, ihre Tochter wiederzufinden. Haben es angenommen, wie eine gottverdammte Prüfung."

„Und Karla ist nie mehr hier aufgetaucht?"

„Ich hab sie jedenfalls nie wieder gesehen."

„Was wurde aus Johan und Hedwig?"

„Nichts Besonderes. Die haben brav weitergearbeitet – bis ihr Gott sie zu sich geholt hat. Ich wollte damals noch ihr Land übernehmen. Aber offiziell gehört es Karla, deswegen konnte es nicht verkauft werden. Eine Schande. Karla hätte bestimmt nichts dagegen gehabt."

Plötzlich hellte sich das zerfurchte Gesicht des alten Bauern auf.

„Hah! Das ist ja 'n Zufall. Du kommst aus Lågomby, sagst du?"

Bengt nickte.

„Da ging die Ernte der Jönssons hin. Zu dieser Brauerei. Die hatten so was wie 'nen Exklusivvertrag, wenn ich mich recht erinnere."

Bei den letzten Worten des alten Mannes fiel Bengt, der schon nicht mehr damit gerechnet hatte, hier irgendeine relevante Information aufzutun, beinahe der Stift aus der Hand. Also doch!

Sie kannte die Frau nicht, die da oben an der Treppe stand. Noch bevor sie darüber nachdenken konnte, ob es höflich, gefährlich, dumm, klug oder was auch immer wäre, sich zu entschuldigen, machte sie kehrt. Sie rannte ums Haus herum in den Wald auf den kleinen Trampelpfad, dessen verschlungene Wege ihr plötzlich wieder so bekannt waren, als wäre sie erst gestern das letzte Mal hier entlangspaziert.

‚Komisch, wie das Hirn manchmal arbeitet', schoss es ihr durch den Kopf. Denn auf einmal, mitten in dieser nächtlichen Stress-Situation, war ihr ein anderer Ort eingefallen, den sie aufsuchen konnte. Und an dem sie sogar, mit etwas Glück, Hilfe finden würde.

„Carol kommt aus dieser Gegend?!"

Bengt warf Marie einen warnenden Blick zu und gab ihr zu verstehen, dass sie leiser sprechen sollte. Er warf einen Blick über seine Schulter, wo außer dem Barkeeper in Lederkutte niemand zu sehen war, und griff dann betont beiläufig nach der Kreide. Marie lehnte sich aufgeregt über den Billardtisch im *Easy Rider*.

„Dann ist auch klar, warum Ove und Solveig sie kennen", zischte sie.

Bengt hielt in seiner Bewegung inne.

„Wie bitte?! Wie kommst du denn da drauf?"

Marie berichtete Bengt in knappen Worten von ihrem Erlebnis in *Mickes Bar*.

„Sie haben Carol erkannt. Ove, Solveig und wahrscheinlich auch die Alfredssons. Aber keiner macht einen Mucks. Das stinkt doch zum Himmel."

Bengt nickte gedankenverloren.

„Und ich hatte doch recht, dass ich Carol hier im Ort gesehen habe."

Marie stieß ihren Queue mit Genugtuung gegen die weiße Kugel und beobachtete zufrieden, wie ihre 10 in der gegenüberliegenden Tasche verschwand.

„Könnte sein. Wo genau war das noch?"

„Da hinten ..." Marie machte eine unbestimmte Handbewegung Richtung Ortskern. „Im Bergväg."

Bengt nickte wieder. „Dort steht die Alfredsson-Villa."

„Ha!" Marie sah Bengt triumphierend an. „Dann ist doch alles klar, oder?"

„Immer langsam. Klar ist bisher nur, dass die Brauerei früher eine geschäftliche Verbindung zu den Jönssons hatte. Ich hab Liza beauftragt, das nochmal genau zu recherchieren."

„Und dass hier alle lügen." Marie lochte die nächste Kugel ein.

„Carol selbst war noch ein junges Mädchen, als sie aus Schweden weg ist. Und wer weiß, ob die Alfredssons sie überhaupt persönlich kannten."

Marie warf Bengt über den Tisch hinweg einen skeptischen Blick zu. „Und warum haben Ove und Solveig sie dann erkannt? Ove hat Solveig beschworen, den Mund zu halten. Und es ging dabei eindeutig um die Alfredssons. Die hängen da mit drin, Bengt, und zwar bis zum Hals."

Bengt wiegte nachdenklich den Kopf hin und her.

„Ove ist der Brauerei gegenüber absolut loyal. Vielleicht ist er dadurch manchmal etwas betriebsblind. Er will sich nicht einmischen. Aber das muss nicht bedeuten, dass er etwas über den Mord weiß."

Marie schüttelte ungläubig den Kopf und versetzte dabei gleichzeitig der weißen Kugel einen weiteren, diesmal deutlich sanfteren Stoß. Überrascht sah Bengt, wie die schwarze Kugel zielsicher in der Tasche direkt vor ihm verschwand. Erst jetzt nahm er wahr, dass Marie in der Zwischenzeit all ihre Kugeln abgeräumt hatte. Sie stützte sich auf ihren Queue und grinste.

„Ein Nebeneffekt, wenn man sich mit seinem Geliebten nur in schummrigen Vorstadtkneipen treffen kann."

Sie holten sich jeder ein frisches Bier an der Bar und setzten sich damit an einen der Tische.

„Ich treffe mich morgen mit Ylva und Jonas, um über eine gemeinsame Marketingstrategie nachzudenken. Vielleicht kann ich ja irgendwie in Erfahrung bringen, ob die Alfredssons Carol tatsächlich von früher kannten."

„Das werden sie dir bestimmt nicht einfach so erzählen", erwiderte Bengt skeptisch. „Falls die beiden überhaupt etwas darüber wissen. Persönlich gekannt haben können sie Carol ... Karla ja nicht."

„Stimmt."

„Außer ... es war gar kein Zufall, dass Ylva sie in den USA wiedergetroffen hat."

Marie verzog das Gesicht. „Ich dachte, mit Ylva bist du durch. Oder hast du sie immer noch im Visier?"

„Wir müssen herausfinden, wer was weiß. Jeder Hinweis kann helfen", antwortete Bengt ausweichend.

Marie seufzte. „Wenn jetzt auch noch rauskommt, dass die Brauerei irgendwie bei diesem Mord mit drinhängt, wird das gleich mein zweiter Fehlstart hier."

Sie nahm einen großen Schluck Bier.

„Wie läuft's denn im Büro?", folgte Bengt ihrem Gedankengang.

Marie zuckte etwas müde mit den Schultern.

„Im Moment kann ich nur hoffen, dass meine Kampagne in Deutschland Früchte trägt. Zum Glück haben hier alle gerade nur den Mordfall im Kopf. Selbst Lasse lässt uns in Ruhe."

Bengt seufzte.

„Sorry." Marie lächelte entschuldigend. „Das sieht bei dir vermutlich anders aus."

„Zwei bis drei Anrufe am Tag – Minimum! Zum Glück hat Liza ein gutes Händchen für geltungsbedürftige Lokalpolitiker und sensationslustige Presseredakteure."

Er lächelte.

„Das ist gut. Ich halte mich da auch ganz an Lennart. Eigentlich fühle ich mich eh die meiste Zeit so, als würde ich ihm assistieren statt andersrum. Er kennt sich hier viel besser aus, hat Kontakte, kennt die schwedischen Wege, ..."

„Da gewöhnst du dich auch ganz schnell dran."

„Keine Ahnung. Ehrlich gesagt weiß ich überhaupt nicht, ob ich hier wirklich was tun kann."

„Also – ich find's gut, dass du hier bist."

Marie schaute auf und wollte etwas sagen. Doch dann sah sie, wie Bengt seinen Blick tief auf den Boden seines Glases richtete, unterdrückte ihren Impuls, einen Witz zu machen, und hob stattdessen ihr Bier.

„Skål!"

Einige Minuten stand Karla regungslos vor dem kleinen blauen Haus und blickte durchs Fenster in den schwach beleuchteten Wohnraum. Instinktiv hatte sie sich ein wenig hinter dem alten Holzzaun in Deckung gebracht. Nicht, dass sie ihm dadurch verborgen geblieben wäre, hätte er herausgesehen.

Doch der alte Mann saß zusammengesunken in einem Sessel direkt am Fenster, die Augen geschlossen, auf seiner Brust lag ein Buch oder Magazin. ‚Vermutlich ein Angel-Heft', dachte Karla und fühlte auf einmal eine Welle der Wehmut über sich hereinbrechen.

Er war immer gut zu ihr gewesen und hatte ihr viel vom Geschäft gezeigt. Sie war nicht allzu lange hier gewesen. Aber jetzt erkannte sie, dass es in erster Linie er gewesen war, der in ihr den Grundstein dafür gelegt hatte, später all das erreichen zu können, worauf sie heute zurückblickte. Vermutlich hätte sie ohne ihn nie diese Laufbahn eingeschlagen. Schließlich war es das einzige, was sie konnte, als sie mit 16 nach Kalifornien kam.

Mit diesen Gedanken öffnete sie das Gartentor und ging auf die Eingangstür zu.

„Ja?"

Karla hatte mehrere Male klopfen müssen, bevor sie hörte, wie sich der alte Mann aus dem Sessel erhob und mit schweren Schritten zur Tür schlurfte. Jetzt stand er in voller, unverwechselbarer Größe vor ihr und sah sie mit müden Augen an.

„Hej, Ove."

Ove starrte sie ausdruckslos an. Als er sie schließlich erkannte, blitzte es in seinen Augen auf. Für den Bruchteil einer Sekunde schien er die Kontrolle über seinen massigen Körper zu verlieren. Kurz befürchtete Karla, dass er vor Schreck umkippen würde. Doch dann griff er – mit einer für sein Alter beachtlichen Geschwindigkeit – nach der Tür und stabilisierte seinen Stand.

„Karla."

Ihr Name kam kaum hörbar über seine Lippen.

Ein paar Sekunden sahen sich die beiden still an, dann trat Ove ohne ein weiteres Wort zur Seite und bedeutete Karla einzutreten. Während sie den kurzen Flur entlangging, bemerkte sie aus dem Augenwinkel, dass Ove noch einen Moment an der Tür verharrte, den Blick nach draußen gerichtet. Dann seufzte er hörbar, schloss die Tür und folgte Karla in das große Zimmer, das sowohl als Küche als auch als Wohn- und Esszimmer diente. Erleichtert ließ sie den Rucksack, dessen Träger sich trotz seiner überschaubaren Größe inzwischen in ihre Schultern geschnitten hatten, vom Rücken gleiten.

Ove räusperte sich. „Willst du was trinken?"

Er ging an Karla, die an seinem runden Esstisch Platz genommen hatte, vorbei auf die Küchenzeile zu.

„Ich könnte 'n Bier vertragen."

Sie erinnerte sich an die zwei Kühlschränke voll mit Alfredssons, die Ove damals in der Garage stehen gehabt hatte, den Pickup Truck immer davor geparkt. Umso mehr überraschte sie seine Antwort.

„Ich hab seit zwanzig Jahren keinen Alkohol mehr im Haus. Besser für mich."

Karla sah auf. „Oh. Sorry. Ich ... ich wusste nicht, dass du damit ein Problem hattest."

Nun war er es, der kurz auflachte. „Sagen wir so: Ich habe trotzdem ganz gut funktioniert."

„Verstehe. A high-functioning alcoholic."

Karla bemerkte seinen fragenden Gesichtsausdruck.

„Das sagen wir so. Das bedeutet im Grunde dasselbe, was du eben meintest."

Ove winkte ab. „Ich kann Englisch, Karla. Anscheinend aber nicht so gut wie du."

„Ach so, ja. Lässt sich vermutlich nur schwer vermeiden, wenn man 30 Jahre in den USA lebt", murmelte sie, plötzlich etwas verlegen.

Ove nickte nur, offenbar nicht sonderlich überrascht.

Inzwischen hatte er eine Karaffe mit Leitungswasser gefüllt und vor Karla auf den Tisch gestellt. Dann nahm er zwei Bierkrüge vom Sims über dem Kamin und platzierte sie ebenfalls auf dem Tisch.

Karla nahm einen in die Hand und betrachtete ihn.

„Die alten Dinger durften immerhin bleiben, was?"

Ove setzte sich zu ihr und schenkte sich Wasser ein.

„Kommt ja auf den Inhalt an."

Mit dem Kopf deutete er auf die beachtliche Reihe von Krügen hinter sich.

„Ich hab jeden einzelnen Jubiläumskrug. Die erzählen ja irgendwie die ganze Firmengeschichte ... und damit auch meine."

Nachdem Karla sich ebenfalls eingeschenkt und durstig ein paar Züge getrunken hatte, dauerte es einen unangenehm langen Moment, ehe Ove das Gespräch wieder aufnahm – und unmittelbar zum Punkt kam.

„Was machst du hier, Karla?"

Sie sah dem alten Mann direkt in die Augen.

„Was ich schon lange hätte tun sollen: Die Dinge geraderücken."

Ove umklammerte seinen Krug fester und Karla verstand, dass er bis hierhin noch gehofft hatte, dass sie die Vergangenheit auf sich beruhen lassen würde. Dass sie so schnell wieder verschwinden würde, wie sie aufgetaucht war. Doch mit jeder Minute, die Karla wieder hier in Lågomby war, wurde ihr selbst klarer, dass das nicht mehr möglich war. Sie hatte ohnehin schon viel zu lange gewartet. Nun hatte sie etwas ins Rollen gebracht, das sich nicht mehr aufhalten ließ – auch wenn es dabei Verletzungen geben würde.

Mittwoch

Am nächsten Tag saß Marie auf dem Besucherstuhl eines Büros in einem der Nebengebäude der Brauerei. Ihr gegenüber hatte Jonas seinen Platz hinter einem klotzigen, altmodischen Holzschreibtisch eingenommen. Ylva lehnte neben ihm mit dem Rücken gegen das Fenster.

„Du bist also die Deutsche, die die Leiche im Moor gefunden hat." Jonas betrachtete Marie mit einer intensiven Neugier, die ihr unangenehm war. Ob sie diese Charakterisierung hier jemals wieder loswerden würde?

„Sehr charmant, Jonas."

Ylva boxte ihren Bruder in die Seite.

„Ja." Marie räusperte sich. „Aber vor allem bin ich hier, um den Tourismus in dieser Gegend anzukurbeln."

Jonas nickte. „Ylva hat mir davon erzählt. Was schwebt dir denn vor?"

„Das hängt davon ab, inwieweit ihr an einer Zusammenarbeit interessiert seid."

„Naja, im Augenblick liegt unsere ganze Konzentration darauf, uns gewissermaßen am eigenen Haarschopf aus dem Sumpf zu ziehen. Hast du ja wahrscheinlich schon mitbekommen."

Marie nickte. Sie spürte, wie sich bei der Nennung des Wortes Sumpf etwas in ihr zusammenzog. Doch sie schob es beiseite und versuchte, sich nichts anmerken zu lassen.

„Ich weiß. Aber vielleicht könnte man das ja irgendwie nutzen."

„Woran denkst du konkret?"

„Also, ich dachte erstmal an Brauereiführungen, gerne unter Einbezug der regionalen Geschichte. Die Brauerei ist eng verknüpft mit der Entwicklung dieser Gegend. Wir müssten den emotionalen Kern dieser Symbiose herausstellen. So im Sinne von ‚Alfredssons fürs Volk und das Volk für Alfredssons'. Solche Geschichten berühren. Und für euer Image kann es auch nur förderlich sein, den Familienaspekt eures Unternehmens zu betonen. Die Leute stehen heute wieder auf Tradition und echtes Handwerk."

Marie stoppte. Ihr schoss durch den Kopf, dass diese Theorie unweigerlich nach hinten losgehen würde, falls sich herausstellen sollte, dass die Alfredssons tatsächlich irgendwie in den Mord an Carol Johnson verwickelt sein sollten. Es war ihr unangenehm, hier zu sitzen und einen auf Geschäftsfrau zu machen, während sie gleichzeitig immer wieder über das Verhältnis der Familie zur Toten nachgrübelte. Sie schob den Gedanken beiseite und versuchte das Gespräch weiterhin so zu führen, wie sie es vor ihrem Gespräch mit Bengt gestern getan hätte.

„Diesen Teil könnte Lennart übernehmen. Der bringt sowohl das Wissen als auch die nötige Leidenschaft für die Region mit sich."

Ylva lächelte.

„Und dann wäre es toll, wenn wir vielleicht so etwas wie Brauseminare organisieren könnten, mit anschließender Verkostung."

Jonas runzelte die Stirn. „Meinst du, dafür gibt es hier Interessenten?"

„Das müssten wir ausprobieren. Aber wenn ihr eure Testküche wieder flottbekommt, sollten sich eure Ausgaben dafür in Grenzen halten. Vielleicht könnte man im Rahmen solcher Seminare auch einen Wettbewerb veranstalten. Und das beste neue Braurezept wird von euch als Saisonbier auf den Markt gebracht."

Ylva drückte sich vom Fenster weg.

„Das ist 'ne super Idee! So können wir gleichzeitig herausfinden, was für ein Bier die Leute sich hier eigentlich wünschen, Jonas!"

Jonas wog skeptisch den Kopf hin und her.

„Ich weiß nicht. Nur, weil sich das jemand zuhause in der Badewanne zusammenpanscht, heißt das noch lange nicht, dass es dafür einen Markt gibt."

„Aber es wäre ein Anfang. Und könnte auch helfen, den Geschmack unserer Kunden zu schulen. Damit sie sich überhaupt für Neues öffnen. Wir könnten einen fortlaufenden Kurs anbieten, in dem jedes Mal ein neues Bier gebraut wird. Im Anschluss daran wird zusammen verkostet, vielleicht sogar – öffentlich. Ja, genau, wir machen einmal im Monat so eine Art Hoffest, wo alle Gäste das aktuelle Bier probieren können."

Ylva sprühte nun richtig vor Begeisterung und Marie konnte nicht anders, als sich über die positive Energie der Alfredsson-Tochter zu freuen. Sie konnte sich beim besten Willen nicht vorstellen, dass Ylva irgendetwas mit einem Mord zu tun haben könnte.

„Und wer trägt die Kosten dafür?"

Jonas gab sich alle Mühe, den betriebswirtschaftlichen Gegenpart zu seiner kreativ denkenden Schwester zu geben.

„Man müsste eine genaue Kostenaufstellung machen", räumte Marie ein.

„Man?" Jonas lächelte Marie süffisant an. „Und was habt ihr damit zu tun?"

Marie lehnte sich gelassen zurück. Für diese Art von Gesprächen hatte sie in Deutschland Erfahrung zur Genüge gesammelt. Ihr ehemaliger Chef hatte sich um jegliche Art von Verhandlungen gedrückt und stattdessen seine „charmante Mitarbeiterin" vorgeschickt.

„Wir machen Werbung für euch. In unserer Broschüre, auf der offiziellen Webseite von Lågomby und in Anzeigen, die wir darüber hinaus schalten. Für alle, die über einen dieser Wege zu euch finden, bekommen wir einen prozentualen Anteil der Teilnahmegebühren. Nicht mehr und nicht weniger."

Jonas betrachtete Marie einen Moment stumm. Dann nickte er.

„Also gut. Probieren wir's."

Ylva hob hinter Jonas' Rücken begeistert den Daumen hoch. Marie verkniff sich ein Lächeln.

„Aber du klärst das mit Papa."

Jonas sah sich zu seiner Schwester um.

„Sonst können wir lange auf seine Zustimmung warten."

„Jaja." Ylva drückte Jonas einen Kuss auf die Wange und ging zur Tür. „Komm, Marie, ich begleite dich nach draußen."

Vor dem Verwaltungsgebäude angekommen umarmte Ylva Marie überschwänglich.

„Das war einer Superidee – ich kann dir gar nicht genug danken! Jetzt hab ich endlich ein handfestes Argument, wenn meine traditionswütige Familie mich wieder ausbremsen will."

Marie lachte – und freute sich, dass Ylva so offenherzig mit ihr umging. Wieder einmal musste sie an ihre Lehrerin denken, die die Schweden als unzugänglich beschrieben hatte. Dabei hatte sie vermutlich eher Menschen von Oves Schlag im Sinn gehabt.

Der Gedanke an Ove und sein Gespräch mit Solveig, das Marie belauscht hatte, ließ so etwas wie Gewissensbisse in ihr aufsteigen. Zu gerne hätte sie offen mit Ylva über alles gesprochen, was ihr durch den Kopf ging, ihr alle Fragen gestellt, die sich seit gestern in ihr aufgetan hatten. Doch sie wusste, dass das nicht ging und schwieg.

Stattdessen schlenderte sie langsam neben Ylva her Richtung Hoftor.

„Warum meinte Jonas, dass *du* die Pläne mit eurem Vater besprechen sollst?", fragte sie schließlich.

„Ach", Ylva winkte ab, „Jonas bildet sich ein, dass Papa keinen Wert auf seine Meinung legt. Dabei war *er* es, der darauf bestanden hat, dass Jonas nach seinem Studium in Umeå nach Lågomby zurückkommt. Aber Jonas hat sich schon immer schnell benachteiligt gefühlt. Irgend so 'ne männliche Eitelkeit wahrscheinlich."

Ylva lachte. Sie hatten das Tor erreicht. Marie überlegte, ob sie Ylva doch noch einmal ganz direkt auf Carol ansprechen sollte, ob es nicht doch irgendeine Verbindung zu ihr gegeben hatte, vielleicht eine, der Ylva sich zunächst selbst gar nicht bewusst gewesen war. Hätten sie sich schon länger gekannt, wäre es kein Problem gewesen, das Thema noch einmal anzuschneiden. Immerhin wusste Ylva ja, dass Marie neben ihr selbst anscheinend die Einzige im Ort war, die Carol noch lebend gesehen hatte. Und dass der Fall sie somit aus ganz persönlichen Gründen beschäftigte. Aber so waren sie nicht mehr als flüchtige Bekannte, vielleicht sogar Geschäftspartnerinnen.

„Hast du morgen Abend schon was vor?"

Ylva riss Marie aus ihren Gedanken.

„Ich? Nein. Wieso?"

„Prima, dann können wir doch nach Feierabend zusammen Ove einen Besuch abstatten", schlug Ylva vor.

Marie brauchte einen Augenblick, um das Bild von Ove in *Mickes Bar*, das bei der Erwähnung seines Namens sofort wieder vor ihrem inneren Auge auftauchte, beiseitezuschieben und sich an Ylvas Vorschlag zu erinnern.

„Wenn ich dabei bin, kommt er vielleicht schneller in Gesprächslaune", fügte Ylva augenzwinkernd hinzu.

„Gute Idee, gerne", antwortete Marie.

Sie verabschiedeten sich und Marie war schon ein paar Schritte entfernt, als Ylvas Stimme noch einmal hinter ihr erklang.

„Hey, Marie?"

Sie drehte sich zu ihr um.

„Ich freu mich auf unsere Zusammenarbeit!"

Ein Lächeln huschte über Maries Gesicht.

„Ich mich auch!"

Sie verließ den Hof mit gemischten Gefühlen und hoffte, dass nichts dieser Zusammenarbeit in die Quere kommen würde.

Bengt schaute auf die Uhr. 9:55 Uhr. Für zehn Uhr hatte er mit Liza einen Termin ausgemacht, um sich gegenseitig auf den neuesten Stand zu bringen. Davor wollte Liza noch einige Telefonate mit verschiedenen Behörden führen, um sich bestimmte Informationen bestätigen zu lassen. Und so, wie sie das betont hatte, wusste Bengt, dass von diesen Informationen einiges abhing, was ihn derzeit beschäftigte. Entsprechend nervös wartete er darauf, dass seine Assistentin pünktlich um zehn das Büro betrat und ihm gegenüber Platz nahm. Bengt konnte ihr nicht ansehen, in welche Richtung sich das Gespräch entwickeln würde – er wiederum schien dagegen eindeutige Signale auszusenden.

„Meine Güte, Chef. Du siehst ja angespannt aus."

Liza lächelte verschmitzt, während sie die Notizen auf ihrem Schoß sortierte. Bengt atmete vorsichtig auf. So wie Liza drauf war, konnte er sich nun fast sicher sein, dass sie etwas herausgefunden hatte, was sie voranbringen würde. Er lehnte sich zurück und es gelang ihm, seine Gesichtszüge zu entspannen.

„Mit einem Wissensvorsprung lässt es sich immer leicht daherreden. Also?"

Nach einer kurzen Spannungspause legte Liza los.

„Ich habe seit gestern Abend mit insgesamt vier Behörden und zwei Banken geredet. Bei aller Skepsis gegenüber unserer Bürokratie: Was Datensicherung und Aktenwesen angeht, haben die ihre Hausaufgaben echt gemacht. Dieser Nachbar hat die Wahrheit gesagt: Die Jönssons waren quasi die Haus- und Hof-Lieferanten der Alfredssons für Weizen, und das mehr oder weniger seit deren Gründung."

Bengt nickte und wollte gerade etwas anmerken, als Liza schon fortfuhr.

„Aber nicht nur das. Die Ausbildung, die er erwähnt hat, kurz bevor Karla endgültig verschwunden ist – dreimal darfst du raten, in welchem Betrieb die stattgefunden hat."

Das war der Moment, auf den Bengt gewartet hatte.

„Bei den Alfredssons."

„Korrekt!"

Liza zeigte ihm die Unterlagen, die sie vom Arbeitsamt per Mail zugeschickt bekommen hatte.

„Der Ausbildungsvertrag begann am 1. August 1986. Karlas Eltern haben für sie unterschrieben, sie war da erst 15 Jahre alt."

Bengt stand auf und ging langsam auf und ab.

„1988 ist Karla bereits in die USA ausgewandert. Da war ihre Ausbildung wohl kaum schon abgeschlossen?"

„Wieder korrekt. Eigentlich war die Ausbildung auf vier Jahre angelegt. Aber ab Mitte '87 gibt es in Karlas Ausbildungsbuch keinerlei Eintragungen mehr."

„1987?", stellte Bengt verwundert fest. „Dann müssen wir als nächstes herausfinden, was sie in der Zwischenzeit gemacht hat!"

Liza nickte und machte eine entsprechende Notiz in ihren Unterlagen.

„Ich hab aber noch was anderes gefunden aus dieser Zeit."

Bengt hielt inne und sah seine Assistentin neugierig an. „Ja?"

Liza zögerte kurz. „Ich hab keine Ahnung, ob das irgendwas damit zu tun hat, aber wer weiß. Ich hab mir auch explizit die Zahlen zur Geschäftsbeziehung zwischen der Brauerei und dem Hof der Jönssons angesehen. Über Jahre sind die im Großen und Ganzen stabil. Klar, hier und da gibt es inflationsbedingte Anpassungen oder auch mal Veränderungen im Getreidepreis. Aber im September '87 hat *Alfredssons* eine einmalige Investition in den Ausgaben verbucht: 300.000 Kronen für – ich zitiere – ‚die interne Qualitätssicherung durch materielle Aufrüstung unseres Zuliefererbetriebs Jönsson Bondgård'."

Liza blickte auf und sah ihren Chef fragend an. Der dachte einen Augenblick nach.

„Die Alfredssons haben 300.000 Kronen an die Jönssons gezahlt. Damit die ihren Bauernhof aufmotzen?"

„Ganz schön großzügig, oder?"

Bengt nahm wieder an seinem Schreibtisch Platz.

„Kannst du herausfinden, was auf der anderen Seite mit diesem Geld passiert ist? Was die Jönssons damit gemacht haben?"

Liza lehnte sich vor und grinste ihren Chef an.

„Schon geschehen. Nichts."

„Wie bitte?"

„Nichts haben die damit gemacht. Zumindest nichts, was offiziell nachvollziehbar wäre. Ein solcher Betrag ist nie auf ihrem Bankkonto eingegangen. Und auch über größere Investitionen am Hof konnte ich nichts finden. Wenn du mich fragst, Chef, dann sieht das so aus, als hätte da jemand bei den Alfredssons ganz klassisch auf Kosten der Firma in die eigene Tasche gewirtschaftet."

„Oder das Geld für etwas ausgegeben, für das es keine Belege gibt, vielleicht auch gar nicht geben sollte."

Liza nickte. „Auf jeden Fall war in diesem Jahr einiges los bei den Alfredssons."

Sie packte ihre Unterlagen zusammen.

„Schon irgendwie 'ne komische Vorstellung: Ich hab damals noch meine Eltern mit vollen Windeln tyrannisiert, während hier im Ort alles mögliche abging."

Damit stand sie auf und ging zur Tür.

„Auch 'n Kaffee?"

Bengt schüttelte den Kopf. Er hatte sich kerzengerade aufgesetzt und blickte seiner Assistentin nach.

„Gute Arbeit, Liza!", rief er ihr gedankenverloren hinterher. Er konnte geradezu spüren, wie sich in seinem Kopf in diesem Moment ein Knoten löste, der ihn bis hierhin beinahe zur Verzweiflung getrieben hätte. Gleichzeitig stieg in ihm eine ungute Ahnung auf, dass der Abgrund, der sich unter diesem nun frei hängenden Seil auftat, weitere Opfer fordern würde.

Marie reichte Lennart die Notizen von ihrem Gespräch mit Jonas.

„Wenn du dich um die geschichtlichen Aspekte kümmerst, beschäftige ich mich mit den Abläufen der Brauerei, in Ordnung?"

„Du willst die Brauseminare aber nicht selbst anbieten, oder?"

Marie lachte. „Auf keinen Fall. Sonst haben wir nachher noch eine Klage wegen Geschäftsschädigung am Hals."

Sie sah auf die Uhr und fuhr ihren Computer runter.

„Aber ich möchte wenigstens halbwegs verstehen, wie der Prozess funktioniert. Die Leute kommen ja immer mit den absurdesten Fragen zu uns."

Lennart hob vielsagend die Augenbrauen.

„Und vielleicht fällt mir dabei ja noch irgendetwas auf, was wir verwenden können."

„Ist gut."

In diesem Moment hielt ein alter Saab vor dem Büro. Lennart sah verwundert auf.

„Ist das Bengt?"

Marie nickte, griff nach ihrer Tasche und ging zur Tür.

„Ich muss los."

„Warst du nicht erst gestern mit Bengt aus?", fragte Lennart mit unverhohlener Neugier.

Marie lächelte nur vage. Sie hatte Lennart nichts von ihrer Übereinkunft mit dem Kommissar erzählt und wusste auch nicht, ob das Bengt recht wäre.

„Ach ja, Ylva will mich morgen Abend mit zu Ove nehmen. Sie meint, dass er bestimmt die eine oder andere Anekdote auf Lager hat, die wir in die Führungen mit einbauen können."

Lennart lächelte. „Themawechsel. Hab schon verstanden."

Marie schüttelte lachend den Kopf, winkte Lennart zu und verließ das Büro.

Bengt war inzwischen aus seinem Auto ausgestiegen. Er nickte Lennart durch die Scheibe zu.

„Bereit für eine Billard-Revanche?“, begrüßte Marie ihn gutgelaunt.

„Nächstes Mal.“ Bengt machte eine einladende Bewegung in Richtung *Mickes Bar*.

Marie blieb am Wagen stehen.

„Fahren wir nicht ins *Easy Rider*?“

„Lass uns heute mal zu Solveig gehen. Mal sehen, ob die uns nicht doch was zu erzählen hat.“

Marie zögerte. „Was ist, wenn sie mich neulich gesehen hat?“ „Das finden wir jetzt heraus“, antwortete Bengt unbesorgt.

Marie seufzte, überquerte dann aber mit ihm den Rathausplatz. Als sie sich noch einmal zum Büro umdrehte, hob Lennart hinter seinem Schreibtisch die Hand und schickte ihr zwinkernd einen übertrieben lasziven Luftkuss hinterher.

In *Mickes Bar* war jetzt, kurz vor Feierabend, noch nicht viel los. Nur zwei der Diner-Ecken am Fenster und ein Tisch nahe des Eingangs waren besetzt. Der Stammtisch war noch leer. Bengt lenkte Marie an den Tresen, wo sie auf den hohen Hockern Platz nahmen. Solveig nickte ihnen zu. Marie versuchte ihrem Blick dabei zu entnehmen, ob Solveig sie bei ihrer Lauschaktion gesehen hatte.

„Zwei Bier?“

Wenn dem so war, ließ Solveig es sich zumindest nicht anmerken.

„Gibt‘s hier vielleicht noch was anderes, was ich probieren sollte?“, fragte Marie vorsichtig.

Die Allgegenwart des hiesigen Bieres hatte sie schnell zu nerven begonnen, auch wenn sie nicht sicher war, ob das am Geschmack oder eher am allgemeinen Trubel um die Brauerei lag.

„Vodka“, antwortete Solveig, ohne von den Gläsern aufzuschauen, die sie sorgfältig von Hand spülte.

Marie zögerte. „Vielleicht eine Spezialität des Hauses?“

Ein winziges Lächeln zog über Solveigs Gesicht, als sie sich die Hände abtrocknete und nach einer unetikettierten Flasche mit einer tiefschwarzen Flüssigkeit darin griff. Sie stellte drei kleine Schnapsgläser auf den Tresen und goss diese mit einer einzigen schwungvollen Bewegung randvoll. Dann griff sie nach einem der Gläser.

„Skål!“

Marie warf einen unsicheren Seitenblick zu Bengt. Der konnte sich ein Grinsen nicht verkneifen.

„Salmiak-Schnaps. Nach einem alten Familienrezept von Micke.“

Solveig nickte stolz.

„Micke war ein lausiger Geschäftsmann.“, sie beugte sich über den Tresen zu Marie, „und Ehemann, wenn du verstehst, was ich meine.“

Zu Maries Erleichterung erwartete sie darauf keine Antwort, sondern fuhr fort:

„Aber wenn er sich mit irgendetwas auskannte, dann war es Schnaps.“

Sie hob erneut das Glas. Bengt schob Marie ein Glas zu und griff selbst nach dem dritten.

„Du wolltest die Spezialität des Hauses ...“

Marie seufzte ergeben. Mit spitzen Fingern nahm sie das klebrige Glas mit der teerig-dunklen Flüssigkeit und prostete den beiden zu. In der weisen Voraussicht, dass sie das Getränk am besten in einem Zug leeren sollte, legte sie den Kopf in den Nacken und trank. Ein süß-salziger Geschmack verteilte sich in ihrem Mund und lief ihr dickflüssig die Kehle hinunter. Marie kniff unwillkürlich die Augen zusammen. Als sie sie wieder öffnete, sah sie in die neugierigen Gesichter von Bengt und Solveig. Sie ließ sich einen Moment Zeit, um nachzuschmecken.

„Ungewohnt. Nicht schlecht, aber ... ungewohnt.“

Solveig nickte zufrieden, nahm die Flasche und schenkte noch einmal voll.

„Ähm ... können wir auch was zu essen bestellen?“

Marie sah hilfesuchend zu Bengt. Der reagierte sofort.

„Pytt i panna?“

Solveig zog zustimmend die Luft ein. „Mit Ren.“

„Perfekt, zweimal.“

„Und ein Wasser bitte!“

Solveig kippte ihren zweiten Salmiak-Schnaps hinunter, stellte das Glas in die Spüle und verschwand in der Küche.

„War ’ne gute Idee von dir, Solveig erstmal in gute Laune zu versetzen.“

Bengt nickte in Richtung der zwei noch vollen Schnapsgläser.

Marie verzog das Gesicht.

„Da bin ich mir ehrlich gesagt nicht so sicher. Solveig spürt das Zeug doch erst, wenn ich schon unterm Tresen liege.“

Wenig später standen zwei tiefe Teller mit einer bunten Mischung aus kleingewürfelten Kartoffeln, Zwiebeln, Fleisch, roter Beete und einem dekorativ darüber drapierten Spiegelei vor ihnen. Hungrig widmeten Bengt und Marie sich dem Essen – in stummer Übereinkunft, den eigentlichen Grund für ihren Besuch in *Mickes Bar* bis danach ruhen zu lassen. Erst als Solveig die leeren Teller abräumte, begann Bengt das Gespräch in eine bestimmte Richtung zu lenken.

„Solveig, hast du schon von Maries Marketingplänen gehört?"

Solveig warf ihnen einen mäßig interessierten Blick zu und trug ein Tablett mit Bier an einen der Diner-Tische. Doch Bengt ließ sich dadurch nicht ausbremsen.

„Mit der Brauerei! Das könnte doch auch für dich interessant werden", fuhr er redselig fort, sobald Solveig wieder hinterm Tresen stand.

„Erzähl doch mal, Marie!"

Marie warf Bengt einen irritierten Blick zu. Was hatten ihre Pläne plötzlich mit dem Fall zu tun? Doch Bengt lächelte sie so unbeirrt an, dass sie es für das Beste hielt, ihm jetzt nicht in die Quere zu kommen.

„Naja, das ist alles noch recht vage", setzte sie an.

Sie war es nicht gewohnt, geschäftliche Vorgänge vor Außenstehenden auszubreiten. Aber schließlich hatte Bengt sie sogar in ein paar Details des Ermittlungsstandes eingeweiht, da konnte sie jetzt wohl auch ein Auge zudrücken. Zumal es Bengt sicherlich nicht um Details ging.

„Wir planen eine Zusammenarbeit mit der Brauerei. Für Führungen, Tastings usw."

„Tastings?" Solveig hob die Augenbrauen.

„Toll, oder? Da entsteht ein ganz neuer Markt für dich", kommentierte Bengt überschwänglich.

„Also wenn die Brauerei jetzt anfängt, selbst auszuschenken, dann nenne ich das eher Konkurrenz."

Solveigs Blick richtete sich plötzlich mit ganzer Aufmerksamkeit auf Marie. Die spürte, wie sie rot wurde. Dass Solveig ihre Pläne so aufnehmen könnte, hatte sie nicht bedacht, und sie ärgerte sich, dass Bengt sie ohne Vorwarnung in diese Situation gebracht hatte.

„Das ist doch alles nur eine Frage der richtigen Kommunikation", räumte der jetzt beschwichtigend ein. „Und noch ist ja nichts in Stein gemeißelt. Richtig, Marie?"

Marie nickte mürrisch.

„Ylva muss das ohnehin erstmal alles mit ihrem Vater besprechen. Wenn es soweit ist, können wir gerne mit dir zusammen ..."

„Jonas war wohl mal wieder der Ansicht, dass Stig diese Ideen eher akzeptiert, wenn sie von Ylva kommen", fiel Bengt Marie ins Wort.

„Na klar." Solveig nickte.

Marie spürte plötzlich, wie Bengt mehrmals mit seinem Knie gegen ihres schubste. Sie suchte seinen Blick, doch er reagierte nicht darauf. Offenbar wollte er ihr in irgendeiner Form den Ball zuspielen. Leider hatte sie keine Ahnung, worauf er eigentlich hinauswollte. Sie atmete tief ein und bemühte sich, der Logik des Gesprächs zu folgen.

„War das denn schon immer so?“, fragte sie etwas unsicher.
„Schon immer.“
Solveig griff erneut nach einem Tablett und wollte sich aufmachen, eine Runde durch den Gastraum zu gehen. Bengt stieß wieder gegen Maries Knie, diesmal fester.
„Warum?“, fragte Marie schnell. „Ich meine ... Er ist doch derjenige, der Betriebswirtschaft studiert hat. Und außerdem ist er der Ältere von den beiden, oder?“
Solveig blieb noch einmal stehen.
„Keine Ahnung.“ Sie lehnte sich gegen die Theke. „Ylva ist einfach irgendwie der Sonnenschein der Familie. Ich glaube das hat schon mit ihrer Geburt angefangen.“
„Wieso?“, hakte Marie weiter nach und merkte erleichtert, dass Bengt sich neben ihr wieder etwas entspannte. Offenbar entsprach das Gespräch ungefähr dem Verlauf, den er sich erhofft hatte – auch wenn Marie nach wie vor nicht verstand, warum.
Solveig überlegte indessen einen kurzen Moment.
„Ylva war für ihre Eltern von Anfang an so etwas wie ein kleines Wunder. Das hat Jonas als älteren Bruder bestimmt gewurmt. Anita dachte ja, sie könne nach Jonas keine Kinder mehr bekommen. Irgendwelche Komplikationen im Wochenbett oder so, ich kenn mich da nicht aus. Als sie dann doch nochmal schwanger wurde, hat sich natürlich erstmal alles nur um Ylva gedreht. Und dann auch noch die schwierige Geburt.“
„Schwierige Geburt?“, klinkte Bengt sich nun so beiläufig wie möglich in das Gespräch ein. Scheinbar jedoch nicht beiläufig genug, denn das plötzliche Interesse des Kommissars beendete Solveigs Auskunftsfreudigkeit abrupt.
„Naja, sie war doch in Kur und so ... Aber ist ja auch egal. Der Geschwisterliebe hat es jedenfalls keinen Abbruch getan, die beiden verstehen sich ja blendend. Und Jonas wollte seine Schwester schon immer beschützen. Typischer großer Bruder eben.“
Damit machte Solveig sich endgültig daran, leere Gläser auf den Tischen einzusammeln.

Karla war überrascht, als sie am nächsten Morgen erst gegen halb neun aufwachte. Sie fühlte sich erstaunlich ausgeschlafen und erholt – als hätte bereits das erste zwischenmenschliche Aufeinandertreffen mit der Vergangenheit sämtliche Blockaden und Zweifel in ihr gelöst.

Doch vormachen wollte sie sich nichts. Was nun auf sie zukam, war der weitaus härtere Part – und sie konnte sich beim besten Willen nicht ausmalen, wie die folgende Begegnung aussehen würde.

Karla setzte sich auf dem Sofa auf, das Ove ihr notdürftig als Schlafplatz zurechtgemacht hatte. Sie sah sich um. Von ihrem Gastgeber fehlte jede Spur. Auf dem Esstisch fand sie eine Nachricht, dass er ‚draußen unterwegs' sei. Sie vermutete, dass er schon im Morgengrauen mit seinem kleinen Ruderboot und der Angel auf den See rausgefahren war und dort auch noch die nächsten zwei bis drei Stunden verbringen würde.

Lange hatten sie in der Nacht nicht mehr geredet. Beide hatten sich in kurzen Sätzen über ihr jeweiliges Leben auf den neuesten Stand gebracht, ohne dabei allzu sehr ins Detail zu gehen. Karla hatte gesehen, wie Ove die ganze Zeit über innerlich mit sich gerungen hatte. Offensichtlich hatte er verstanden, dass ihr Entschluss felsenfeststand und nichts, was er sagen könnte, daran rütteln würde. Am Ende ihres Gesprächs hatte Ove nur den Kopf geschüttelt und verkündet, dass er schlafen gehen müsse.

Jetzt wollte Karla keine Zeit mehr verlieren, sondern ihre innere Entschlossenheit nutzen. Sie machte sich im Bad frisch, trank eine Tasse von dem kalten Kaffee, den Ove in seiner Maschine zurückgelassen hatte, und verließ das Haus.

Wie schon in der Nacht zuvor fand sie sich auch heute Morgen sofort wieder in den Straßen Lågombys zurecht. Nach wenigen Minuten erreichte sie den Ortskern und sah sich um. Bis auf eine junge Frau, die etwas verloren vor dem Flachgebäude der Kommunalverwaltung stand, war niemand an diesem Sonntagvormittag unterwegs. Zielstrebig ging sie weiter Richtung Kirche und bog dann in den Bergväg ein. Kurze Zeit später stand sie vor der Auffahrt der Alfredssons und blickte auf die gelbe Villa, die sich an deren Ende erhob.

Karla erinnerte sich, wie oft sie damals hier vorbeispaziert war und sich nichts sehnlicher gewünscht hatte, als dieses Anwesen ihr Zuhause nennen zu dürfen. Sie lachte bitter.

‚Was für ein naives kleines Mädchen ich damals war.'

Als sie die Auffahrt betreten wollte, stockte sie jedoch. Ihre Entschlossenheit bekam auf einmal Risse.

‚Wer mag wohl zuhause sein heute Morgen?', ging es ihr durch den Kopf. Unentschlossen blieb sie einen Moment stehen, wandte sich dann noch einmal vom Haus ab und ging ziellos die Straße weiter.

Sie erreichte das untere Ende des Bergvägs und hielt an. Wenn sie jetzt links abbog und einfach geradeaus weiterlief, würde sie wieder die Bushaltestelle erreichen, an der sie gestern Abend angekommen war. In ihrem Kopf hörte sie die Stimme des alten Ove: ‚Tu es. Nicht für mich oder die da oben ... für dich.'

Dann drehte sie sich mit einem Ruck um und ging zurück. Während sie am Ende der Straße wieder die junge Frau von vorhin bemerkte, betrat Karla zögerlich das Grundstück, um dann umso zielstrebiger die Stufen zur Eingangstür hinaufzusteigen. Oben angelangt atmete sie noch einmal tief ein. Nun gab es kein Zurück mehr für sie. Sie wusste, dass sie den Impuls nutzen musste, weil sie die gleiche Energie vermutlich nicht noch einmal aufbringen könnte.

„Ja bitte?"

Die Frau, die ihr die Tür öffnete, schätzte Karla auf ungefähr Mitte 60. Sie versuchte in ihrem Blick etwas Bekanntes zu erkennen, konnte sich aber nicht an eine jüngere Version der Frau erinnern.

„Hallo. Ich möchte gerne mit Stig Alfredsson sprechen."

Karla bemühte sich, so normal wie möglich zu klingen. Offenbar gelang ihr das nicht ganz, denn sie glaubte nun einen leicht misstrauischen Zug im Gesicht der Frau zu sehen.

„Wen darf ich denn melden?"

„Mein Name ist Carol Johnson", antwortete Karla ohne weitere Ausführungen. Sie sah keinen Grund, die Hausdame der Alfredssons weiter miteinzubeziehen als unbedingt nötig.

Nach kurzem Zögern trat die Frau schließlich beiseite und bat Karla, im Salon zu warten.

Die Einrichtung hatte sich kaum verändert in den letzten 30 Jahren. Karla erkannte sofort das stilvolle, wenn auch ziemlich altmodische Sofa, auf dem sie schon gesessen hatte, als sie den Alfredssons zum ersten Mal begegnet war. Auch damals hatte sie hier gewartet, während eine Hausangestellte ihre Eltern ins Büro gebracht hatte, um dort die Formalitäten zu klären. Nach etwa einer halben Stunde, die Karla starr vor Nervosität auf der Sofakante verbracht hatte, waren ihre Eltern zusammen mit Pärre, Stig und Anita zurückgekommen. Ein schwer definierbares Gefühl überkam Karla jetzt, als sie an diesen Moment zurückdachte. Ihre Eltern, denen die Erleichterung anzumerken gewesen war, ihre Tochter in diesem angesehenen Haus untergebracht zu wissen – und damit auch ein Stück weit los zu sein. Der alte Pärre. Anita, die Karla freundlich lächelnd, aber mit einer gewissen Reserviertheit begegnet war. Und Stig. Der charmante Stig, der Karla – damals noch als Juniorchef und für ihre Ausbildung zuständig – herzlich in seinem Team willkommen hieß.

Dass er neben ihrem Vater, einem alten Pfarrer von Kvarnbyn und dem immer leicht nach Schweiß riechenden Mathelehrer im Grunde der erste Mann gewesen war, den sie überhaupt kennengelernt hatte, war Karla erst sehr viel später bewusst geworden.

Sie wurde jäh aus ihren Gedanken gerissen, als sie aus dem Augenwinkel einen Schatten im Türrahmen wahrnahm. Wie lange Anita dort schon gestanden und sie beobachtet hatte, konnte Karla nicht sagen. Nun trat Anita ein und schloss die Tür hinter sich. Dann ging sie bedächtig durch den Raum und setzte sich auf den Sessel am hinteren Ende des Couchtisches. Karla schluckte. Sie hatte nicht damit gerechnet, Anita, die sie offensichtlich sofort erkannt hatte, alleine zu begegnen. Dann ging sie unaufgefordert zum Sofa hinüber und nahm darauf Platz.

„Du bist immer noch sehr schön."

Anita zeigte keinerlei Emotionen in ihrem Ausdruck, während sie sprach. Nach dem, was Karla bei Ove ausgelöst hatte, tat es ihr fast ein wenig leid, Anitas erste Reaktion auf ihre Anwesenheit verpasst zu haben.

„Danke. Du aber auch."

„Was willst du hier?"

Schon bei Ove war Karla aufgefallen, wie viel direkter als in den Staaten die Menschen hier waren – vor allem im Gegensatz zu Kalifornien. Was sie unter normalen Umständen vielleicht irritiert hätte, empfand sie nun als Erleichterung. Was hätte Smalltalk in dieser Situation auch für einen Zweck? Den folgenden Satz hatte Karla wortwörtlich einstudiert.

„Ich bin hier, um mir zurückzuholen, was ihr mir gestohlen habt."

Karla konnte nicht umhin, Genugtuung zu verspüren, als sie die Wirkung dieses Satzes im Gesicht ihrer Gesprächspartnerin sah. Sie war wirklich nicht auf einen Krieg mit den Alfredssons aus. Und sie konnte den Schmerz, den ihre Anwesenheit und ihre Worte in Anita auslösten, fast körperlich nachvollziehen. Aber das machte es nicht besser, es machte nichts besser. Dennoch sprach sie nun in deutlich sanfterem Tonfall weiter.

„Hör zu, Anita. Ich weiß, was das für dich bedeutet. Und für Stig. Aber ich kann nicht anders. Ich habe Ylva vor ein paar Wochen aus reinem Zufall kennengelernt."

Karla schüttelte kurz den Kopf, als sie daran dachte, wie gering die Wahrscheinlichkeit für ein solches Zusammentreffen gewesen sein musste.

„Du kannst dir gar nicht vorstellen, wie es mir danach ging. Es war, als wäre mit einem Mal mein ganzes Leben über mir zusammengestürzt."

Anitas Blick hatte sich zu Boden gesenkt. Als sie sprach, klang ihre Stimme um Jahre älter als noch wenige Momente zuvor.

„Gib mir einen Tag. Bitte. Ich muss mit Stig reden."

Sie blickte auf und sah Karla in die Augen.

„Bitte, Karla. Gib uns einen Tag."

Karla schwieg überrascht. Mit so einer Reaktion hatte sie nicht gerechnet. Plötzlich tat Anita ihr zutiefst leid.

Sie nickte. „Okay. Ich komme morgen früh wieder. Aber dann reden wir alle zusammen Klartext."

Karla stand auf und ging zur Tür. Sie spürte, wie ihr Herz heftig gegen ihren Brustkorb pochte, aber gleichzeitig fühlte sie sich gestärkt wie selten in ihrem Leben.

Als sie die Salontür öffnete, wäre sie beinahe in die Hausdame hineingerannt, die sich direkt auf der anderen Seite befand und offenbar gerade im Begriff gewesen war, einzutreten. Noch einmal registrierte Karla den durchdringenden Blick der älteren Frau, dann verließ sie das Haus und tat – so empfand sie es – den ersten Schritt in ihr neues Leben.

Donnerstag

Solveigs Kommentar hatte Bengt keine Ruhe gelassen. Es war wie das eine Puzzlestück, das er seit Tagen gesucht hatte – ohne genau zu wissen, wie es aussah oder wo er es finden konnte.

Die Nacht war kurz gewesen, wie immer in den Sommermonaten, und so fiel es ihm nicht schwer, in den frühen Morgenstunden schon wieder ins Büro zu fahren. Die Liste der Kur- und Erholungseinrichtungen in Nordschweden war nicht allzu lang. Bengt telefonierte sie durch und ließ einem Nachtaufseher nach dem anderen keine Ruhe, bis er die alten Besucher- und Patientenakten aus dem Keller herausgekramt und nach dem Namen Anita Alfredsson durchsucht hatte. Als die Liste immer kürzer wurde, wuchs Bengts Sorge, Anita könnte damals einen anderen Namen angegeben haben, oder sich in einer Anstalt aufgehalten haben, die es heute gar nicht mehr gab. Doch dann wurde doch noch eine der Angestellten fündig und verriet Bengt, Anita Alfredsson habe im Herbst 1987 ganze drei Monate in der Einrichtung an der Küste verbracht. Auf Bengts Frage, ob sie ihm Näheres über diesen Aufenthalt erzählen könne, ließ die Frau ihn unwirsch wissen, dass sie damals selbst noch nicht auf der Welt gewesen sei. Doch sie verwies ihn – vermutlich einzig und allein aus der Hoffnung heraus, den Kommissar damit so schnell wie möglich los zu werden – an eine ältere Kollegin, die im vergangenen Jahr ihr 40. Jubiläum im Haus gefeiert hatte.

Einen Kaffee später machte Bengt sich auf den Weg nach Sundsvall. Zunächst wunderte er sich, dass Anita diesen entfernten Aufenthaltsort gewählt hatte, der Besuche der Familie mit Sicherheit auf ein Minimum beschränkt hatte. Schließlich war Jonas damals erst 6 Jahre alt gewesen. Doch als er einige Stunden später das exklusive Haus betrat – das es offensichtlich geschafft hatte, den Glanz früherer Zeiten mithilfe von zeitgemäßen Spa-Attraktionen in die Gegenwart hinüberzuretten – verstand er, dass eine Familie wie die Alfredssons eine standesgemäße Versorgung über familiäre Nähe stellen würde.

Ludmilla Löfgren, die dienstälteste Angestellte des Hauses, hatte bereits von Bengts Erkundigungen gehört und erwartete den Kommissar im Dienstzimmer. Nach einem resoluten Händedruck, aus dem die vielen Jahre harter Arbeit sprachen, führte sie ihn zum Hintereingang des Hauptgebäudes. Erst hier an der Küstenseite wurde die eigentliche Pracht der Anlage erkennbar. Ein langer Holzsteg verband den Strand über das Wasser hinweg mit einem altmodischen schlicht-eleganten Badehaus, das auf Pfählen über dem Meer schwebte.

Ludmilla Löfgren hatte entweder ein herausragendes Gedächtnis, oder, was wahrscheinlicher war, sie hatte ihrer Erinnerung vor Bengts Ankunft mit entsprechenden Unterlagen auf die Sprünge geholfen. Den Strand entlang spazierend beschrieb sie Anita als eine zurückgezogene und angenehme Patientin, die unter nervöser Unruhe litt. Ihr Aufenthalt hier hatte keinen medizinischen Hintergrund und beruhte eher auf einem generellen Bedürfnis nach Erholung. An Familienbesuche konnte Ludmilla Löfgren sich nicht erinnern. Sie glaubte, dass Anita sich mit einer Frau aus den Tageskursen gut verstanden hatte. Einen Namen konnte sie Bengt aber nicht nennen, da nur die Übernachtungsgäste im System aufgenommen wurden. Ihre Beschreibung von der forschen älteren Dame, von der Anita bei ihrer An- und Abreise begleitet worden war, machte zumindest diesbezüglich eine Namensnennung überflüssig.

„Und das Kind, kam das hier im Haus zur Welt?", fragte Bengt, eine gewisse Nervosität unterdrückend.

„Welches Kind?"

Die alte Dame wirkte überrascht. Bengt blieb unvermittelt stehen. In seinem Bauch machte sich ein kleines Zucken bemerkbar, wie immer, wenn er das Gefühl hatte, auf der richtigen Spur zu sein.

„War Anita Alfredsson denn nicht schwanger, als sie herkam?"

Ludmilla Löfgren drehte sich zu ihm um – mit einer Ruhe, die verriet, dass sie in ihrem Leben genug gesehen hatte, um sich über solche Fragen nicht nachhaltig zu wundern.

„Nein, schwanger war die nicht. Wenn du mich fragst, war sie vor allem einsam."

Zurück im Auto rief Bengt sofort Liza an.

„Chef, wo steckst du? Nordin hat angerufen."

„Wer?"

Liza seufzte. „Der Staatsanwalt aus Umeå. Er will Ergebnisse sehen, sonst schickt er uns seine Jungs zur Verstärkung."

„Das wird nicht nötig sein", antwortete Bengt knapp.

„Heißt das, du hast eine heiße Spur?"

Bengt zog die Luft ein.

„Okay. Und willst du mich vielleicht daran teilhaben lassen?" Lizas Stimme klang zunehmend genervt.

„Später. Jetzt brauche ich erstmal eine Information von dir."

Keine Reaktion.

„Liza?"

„Ich höre."

„Ich muss wissen, wann und wo Ylva genau geboren wurde."
Wieder Stille am anderen Ende.
„Bitte, Liza, ich erklär dir alles, wenn ich zurück bin."
„Ich dachte, du warst mit Ylva durch?"
Diesmal war Bengt es, der schwieg.
Liza seufzte. „Ich hoffe, du weißt, was du tust. Noch eine falsche Verdächtigung und ich kann meine Freundschaft mit Ylva endgültig begraben."
Bengt biss sich auf die Lippen und verzichtete darauf, Liza zu korrigieren, dass an seinen Verdächtigungen grundsätzlich nichts falsch gewesen war. Wenn seine Vermutung diesmal auch richtig war, konnte Ylva eine gute Freundin bald besser gebrauchen als jemals zuvor.
„Ihr Geburtstag ist am 17. Oktober 1987. Und geboren ist sie", die Tastatur ihres Computers erklang, „in Sundsvall."
Bengt hörte die Überraschung in Lizas Stimme.
„Steht auch eine Einrichtung dabei?"
„Nein, nur Sundsvall."
„Danke, Liza! Konntest du noch irgendetwas über den Verbleib der 300.000 Kronen herausfinden?"
„Leider nicht. Ich hab nochmal alle Transaktionen der Jönssons in den darauffolgenden Jahren gecheckt, aber nirgends taucht auch nur eine annähernd so große Summe auf. Und in den Firmenbüchern der Alfredssons ist auch nie wieder die Rede davon. Dafür wird Ingeborg langsam ungehalten."
„Das hab ich mir gedacht. Bitte sag dem Staatsanwalt, dass wir kurz vor der Auflösung des Falls stehen. Ich werde mich morgen bei ihm melden. Oder übermorgen."
„Gibt es sonst irgendetwas, was ich tun kann?"
„Ja, du kannst Solveig für heute Nachmittag ins Kommissariat einbestellen. Beziehungsweise nein – warte noch damit. Ich will nicht, dass sie zuviel Vorlauf hat. Ich melde mich, sobald ich auf dem Rückweg bin."
„Ist gut, Chef."
Bengt startete den Wagen und folgte der Ausschilderung zum städtischen Krankenhaus von Sundsvall.

Auch an diesem Morgen – sie konnte selbst nicht wissen, dass es ihr letzter sein würde – wachte Karla allein in Oves Haus auf. Sie hätte nicht sagen können, wieso, fühlte sich aber noch deutlich nervöser als am Tag zuvor. Nach einer Du-

sche und einer schnellen Tasse Kaffee zog sie sich ihre ausladende Kapuzenjacke über und machte sich auf den Weg in die Stadt. Sie hoffte, etwas Bewegung und die altvertraute Umgebung ihres früheren Lebens würden sie vor ihrem erneuten Treffen mit den Alfredssons ein wenig beruhigen.

Kurz hatte sie überlegt, sich einen Mietwagen zu besorgen und zum Hof ihrer Eltern nach Kvarnbyn zu fahren. Doch allein der Gedanke an ihr altes Kinderzimmer löste ein solches Gefühl der Beklemmung aus, dass sie diese Idee sofort wieder verwarf.

Stattdessen fand sie sich nun – ohne es geplant zu haben – vor dem Zaun rund um das Brauereigelände wieder. Ein paar Arbeiter liefen zwischen den einzelnen Gebäuden hin und her und in einiger Entfernung erkannte sie auch Ove, der gerade damit beschäftigt war, eine Palette mit schwer aussehenden Kartons zu kontrollieren.

Wieder stiegen die Erinnerungen an ihre kurze, aber prägende Ausbildungszeit hoch – diese ganz besondere Geruchsnote, die der konzentrierte Hopfen an einem klaren, kühlen Frühlingstag hier oben verbreitete, war ihr während all der Jahre in den USA nie mehr begegnet.

Sie fragte sich, ob Ylva wohl schon hier war. Bei ihrer Begegnung in Portland hatte sie kein konkretes Datum genannt – nur, dass sie zur Mittsommerzeit wieder zurück in ihrer Heimat sein wollte. Zu gerne wäre Karla einfach auf den großen Hof gegangen und hätte einen der Arbeiter nach ihr gefragt. Doch sie widerstand dem Impuls und ging weiter.

Statt auf direktem Wege zur Villa der Alfredssons zu gehen, nahm Karla den kleinen Umweg durch die Stadtmitte, um sich noch ein paar zusätzliche Minuten Zeit vor der nächsten großen Konfrontation zu verschaffen.

Der Gedanke, dass sie dabei von jemandem gesehen und trotz all der Jahre noch erkannt werden könnte, kam ihr erst, als sie um die Ecke in die Nygata bog und einen halben Block vor sich die alte Solveig vor dem Eingang von Mickes Bar stehen sah. Die beiden Frauen blickten sich direkt in die Augen, aber Karla konnte beim besten Willen nicht sagen, ob das ein Erkennen war, das sich auf Solveigs Gesicht abzeichnete, oder ob dieser Eindruck doch nur der Situation geschuldet war, in der sich Karla befand.

So oder so senkte sie den Blick zu Boden, machte kehrt und marschierte nun schnellen Schrittes in den Bergväg. Es war höchste Zeit, dieses Versteckspiel ein für allemal zu beenden – und zwar noch heute.

„Anita war gar nicht schwanger?"

Liza starrte Bengt ungläubig an. Sie saßen in der Kantine, wo Bengt sie zu einer ausgiebigen *Fika*, einer schwedischen Kaffeepause, eingeladen hatte. Er wusste, dass seine Alleingänge in diesen Ermittlungen Liza gegenüber nicht ganz fair waren. Doch er wollte ihre langjährige Freundschaft mit Ylva nicht mehr strapazieren als unbedingt nötig. Erst jetzt verstand Bengt, dass er wohl auch deswegen die Gespräche mit Marie so schätzte, denn bei ihr musste er sich keinerlei Gedanken darüber machen, wie sie persönlich zu den betroffenen Personen stand. Er nahm sein Lachsbrötchen in die Hand und betrachtete es ein wenig schwermütig, ohne davon abzubeißen.

„Zumindest nicht im Herbst 1987."

„Aber sie war in Sundsvall zur Kur?"

Bengt nickte.

„Warum?"

Bengt legte sein Brötchen wieder auf dem Teller ab.

„Offiziell wegen nervöser Unruhe. Aber die einzige Erklärung, die für mich Sinn macht, ist, dass man sie eine Weile von hier fernhalten wollte. Um den Anschein einer Schwangerschaft zu wahren."

„Man?"

„Die Beschreibung ihrer Begleitung damals könnte auf Ingeborg Alfredsson zutreffen."

Liza starrte Bengt unvermindert an. Er konnte nur ahnen, was jetzt alles in ihrem Kopf vorgehen musste, wie viele Erlebnisse aus ihrer gemeinsamen Kindheit mit Ylva plötzlich vollkommen auf den Kopf gestellt wurden.

„Und ... Ylva?"

Bengt räusperte sich und richtete sich im Stuhl auf.

„Im Krankenhaus von Sundsvall konnten sie ihren Namen nicht finden. Dafür aber eine andere Eintragung: Am 17. Oktober 1987 wurde dort ein Mädchen geboren – von Karla Jönsson."

Liza hielt den Atem an.

„Aber ... das heißt ja dann, dass – diese Carol Ylvas Mutter war."

Bengt nickte. „Deine Bemerkung neulich im Zusammenhang mit den Ereignissen bei den Jönssons hat mich auf diese Spur gebracht – dass mit den Windeln meine ich, dass du selbst da gerade erst geboren warst."

„Weil Ylva und ich im gleichen Jahr geboren sind", vollendete Liza den Gedanken, während sie apathisch vor sich auf den Tisch starrte.

Bengt überlegte, ob es wohl angebracht wäre, ihre Hand zu nehmen. Oder einen Arm um sie zu legen? Doch es schien ihm unpassend, hier in der Kantine, und erleichtert stellte er fest, dass Liza sich nach dem ersten Schock schnell wieder um Professionalität bemühte. Langsam fuhr er fort.

„Den Aufzeichnungen zufolge hat Karla Jönsson das Krankenhaus noch am Tag der Geburt auf eigenes Risiko hin mit ihrem Kind verlassen. Anita wurde erst am 19. Oktober aus der Kur entlassen. Ich vermute, dass sie Ylva dann von Karla übernommen hat und einfach mit ihr zusammen nach Lågomby zurückgefahren ist.“

„ ... wo alle angenommen haben, dass es ihr Kind war.“

„Ja.“

„Aber was ist mit den zwei Tagen dazwischen? Hätte Anita die Kur dann nicht früher verlassen?“

„Ich könnte mir vorstellen, dass Anita nicht unbedingt scharf darauf war, Karla noch einmal zu begegnen. Immerhin war sie die Geliebte ihres Mannes. Oder vielleicht wollte sie auch vermeiden, ihr persönlich das Kind abzunehmen.“

„Und wer hat sich dann in der Zwischenzeit um das Baby gekümmert? Ingeborg?“

„Davon gehe ich aus. Natürlich mit Anitas Wissen.“

„Und diese Carol ... oder Karla? Was ist mit der?“

Bengt hob die Schultern.

„Ich vermute, sie ist erstmal irgendwo untergetaucht, wahrscheinlich in Stockholm oder so. So wie mir ihre Eltern beschrieben wurden, hätte sie sich bei denen vermutlich nicht mehr blicken lassen können ... oder wollen. Sicher wissen wir nur, dass sie ein paar Monate später in die USA ausgereist und dort geblieben ist. Bis jetzt.“

„Du glaubst, dass die 300.000 Kronen an sie gingen, nicht an ihre Eltern, oder?

Bengt nickte wieder, erstaunt darüber, wie schnell Liza die losen Fäden nun miteinander verknüpfte.

„Dann wissen wir jetzt auch, warum Karla Jönsson ihre Ausbildung damals abbrechen musste. Aber ... warum hat sie ihr Kind nicht hier bekommen? Oder bei ihren Eltern? Warum ist sie für die Geburt bis nach Sundsvall gefahren.“

„Damit Ylvas Geburtsort mit Anitas Aufenthaltsort zu jener Zeit übereinstimmt“, erklärte Bengt. „Ein anderer Grund fällt mir zumindest nicht ein.“

„Dann glaubst du“, erst jetzt hob Liza ihren Blick vom Tisch und sah Bengt fragend an, „dass es von Vornherein ein Deal war, so etwas wie eine Leihmutterschaft? Weil Anita keine Kinder mehr kriegen konnte?“

Bengt seufzte. Dann legte er die beiden unangetasteten Lachs-Brötchen auf einen Teller und stand damit auf.

„Ich hoffe, dass uns das Solveig jetzt sagen kann.“

Er blieb neben Liza stehen und legte ihr für einen winzigen Moment die Hand auf die Schulter. Liza nickte langsam. Dann stand auch sie auf und folgte Bengt in ihr Büro.

Solveig wartete bereits in einer der kleinen Sitzgruppen auf dem Gang. Mit einer Art beruflicher Zufriedenheit nahm Bengt ihre Nervosität bei der Begrüßung wahr. Eine offizielle Vorladung ins Kommissariat war offensichtlich selbst für die sonst so toughe Solveig etwas anderes als ein beiläufiges Gespräch über den Tresen hinweg. Genau diesen Effekt hatte Bengt einkalkuliert. Er wies ihr stumm den Platz gegenüber von seinem Schreibtisch zu.

„Kaffee?" Solveig nickte knapp.

Liza stellte eine Tasse vor Solveig hin und goss Kaffee ein. Bengt lächelte. „So kann ich dir wenigstens auch mal ein Getränk servieren."

Liza nahm einen Stuhl, setzte sich damit seitlich an Bengts Schreibtisch und legte sich Notizblock und Stift bereit. Solveig verfolgte ihre Bewegungen konzentriert. Dann nahm sie einen Schluck Kaffee und räusperte sich.

„Also gut. Worum geht es?"

Bengt faltete die Hände vor sich auf dem Tisch und lehnte sich vor. Er suchte direkten Augenkontakt mit Solveig, die sich offenbar schnell gefasst hatte.

„Wir haben dich hergebeten, weil wir hoffen, dass wir hier mal in aller Ruhe mit dir reden können – und zwar Klartext. Schließlich geht es hier um einen Mordfall, und jeder, der unseren Ermittlungen im Weg steht, macht sich schuldig. Und damit meine ich nicht nur im Sinne des Gesetzes. Auch an der Toten. Denn ich glaube, sie hat es verdient, dass ihre Geschichte vollständig aufgeklärt wird. Glaubst du nicht auch?"

Bei den letzten Worten senkte Solveig den Blick auf ihre Hände im Schoß. Dann schloss sie die Augen, wie um sich zu sammeln. Sie holte tief Luft und richtete den Blick wieder auf Bengt und Liza.

„Was wollt ihr wissen?"

„Alles, was du über Karla Jönsson weißt."

Bei der Erwähnung des schwedischen Namens von Carol Johnson zog ein kurzes Flackern durch Solveigs Blick. Sie nickte. „Karla", sie räusperte sich noch einmal, „war als junges Mädchen bei den Alfredssons in Ausbildung gegangen. Ich glaube, sie war eine Bauerntochter aus der weiteren Umgebung. Wenn ich mich recht erinnere, waren ihre Eltern sehr streng. Hier ist sie dann richtig aufgeblüht. Ove hat sie sofort unter seine Fittiche genommen. Insgeheim hat er wohl schon seine Nachfolgerin in ihr gesehen. Ich glaube, die Kleine hat ihn irgendwie an sich selbst erinnert, als er nach dem Tod seiner Eltern zu den Alfredssons kam. Auf jeden Fall hat sie irgendwie frischen Wind in die Brauerei gebracht."

„Inwiefern?", hakte Liza nach.

„Einfach mit ihrer Art. Der Betrieb steckte damals ja schon in der Krise. Ich glaube, Pärre überlegte sogar zu verkaufen. Karla hatte so eine jugendliche Begeisterung für alles, egal in welchem Bereich sie eingesetzt wurde. Das hat allen gutgetan."

Liza spielte nervös mit ihrem Stift. Es war beinahe unmöglich, bei dieser Charakterisierung nicht an Ylva zu denken.

„Allen?", hakte Bengt nach.

„Naja, das sagt man doch so."

„Gab es vielleicht jemanden, mit dem sie sich besonders gut verstanden hat? Außer Ove meine ich", lenkte Bengt das Gespräch weiter in die entscheidende Richtung.

Solveig seufzte. Ihr war wohl inzwischen klar geworden, dass alles andere als die vollständige Wahrheit jetzt nicht mehr ausreichen würde.

„Also sicher weiß ich natürlich nichts. Aber ich höre ja einiges bei mir am Tresen. Und da gab es schon Gerüchte um Karla und – Stig."

„Dass die beiden eine Affäre hatten?", vergewisserte Liza sich, vordergründig fürs Protokoll.

Solveig wich Lizas Blick aus, nickte aber.

„Das war noch bevor Pärre ihm die Geschäftsleitung übergeben hat. Dabei war er selbst schon an die 70. Für Stig musste es damals so ausgesehen haben, als würde Pärre die Brauerei lieber abstoßen als sie seinem Sohn zu übergeben. Zumindest wurde im Ort sowas gemunkelt. Wahrscheinlich war er frustriert und ... hat sich irgendwie nutzlos gefühlt."

Sie lachte ein kurzes, freudloses Lachen.

„Das war schon immer eine gefährliche Mischung bei Männern."

„Wusste Anita davon?", fragte Liza, um Professionalität bemüht.

„Ich denke schon. Auf jeden Fall war irgendwie klar, dass es ihr nicht besonders gut ging in dieser Zeit. Das war ja auch, während sie schwanger war. Irgendwann wurde ihr das alles wohl zu viel. Deswegen ist sie ja dann auch in dieses Erholungsheim."

Bengt und Liza tauschten einen schnellen Seitenblick aus. Offensichtlich wusste Solveig nicht die ganze Wahrheit. In Gedanken strich Bengt sie damit von der theoretischen Liste möglicher Täter.

„Und – du hast in Carol das junge Mädchen wiedererkannt?"

Solveig nickte stumm.

„Ja. Nicht sofort. Ich ... ich hab eine Frau im Ort gesehen. Die kam mir irgendwie bekannt vor. Als du das Foto auf der Gemeindesitzung gezeigt hast, da habe ich sie dann erkannt."

„Und warum bist du dann nicht gleich zu uns gekommen?"

Bengt bemühte sich um einen strengen Blick, auch wenn er längst wusste, dass die Bürger von Lågomby – wie in jeder Kleinstadt – ihren eigenen Gesetzen folgten. Er hatte sich früh daran gewöhnt, dass die Leute sich untereinander oft mehr verpflichtet fühlten als dem Gesetz gegenüber. Und tief in seinem Inneren hegte er sogar gewisse Sympathien für diese Haltung. Schließlich war er selbst in dieser Gegend aufgewachsen. So überraschte es ihn auch nicht, dass Solveig nun in einer Art suchenden Geste die Hände hob, um sie dann müde wieder in den Schoß sinken zu lassen.

„Ove hat gesagt, ich soll mich da raushalten." „Weil er glaubt, dass die Alfredssons in den Mord verwickelt sein könnten?"

Bei dieser Frage sah Solveig Bengt plötzlich richtig erschrocken an. Anscheinend hatte sie den Gedanken selbst noch nie so weit geführt.

„Nein! Natürlich nicht. Aber du weißt ja, dass Ove nichts auf die Alfredssons kommen lässt. Er wollte verhindern, dass die alte Geschichte mit Stig an die Öffentlichkeit kommt."

Bengt nickte. Er wusste, dass es keinen Sinn machte, weiter nachzufragen. Solveig war nicht diejenige, die sie zum Täter führen würde.

„Danke, Solveig. Du hast uns sehr weitergeholfen."

Bengt stand auf.

Solveig nickte betroffen, als würden Bengts Worte ihr nur umso deutlicher machen, dass sie Ove in den Rücken gefallen war. Sie folgte Bengt zur Tür. Dort legte er seine Hand auf die Türklinke. Bevor er die Tür öffnete, suchte er noch einmal eindringlich Solveigs Blick.

„Dieses Gespräch muss unter uns bleiben, Solveig! Es ist jetzt von entscheidender Bedeutung, dass wir die nötigen Schritte in der richtigen Reihenfolge durchführen können. Keine falschen Komplizenschaften mehr, verstanden?"

Solveig nickte ergeben.

Nachdem sie gegangen war, blieb Bengt mit dem Rücken gegen die Tür gelehnt stehen.

„Glaubst du ihr?" Er sah Liza fragend an.

„Dass sie nichts von Anitas fingierter Schwangerschaft wusste? Ja", antwortete die, ohne zu zögern.

„Und sag mal ..."

Er drückte sich von der Tür ab und nahm Liza gegenüber auf dem Besucherstuhl Platz.

„Könntest du dir vorstellen, dass Ylva davon weiß?"

„Ylva?! Auf keinen Fall!"

„Bist du sicher?"

Liza nahm sich einen Moment, um ernsthaft darüber nachzudenken.

„Ganz sicher."

Bengt nickte. „Und Jonas?"

Dieses Mal zögerte Liza mit ihrer Antwort.

„Kann ich mir eigentlich nicht vorstellen. Aber wer weiß ... Jonas war damals schon sechs."

„Da kriegen Kinder schon mehr mit, als einem lieb ist", bekräftigte Bengt, in Gedanken bei seiner Tochter Ebba, die er seit Beginn dieser Ermittlungen kaum gesprochen hatte.

„Trotzdem, die Geschichte mit der Schwangerschaft und der Kur war gut geplant. Wie es scheint, haben die meisten hier sie ja geschluckt", konkretisierte Liza ihre eigene Einschätzung.

„Stimmt. Aber wir können ihn nicht ganz außer Acht lassen. Solveig hatte schon recht, als sie neulich sagte, dass er alles für seine kleine Schwester tun würde."

Liza nickte schweigend. Erst jetzt verstand Bengt, dass

dieser Fall nicht nur Ylvas komplettes Leben auf den Kopf stellte, sondern vermutlich auch einige von Lizas Kindheitserinnerungen erschütterte. Er konnte nur hoffen, dass seine Assistentin auch jetzt so robust reagierte, wie er sie bisher kennengelernt hatte.

Bengt stand auf, ging um den Schreibtisch herum und nahm sich seine Notizen vor.

„Karlas Rückkehr muss für die gesamte Alfredsson-Sippe ein gehöriger Schock gewesen sein. Wie auch immer das damals genau abgelaufen ist – man wollte verhindern, dass es jetzt an die Öffentlichkeit gerät. Wenn wir davon ausgehen, dass Ylva von alldem nichts wusste und Jonas für den Moment mal beiseitelassen, bleiben noch drei weitere Personen mit Motiv: Anita, die gedemütigte Ehefrau, Stig, der seine Familie nach all den Jahren nicht doch noch verlieren wollte, und Ingeborg, die ihre Hände ja immer irgendwie mit im Spiel hat."

„Was ist mit Ove?"

Bengt wiegte seinen Kopf hin und her.

„Ove hat ein Löwenherz, das stimmt. Und er hat die Familie schon immer verteidigt. Aber den Schritt von *etwas verschweigen* zu *jemanden umbringen* traue ich ihm eigentlich nicht zu. Außerdem soll er Karla ja gemocht haben."

„Genau wie Ylva", fügte Liza nachdenklich hinzu.

„Stimmt. So oder so werde ich mir Ove als nächsten vorknöpfen. Ich bin mir sicher, dass er noch etwas zu erzählen hat, was uns weiterbringt."

Er erhob sich.

„Hältst du bitte hier die Stellung?"

„Klar, Chef."

Sie ging hinüber zu ihrem Arbeitsplatz und stellte den Computer an, um ihre Gesprächsnotizen abzutippen.

Bengt blieb vor ihrem Tisch stehen.

„Wir dürfen Ylva noch nichts davon sagen, Liza. Ich weiß, wie schwer das für dich ist. Aber es geht wirklich nicht, solange die Ermittlungen noch laufen."

Liza blickte zu ihm auf. „Ich weiß."

Karla war immer noch stinksauer, als Ove nach Hause kam. Sie lachte laut und freudlos auf, als sie ihm von ihrem Treffen am Vormittag berichtete.

„Die sind noch genau wie damals! Nichts hat sich geändert! Wie konnte ich auch nur so blöd sein, zu hoffen, dass solche Menschen jemals Verständnis für irgendetwas haben könnten, was nicht ihrem eigenen Interesse entspricht. Oder zumindest einen Funken von Mitgefühl!"

Sie ging hektisch in Oves Wohnraum auf und ab, während er am Esstisch Platz genommen hatte und sie beobachtete.

„Was haben sie denn genau gesagt?"

„Was wohl!? Geld haben sie mir wieder geben wollen, diese zwei Schlangen."

Ove stutzte. „Ingeborg und Anita? Und was hat Stig dazu gesagt?"

„Stig? Der hat sich gar nicht erst blicken lassen! Hätte ich mir auch denken können, dass der Feigling wieder seine Matronen vorschickt."

Karla hatte kurz am Fenster innegehalten, setzte nun aber ihren wütenden Rundgang durchs Zimmer fort.

„Und soll ich dir sagen, was die absolute Krönung war?! Dass es ja nicht um mich oder sie oder die verfluchte Firma ginge. Sondern dass ich doch wohl begreifen müsste, dass es für Ylva das Beste wäre, wenn alles so bleibt wie gehabt … Diese verdammten Heuchler!"

Karla hatte von vornherein gewusst, dass Ove ihr nicht einfach beipflichten konnte, selbst wenn er tief in seinem Inneren vielleicht sogar wusste, dass sie Recht hatte. Seine Beziehung zu den Alfredssons war viel zu komplex da-

für, schließlich verdankte er ihnen alles, was er hatte. Vielleicht sogar sein Leben. Schon alleine mit ihrer Anwesenheit hatte sie Ove in eine Zwickmühle gebracht, das war ihr durchaus bewusst. Und trotzdem wünschte Karla sich nichts mehr, als dass er ihr einfach beipflichten würde. Dass irgendjemand ihr einfach beipflichten würde und sie nicht so verflucht alleine dastehen müsste mit diesen Gefühlen, dieser Sehnsucht, die doch eigentlich das natürlichste auf der Welt war.

„Und was glaubst du? Was das Beste für Ylva ist?"

Ove klang vorsichtig, als hätte er sich jedes seiner Worte ganz genau zurechtgelegt. Doch das machte Karla in diesem Moment nur noch wütender. Sie hielt abrupt in der Raummitte inne und schleuderte Ove einen durchdringenden Blick entgegen.

„Dass sie endlich die verdammte Wahrheit erfährt, Ove!"

Sie hatte sich sehr zusammennehmen müssen, ihm diese Worte nicht ins Gesicht zu schreien.

Ove zuckte dennoch zusammen und sie konnte ihm ansehen, dass nun auch in ihm so etwas wie Wut aufstieg. Ob sie auf Karlas Anwesenheit und dem Chaos, das sie mit sich brachte, beruhte oder auf seiner eigenen Rolle in dieser ganzen Sache, die ihn zumindest zu einem Mitwisser gemacht hatte, konnte Karla nicht einschätzen.

Doch sie spürte, dass er zumindest in dieser einen Frage zu den Alfredssons hielt, dass er ihnen vielleicht nicht insgesamt, nicht grundlegend Recht geben würde – aber eben doch in dieser nun entscheidenden Frage in Bezug auf Ylva und die Welt, in der sie heute lebte. Denn nicht zuletzt ging es dabei auch um die Welt, in der er selbst lebte, seitdem Pärres Eltern ihm vor vielen Jahrzehnten ein Zuhause und damit auch eine riesige Chance gegeben hatten.

Anita und Stig hatten sich gerade mit einem Cognac auf dem Sofa niedergelassen, als Ingeborg das Wohnzimmer betrat.

„Schön, dass ihr beide so entspannt seid!"

Abwartend blieb sie an der Lehne ihres Sessels stehen, bis Stig sich erhob, seiner Mutter ebenfalls ein Glas einschenkte und es ihr brachte. Sie setzte sich, nahm einen Schluck und fuhr fort.

„Diese kleine Hilfspolizistin war heute schon wieder hier und wollte in irgendwelchen alten Akten rumschnüffeln. Sogar vor Pärres Büro – Gott hab ihn selig – hat sie nicht Halt gemacht."

Stig seufzte. „In der Firma war sie auch."

„Du hast ihr doch hoffentlich den Zugang verwehrt?!"

„Nein, habe ich nicht, Mutter. Wie würde das denn bitte aussehen?", entgegnete er Ingeborg ungewohnt genervt.

Die alte Dame lehnte sich in ihrem Sessel zurück.

„Sie werden ohnehin nicht herausfinden, wohin das Geld geflossen ist ... zu deinem Schutz, wenn ich dich erinnern darf, mein Lieber."

Anita nahm einen kräftigen Schluck von ihrem Cognac, die Augen starr auf das Glas gerichtet. Stig konnte sich ein kurzes, trockenes Lachen nicht verkneifen.

„Zu meinem Schutz. Du bist wirklich gut, weißt du das?"

Er fixierte Ingeborg mit seinem Blick.

„Vielleicht wäre es an der Zeit, dass tatsächlich mal jemand erfährt, was ihr beide damals so getrieben habt",

jetzt sah er zu Anita hinüber, „und vor allem, was ihr dieses Mal getan habt."

Anita starrte ihren Mann ungläubig an. Dann sprang sie auf und fuhr ihn an:

„Jetzt willst du deine Augen aufmachen!? Jahrelang war es dir mehr als Recht, dass deine Mutter und ich hinter dir aufräumen. Und jetzt, wo es für uns alle auf einmal heiß wird, da willst du den noblen Verfechter von Wahrheit und Moral spielen, oder was?"

Stig, der aufgestanden war, um ein paar Meter Sicherheitsabstand zwischen sich und seine Frau zu bringen, traute sich nicht, etwas zu erwidern. So wütend hatte er Anita selten erlebt. Stattdessen klinkte sich Ingeborg wieder ein.

„Und was meinst du überhaupt mit ‚dieses Mal getan'? Was willst du damit sagen, Stig?"

„Was ihr auf jeden Fall nicht getan habt, ist mir Bescheid zu sagen, als Karla hier aufgetaucht ist", antwortete er ausweichend. „Ihr hättet mich einweihen müssen – dann hätten wir zusammen eine Lösung finden können."

„Niemand hätte etwas davon gehabt, wenn wir diese alte Geschichte nochmal in großer Runde aufgewärmt hätten."

Stig sah seiner Mutter einen Moment direkt in die Augen, dann wandte er sich müde ab.

„Außer Karla vielleicht."

Er spürte Anitas vernichtenden Blick auf sich gerichtet und verstummte. Er war nicht so dumm, diesen Gedanken weiter auszuführen.

Ein Räuspern ließ alle Drei zusammenfahren. Unbemerkt war Jonas im Türrahmen aufgetaucht. Nun betrat er den Raum. Während seine Eltern sichtlich um Fassung bemüht waren, schlüpfte Ingeborg in ihrer geradezu dreisten Souveränität augenblicklich in die großmütterliche Rolle.

„Jonas, mein Lieber! Wie schön, dass du da bist. Isst du mit uns zu Abend?"

Langsam schritt Jonas durchs Wohnzimmer zur Bar und schenkte sich ebenfalls einen Drink ein.

„Wegen mir müsst ihr das Thema nicht wechseln. Ich weiß mittlerweile ziemlich gut Bescheid."

Selbst Ingeborg entglitten nun für einen kurzen Moment die Gesichtszüge, ehe sie sich schnell wieder sammelte.

„Wovon sprichst du, Jonas?"

„Karla. Ylva. Carol. Ich hatte mit Ove ein sehr informatives Gespräch über unsere Familie."

Ingeborg starrte ihren Enkel stumm an. Stig drehte sich zum Fenster und leerte sein Glas in einem Zug. Anita verbarg ihr Gesicht in den Händen.

Ove stand auf. Es war ein unangenehmes Gefühl, das beim Miterleben von Karlas unbändiger Wut in ihm aufstieg. Ein Gefühl, das er eigentlich überhaupt nicht zulassen, geschweige denn sich damit auseinandersetzen wollte. Er fühlte sich von Karla in die Enge getrieben.

Natürlich war ihm klar, dass die Alfredssons sich nicht richtig verhalten hatten. Dass sie ein unerfahrenes und verängstigtes Kind – denn nichts anderes war Karla damals gewesen – zu einem Schritt genötigt hatten, den man von keiner Mutter verlangen durfte. Natürlich konnte er sich vorstellen, dass ihre Angst von damals sich über die Jahre in Wut, nie wiedergutzumachende Reue und Schuldgefühle gewandelt hatte. Auch, dass die Alfredssons – namentlich Anita und Ingeborg – jetzt genau diese Schuldgefühle gegen sie verwendet hatten, überraschte ihn nicht. Nein, er machte sich keine Illusionen darüber, dass diese Familie auch eine machtbesessene und zerstörerische Seite hatte.

Aber was erwartete Karla denn von ihm? Von ihm, dem sicherlich besten Beweis dafür, dass es eben auch eine andere Seite gab. Eine liebevolle, über die Maßen gastfreundliche und schützende Seite, die Pärres Eltern damals dazu bewogen hatte, Ove aufzunehmen, nachdem seine Mutter im Kindsbett und sein Vater wenige Jahre später bei einem Grubenunglück ums Leben gekommen waren. Seit diesem Tag war man ihm immer mit dem gleichen Respekt begegnet wie allen anderen Familienmitgliedern. Selbst in der Zeit nach Pärres Tod, als für Ove ein paar Jahre lang die Trennlinie zwischen beruflich bedingtem

Alkoholkonsum und exzessivem Alkoholismus verschwommen war, hatte nie jemand seine Zugehörigkeit zur Familie in Frage gestellt. Auch, dass er nicht im Familiensitz im Bergväg wohnte, war ganz alleine seine eigene Entscheidung gewesen. Sie hatte vor allem mit der Nähe seines Häuschens zum Fisch-reichen Björksjö und Oves Sehnsucht nach Ruhe zu tun gehabt, die nach Pärres Tod und seinem Entzug nur noch größer geworden war.

Also wie um alles in der Welt sollte er sich jetzt gegen die Alfredssons stellen und genau das zerstören, was sie ihm sein ganzes langes Leben lang zu Füßen gelegt hatten – das existentielle Gefühl bedingungsloser Familienzugehörigkeit?

Als ihm die Unüberwindbarkeit seines Dilemmas bewusst wurde, verstand Ove auch, dass er Karla nicht helfen konnte. Wahrscheinlich war es schon ein Fehler gewesen, sie überhaupt bei sich aufzunehmen.

Er spürte, wie sich eine überwältigende Mischung aus Scham, Wut und Beklemmung in ihm breitmachte, und wollte jetzt nur noch eins: Raus aus diesem Gefühlschaos, dem er ohnehin nicht Herr werden konnte, raus aus dieser Situation, die ihn von Anfang an überfordert hatte, raus aus seinem eigenen Haus.

Doch Karla stellte sich ihm in den Weg.

„Wo willst du denn hin, Ove? Willst du dich auch vor der Wahrheit verstecken, hm? Wie alle in diesem gottverfluchten Kaff?"

Karlas Stiche, die ihn vermutlich zur Einsicht bekehren sollten, verfehlten ihr Ziel. Stattdessen fühlte Ove, wie die Wut in ihm die Oberhand gewann. Eine blinde und ungelenkte Wut darüber, dass – so kurz vor seinem unvermeidlichen Lebensende – alles zusammenbrechen würde, was ihn sein Leben lang zusammengehalten hatte.

„Ove. Ich weiß, wieviel dir diese Familie bedeutet. Aber jetzt musst du dich entscheiden: Blinde Loyalität gegenüber diesen Unmenschen oder die Wahrheit für meine Tochter."

Mit diesen Worten hatte Karla sich immer näher auf Ove zu bewegt und war schließlich nur wenige Zentimeter vor ihm stehen geblieben.

Ove musste zur Tür gelangen, egal wie. Seit Jahrzehnten hatte er erfolgreich alle widersprüchlichen Gedanken rund um seine Ersatzfamilie fest im hintersten Eck seines Kopfes verkorkt – aber jetzt spürte er, wie der Druck dahinter immer weiter zunahm und eine Eruption kaum noch zu verhindern war. Als er den Mund öffnete, kam ihm kaum mehr als ein Flüstern über die Lippen.

„Lass mich vorbei, Karla. Bitte."

Doch bei Karla waren längst alle Dämme gebrochen. Sie schlug Ove mit der Faust auf die Brust und brüllte ihn an.

„Ich hätt's wissen müssen! Du bist genauso ein Heuchler wie die anderen!"

Ove wich einen Schritt zurück. Reflexartig schossen seine Hände nach vorne und packten Karla an den Schultern. Er griff fest zu und stieß sie, die ihm leicht wie eine Feder vorkam, einfach zur Seite. Ohne sich noch einmal umzusehen, riss er die Tür auf und rannte hinaus.

Die Geräusche, die er noch hinter sich vernahm, sollte er jedoch nie wieder vergessen. Zunächst der überraschte, kurze Schrei, dann dieser dumpfe Aufprall – dann Stille.

Am Abend hatten Marie und Ylva sich an der alten Eishalle verabredet, um von dort aus gemeinsam zu Oves Häuschen am östlichen Ortsrand zu laufen. Marie war gespannt, was der auf sie immer noch etwas mysteriös wirkende alte Mann zu erzählen hatte. Außerdem kam ihr die Abwechslung ganz gelegen.

Bengt hatte sie nach ihrem gestrigen Besuch bei Solveig um ein wenig Geduld gebeten. Er schien aus dem für Marie eher irritierenden Gesprächsverlauf deutlich mehr Informationen ziehen zu können als sie. Solange es die Ermittlungen zu einem baldigen Ende brachte, war das Marie nur recht.

Während die beiden Frauen nebeneinanderher zum hinteren Ende des Sveavägs spazierten, klang die Hitze des Tages langsam ab. Die Abendsonne schien ihnen nun angenehm wärmend auf den Rücken und tauchte die Häuser und den dahinterliegenden Wald in ein ruhiges Licht. Ganz unbewusst verlangsamten sie ihren Schritt, um diese besondere Stimmung – wenige Tage vor Mittsommer – auszukosten.

„Ich hoffe, Ove ist heute in Erzähllaune. Dann sprudeln manchmal Geschichten aus ihm raus, die selbst ich noch nie gehört habe. Ich hab ihm immer gesagt, er soll das alles mal aufschreiben. Schließlich ist er seit Opas Tod der Einzige, der alles von Anfang an mitbekommen hat“, erzählte Ylva.

Marie sah sie überrascht von der Seite an.

„Was ist mit deiner Oma?“

Ylva erwiderte Maries Blick mit einem beinahe ertappten Ausdruck.

„Stimmt. Aber Ingeborg ist nicht so der Typ Großmutter, der abends am Kamin Geschichten von früher erzählt.“

Marie musste grinsen. Diese Vorstellung fiel selbst ihr schwer, auch wenn sie die alte Dame noch kaum persönlich erlebt hatte.

„Meine Erinnerungen an meinen Opa sind leider ziemlich verschwommen. Ich war erst sieben, als er starb.“

Ylvas Gesichtsausdruck bekam etwas Schwermütiges.

„Pärre muss wirklich ein toller Mensch gewesen sein. Aber dafür hatte ich Ove.“

„Er ist mit Pärre aufgewachsen, oder?“

Ylva nickte. „Meine Ur-Großeltern haben ihn aufgenommen, da war er glaube ich fünf oder sechs. Pärre war wie ein großer Bruder für ihn."

Sie bogen um die letzte Kurve, hinter der Oves Haus im strahlenden Abendlicht vor ihnen auftauchte.

„Ah gut, er ist zuhause."

Ylva nickte in Richtung des alten Pickup Trucks in der Einfahrt. Als Ove auf ihr Klopfen hin nicht zur Tür kam, öffnete Ylva sie einfach und rief hinein.

„Ove?"

Im Inneren des Hauses rührte sich nichts. Durch das große Fenster zum Vorgarten konnte Marie einen großen Sessel erkennen, auf dem eine aufgeschlagene Zeitung lag.

„Wahrscheinlich ist er hinten im Schuppen an seiner Werkbank", vermutete Ylva und zog die Haustür wieder zu.

„Ove hat zwei Hobbys: Fischen und am Fischen tüfteln. Wenn er nicht draußen auf dem See ist, dann baut er im Schuppen Netze, Fangkörbe und Angeln, oder sucht nach Optimierungsmöglichkeiten für seine Köder und Schwimmer."

Sie wies Marie den Weg ums Haus herum. Der Schuppen, der von seinen Ausmaßen eher an eine kleine Scheune erinnerte, lag etwa 15 Meter hinter einer sorgfältig gepflegten Rasenfläche. Die Tür stand offen.

„Ove?"

Ylva blieb am Eingang stehen und klopfte auch hier an die offene Tür. Nach kurzem Warten betraten die beiden den Schuppen. Es dauerte etwas, bis sich ihre Augen an die im Vergleich zu draußen beinahe pechschwarze Dunkelheit angepasst hatten. Nur durch die offene Tür fiel Licht in den Raum, der sich, wie Marie von außen bereits erwartet hatte, ziemlich weit in die Länge zog. Während Marie noch die akkurat aufgeräumte Werkbank neben dem Eingang wahrnahm und sich bereits darauf einstellte, dass es heute wohl nichts werden würde mit ihrem Gespräch, ging Ylva mit langsamen Schritten weiter ins Innere des Schuppens.

„Ove?"

Marie fröstelte es plötzlich, als sie vernahm, wie Ylvas Stimme brach. Ganz automatisch ging nun auch sie weiter, bis sie die wie versteinert stehen gebliebene Ylva erreichte. In der Mitte des Schuppens konnte Marie nun Umrisse eines von der Decke hängenden Gegenstands erkennen. Ihr Gehirn fühlte sich in diesem Moment schrecklich träge an und es schien eine Ewigkeit zu dauern, bis sie den Hocker vor sich mit dem Objekt an der Decke, bei dem es sich keineswegs um einen Gegenstand handelte, in einen logischen Zusammenhang bringen konnte – um dann voller Schrecken zu realisieren, dass sie gerade zum zweiten Mal in weniger als zwei Wochen in die hervorquellenden Augen einer menschlichen Leiche blickte.

Weder Marie noch Ylva hatten einen Laut von sich gegeben. Wie erstarrt waren sie vor dem hängenden Körper stehen geblieben. Erst als Marie sich aus einem unbestimmten Gefühl heraus langsam umdrehte und im Gegenlicht des Eingangs eine Gestalt erblickte, die auf sie zukam, stieß sie einen kurzen Schrei aus. Umgehend suchten ihre Augen den Raum nach einer potentiellen Waffe ab und sie war kurz davor, nach einer Hacke zu greifen, die an die Schuppenwand gelehnt stand, als sie Bengts Stimme erkannte.

„Nichts anfassen!"

Die Sonne hatte sich endgültig zu einem dünnen Strich am Horizont reduziert, als Bengt und seine Kollegen einige Stunden später ihre Untersuchungen im Schuppen abschlossen. Sie hatten drei Mann gebraucht, um das Seil von der Decke zu lösen und Oves massigen Körper vorsichtig auf dem Boden des Schuppens abzulegen. Für Kriminaltechniker Rasmus stand außer Frage, dass es sich um Selbstmord handelte. An dem Seil waren nur Fingerabdrücke von einer Person zu finden gewesen, allem Anschein nach Oves eigene. Das gleiche galt für den umgekippten Hocker, von dem aus er sich die Schlinge um den Hals gelegt haben musste. Daneben lag ein zusammengefalteter Zettel, auf dem die schlichten Worte ‚Es tut mir leid' geschrieben standen. Ylva hatte bestätigt, dass es sich dabei um Oves Schrift handelte. Vermutlich war ihm der Zettel aus der Hand gerutscht, als er sich selbst den tödlichen Stoß vom Stuhl hinunter versetzt hatte.

Bengt hatte Marie gebeten, Ylva zu Liza ins Büro zu bringen, wo sie in aller Ruhe das Protokoll aufnehmen konnten. Er hoffte inständig, dass die Anwesenheit ihrer Kindheitsfreundin Ylva ein wenig Halt geben würde. Bengt spürte ein dumpfes Ziehen in der Brust bei dem Gedanken, dass Oves Tod nur der Anfang der schlechten Nachrichten für Ylva sein würde. Er hatte unweigerlich die Lawine ins Rollen gebracht, die Ylvas Leben, wie sie es bisher kannte, unter sich begraben würde.

Rami, den Bengt als Verstärkung hinzugeordert hatte, riss ihn aus seinen Gedanken.

„Rasmus hat sowohl im Haus als auch auf der Ladefläche von Oves Truck fremde DNA-Spuren gefunden. Der Wagen wurde nur ziemlich oberflächlich mit Wasser abgespritzt. Er gleicht die Spuren jetzt im Labor mit denen von Carol Johnson ab."

Bengt nickte. Er betrachtete Rami aufmerksam und fragte sich plötzlich, ob es richtig gewesen war, den jungen Kollegen ausgerechnet zu diesem Fall hinzuzurufen. Schließlich war ein Leichenfund trotz der Ereignisse dieses Sommers nichts, woran man hier gewöhnt war. Zudem war Ove in Lågomby allgemein bekannt und weitestgehend beliebt gewesen. Doch die Gesichtszüge des Polizisten wirkten konzentriert und ruhig und Bengt verstand, dass er aus einer Generation stammte, die den früheren Status der Familie Alfredsson nur noch aus Erzählungen kannte und keine emotionale Verbindung zu den Geschehnissen hatte.

Freitag

Nach einer sehr kurzen Nacht trafen Bengt und Liza sich am nächsten Morgen wieder in ihrem Büro. Bengt hatte hochoffiziell zumindest ein paar Stunden Schlaf angeordnet. Trotzdem war beiden – nicht nur aufgrund ihres Anblicks – klar, dass ihr Gegenüber kein Auge zugetan hatte. Zu viel war passiert, zu viel musste im Kopf neu sortiert werden.

Bengt war ein paar Minuten vor Liza auf dem Revier angekommen und hatte so gerade noch Rasmus abfangen können, der ihm nach ebenfalls schlafloser Nacht seinen Bericht in die Hand drückte, ehe er sich zu seiner wohlverdienten Ruhe nach Hause verabschiedete.

Als Liza wenig später auch an ihrem Schreibtisch Platz genommen hatte und beide wortlos den ersten Schluck frisch aufgebrühten Kaffee zu sich genommen hatten, begann Bengt mit der Rekapitulation der Ereignisse.

„Rasmus ist sich nach wie vor sicher, dass es Selbstmord war. Ein paar Ergebnisse stehen noch aus, aber bislang konnte er an Seil, Hocker und Abschiedsnotiz nur Spuren von Ove feststellen."

Liza nickte traurig und Bengt fuhr fort.

„Er hat inzwischen auch die im Haus und Wagen gefundenen DNA-Spuren mit den uns vorliegenden verglichen."

Er schlug den vor ihm liegenden Bericht auf und fand die entsprechende Stelle.

„Es ist eindeutig Carol Johnsons Blut – sowohl unter Oves Esstisch als auch auf der Ladefläche seines Pickups.

Ihre Fingerabdrücke wurden an verschiedenen Stellen im Haus gefunden. Und im Kamin waren zwischen der Asche noch synthetische Faserreste, vermutlich von einer Reisetasche, einem Rucksack oder so."

Bei der nächsten Zeile stockte Bengt kurz.

„Es wurden allerdings auch noch Fingerabdrücke einer weiteren Person sichergestellt. Im Wohnzimmer, und dieselben dann auch im Truck. Auf der Ladefläche und innen an der Beifahrertür."

Bengt blickte vom Bericht auf und sah Liza erwartungsvoll an.

„Könnten dort schon vor unserem Fall hingelangt sein, oder?", fragte sie mit einer ihr eher untypischen Zurückhaltung.

Bengt nickte langsam.

„Wahrscheinlich könnten sie von so ziemlich jedem Mitarbeiter der Brauerei stammen. Rasmus hat sie natürlich auch nach Stockholm und an Europol geschickt – aber ..."

„ ... da müssten wir schon Glück haben, wenn es da einen Treffer gibt", beendete Liza seinen Satz seufzend.

Bengt klappte den Bericht zu und lehnte sich in seinem Schreibtischstuhl zurück.

„Also, wir wissen jetzt, dass Carol bei Ove war. Vor ihrem Tod. Und dass ihr in Oves Haus etwas zugestoßen ist."

„Und dass sein Pickup benutzt wurde, um sie zu transportieren – vermutlich als sie schon tot war, oder?"

„Da können wir noch nicht sicher sein. Aber die Wahrscheinlichkeit ist hoch, ja ... Und ich würde noch einen Schritt weitergehen und sagen, dass sie von Ove selbst weggefahren wurde. Am Lenkrad haben die Kollegen ausschließlich Spuren von ihm gefunden."

„Okay." Ihre nächsten Worte wählte Liza sehr vorsichtig. „Wir haben also Beweise für Carols Anwesenheit und ziemlich starke Indizien, dass Ove an ihrem Tod beteiligt war. Haben wir ein Motiv?"

Bengt stützte sich mit den Unterarmen auf dem Schreibtisch ab.

„Im Grunde dasselbe, das wir schon für die Alfredssons etabliert hatten. Ich muss zugeben, dass ich da erstmal nicht dran geglaubt habe, weil Ove ja zumindest offiziell, also auch in Sachen Erbfolge und so, nicht Teil der Familie ist. Aber wenn man drüber nachdenkt, ist sein emotionales Motiv vielleicht sogar stärker als das der Kernfamilie, gerade weil er nicht blutsverwandt ist. Pärres Eltern haben ihn aufgenommen, als er plötzlich ganz allein auf der Welt war. Sie – und dann Pärre – haben ihn immer wie einen der ihren behandelt. Oves Loyalität zu dieser Familie hat sich über – wie alt ist er? – 70, 80 Jahre aufgebaut. Ich kann mir vorstellen, dass für ihn das Wohl der Alfredssons über allem steht."

Seine Assistentin nickte zustimmend.

„Vielleicht hatte er sogar das Gefühl, er schulde es Pärre und dessen Eltern, alles dafür zu tun, dass die Familie nicht auseinanderbricht. Und Ylva und er standen sich schon immer sehr nahe. Ove war so etwas wie ihr Ersatz-Großvater. Aber wer weiß, wie Ylva reagiert hätte, wenn Carol ihr die Wahrheit erzählt hätte. Vielleicht hätte sie den Kontakt zu ihrer Familie – und damit auch zu Ove – abgebrochen."

„Kein schwaches Motiv."

Liza musste herausgehört haben, dass Bengt, trotz allem, nicht restlos überzeugt klang.

„Irgendwas nagt noch an dir, oder?"

Bevor Bengt antworten konnte, ertönte von Lizas Telefon das Signal des Pförtners. Sie nahm ab.

„Ja?" Nach einer kurzen Pause: „Alles klar, danke. Schick sie direkt zu uns rein."

Bengt sah Liza fragend an.

„Marie. Die konnte wohl auch nicht lange schlafen."

Nachdem Marie mit heißem Kaffee versorgt und von Liza beinahe vorsichtig im Besuchersessel platziert worden war, nahm Bengt mitfühlend das Gespräch auf.

„Wie geht es dir heute, Marie?"

Sie lächelte tapfer. „Okay."

Tatsächlich musste sie einige makabre Sprüche unterdrücken, die ihr, ihre Situation betreffend, durch den Kopf gingen. Schließlich hatte es schon fast etwas Tragikomisches, sich hier oben innerhalb von wenigen Tagen den Ruf der Leichenflüsterin einzuhandeln. Aber bevor sie einen davon aussprach, wurde ihr rechtzeitig wieder gewahr, wie traurig die ganze Sache auch für Liza und Bengt persönlich sein musste. Also schob sie ihre Übersprungsgedanken beiseite und griff stattdessen etwas auf, das ihr die ganze schlaflose Nacht durch den Kopf gegangen war.

„Carol wurde Montagabend vor einer Woche getötet, oder?"

Bengt nickte. „Montagabend oder Dienstagmorgen sehr früh."

Marie erschauderte leicht.

„Dann habe ich Ove kurz vor der Tat noch gesehen. In *Mickes Bar*."

Liza und Bengt tauschten einen schnellen Blick aus.

„Erzähl uns bitte so genau wie möglich, woran du dich erinnerst", forderte Bengt Marie eindringlich auf.

Tatsächlich realisierte Marie erst jetzt, dass die Erinnerung an ihren ersten Abend mit Lennart eventuell relevante Informationen liefern könnte. Bisher hatte sie in erster Linie daran denken müssen, wie nah sie offenbar – räumlich und zeitlich – einem Mörder gewesen war.

„Lennart und ich haben uns gegen acht dort getroffen."

Sie schüttelte leicht irritiert den Kopf, als ihr ihr unglückliches Hereinstolpern wieder einfiel.

„Ove kam glaube ich so ungefähr eine halbe Stunde später rein. Was für eine Erscheinung – den vergisst man nicht so schnell."

Liza und Bengt nickten beide bekräftigend.

„Er hat sich an den Stammtisch der Alfredssons gesetzt, sich das Bierglas eines der anderen Mitarbeiter gekrallt und getrunken. In einem Zug", fuhr Marie fort.

Bengt wurde hellhörig.

„Er hat getrunken? Ganz sicher?"

„Ganz sicher. Lennart fand das genauso merkwürdig wie ihr jetzt. Deshalb weiß ich das auch noch so genau. Er hat mir von Oves Alkoholproblemen erzählt – und dass er gedacht hätte, die lägen in der Vergangenheit."

Jetzt schaltete sich auch Liza ins Gespräch ein.

„Das dachte ich aber auch."

Sie sah stirnrunzelnd zu Bengt hinüber.

„Ove konnte früher richtig brutal werden, wenn er getrunken hatte. Hast du damals die Sache mit dem Hund mitbekommen?"

„Welcher Hund?"

Liza seufzte. „Ich war noch ganz jung, ich glaube um die zehn Jahre. Eine Mitschülerin von mir, Annegret Forsberg, hat ganz in der Nähe von Ove gewohnt. Sie hatte so einen lieben Mischlingsrüden. Bozo."

Bengt stellte mit etwas Überraschung fest, dass seine Assistentin bei den nun aufkommenden Erinnerungen ernsthaft betreten wurde.

„Eines Abends war Annegret mit Bozo spazieren. Sie hatte ihn wohl nicht immer so richtig unter Kontrolle; und Bozo hat ständig Eichhörnchen und anderen Tieren nachgestellt. An dem Abend ist er über den Zaun in Oves Garten gesprungen."

Liza unterbrach sich kurz und schluckte, bevor sie fortfuhr.

„Er hat ihn erschlagen. Einfach so, mit einem einzigen Schlag. Anscheinend war er total besoffen und konnte sich am nächsten Tag an nichts mehr erinnern. So hab ich es damals zumindest gehört. Annegret ist eine Woche lang nicht in die Schule gekommen. Sie war am Boden zerstört."

„Kein Wunder", kommentierte Marie schockiert und Liza nickte.

„Und Ove?", fragte Bengt.

„Der war anscheinend genauso fertig. Ich weiß noch, dass meine Eltern mit ihm auch Mitleid hatten. Sie haben mir irgendwas von einer schlimmen Krankheit erzählt, die er hätte. Die ihn sowas machen lassen würde, ohne dass er es wollte. Ich hab das natürlich nicht verstanden."

„Aber belangt wurde er nicht?"

„Nein, nicht, dass ich wüsste. Es war ja auf seinem Grundstück und so richtig wusste niemand, was genau passiert war, ob Bozo ihn vielleicht angegriffen hatte oder so. Annegrets Eltern haben dann glaube ich auch von einer Anzeige abgesehen. Soweit ich weiß, war es aber nicht das einzige Mal, dass Ove unter Alkoholeinfluss die Kontrolle verloren hat. Wahrscheinlich könnte ich dazu auch etwas im Polizei-Archiv finden."

„Von der einen oder anderen Prügelei habe ich damals natürlich auch gehört. Das muss kurz nach Pärres Tod gewesen sein. Da war Ove eine Zeit lang ganz schön neben der Spur. Und war damit natürlich gleich Stadtgespräch", erklärte Bengt.

„Aber die Sache mit Bozo hat ihn selbst geschockt", fügte Liza noch hinzu. „Das hat Ylva mir immer wieder erzählt. Und danach hat er sich dann auch ernsthaft darum bemüht, trocken zu werden. Obwohl das in seinem Job alles andere als leicht gewesen sein muss."

Der Kommissar notierte sich Lizas Angaben. Dann bat er Marie, weiter von ihrem ersten Abend in *Mickes Bar* zu berichten.

Marie schluckte und brauchte einen Moment, um ihren Faden wiederzufinden.

„Also, ich habe nicht genau gesehen, ob er mehr als dieses eine Glas getrunken hat. Aber er ist nicht sehr lange geblieben. Vielleicht eine halbe Stunde. Dann ist er wieder gegangen."

Bengt notierte sich auch diese Information.

„Allein?", hakte er nach.

Marie sah ihn an, dann Liza.

„Ja. Das heißt – nein. Jonas Alfredsson ist ihm gefolgt."

Karla kam wieder zu Bewusstsein, als sie ein lautes Knarzen vernahm. Sie verspürte gleichzeitig einen brutalen Kopfschmerz und eine angsteinflößende Orientierungslosigkeit und stöhnte unvermittelt auf. Mit Mühe konnte sie eine schemenhafte Gestalt erkennen, deren Schritte im Flur das knarzende Geräusch ausgelöst haben mussten. Karla kniff die Augen zusammen. Ein stechender Schmerz schoss ihr durch den Kopf. Als sie die Augen wieder öffnete, hatte die Gestalt sich ihr zugewandt. Erst jetzt erkannte Karla, wer es war.

„Du?"

Karla drehte sich auf dem Fußboden zur Seite, um sich am Esstisch hochzuziehen. Es kostete sie alle Kraft, sich aufzurichten. Die Anstrengung löste einen weiteren blitzenden Schmerz unter ihrer Schädeldecke aus. Sie verharrte in einer halb zusammengekrümmten Haltung, bis die Stiche nachließen. Erst als sie sich langsam umdrehen wollte, bemerkte sie, dass die Gestalt nähergekommen und hinter ihr stehen geblieben war. Dann wurde erneut alles schwarz.

Bengt klopfte an Jonas' Bürotür und trat ein, ohne auf eine Antwort zu warten. Jonas, der gerade im Gespräch mit einem Mitarbeiter war, sah verärgert auf. Sein Gesichtsausdruck wandelte sich von Unmut zu unangenehmer Überraschung, sobald er den Kommissar sah.

„Bengt. Was führt dich hierher?"

„Du", antwortete Bengt knapp.

„Okay ...", reagierte Jonas erwartungsgemäß irritiert.

„Ich bin gerade noch in einem Gespräch. Können wir ..."

„Das ist kein Problem. Ich kann warten", unterbrach Bengt ihn, schloss die Tür hinter sich und lehnte sich gegen einen Schrank im hinteren Bereich des Büros.

Unsicher drehte der Mitarbeiter sich zu ihm um.

„Soll ich ... ?"

Jonas seufzte. Er schloss die Akte vor sich und nickte seinem Mitarbeiter zu.

„Wir sprechen später weiter."

Dieser stand, allem Anschein nach erleichtert, auf und verließ eilig den Raum. Bengt beobachtete, wie Jonas die Akte in einer Schublade verschwinden ließ und sich betont gelassen in seinem Schreibtischstuhl zurücklehnte.

„Also – was kann ich für dich tun?"

Bengt zog ein kleines Gerät mit einem Touchscreen hervor und hielt diesen Jonas entgegen.

„Bitte einmal gleichmäßig beide Daumen darauflegen."

Jonas betrachtete den Bildschirm kurz und schaute dann mit einer Mischung aus Überraschung und Bestürzung zu Bengt auf.

„Was soll das?"

„Wir haben allen Grund zur Annahme, dass Ove den Mord an Karla Jönsson nicht alleine begangen hat."

Er machte eine Pause und beobachtete Jonas eingehend. Der bemühte sich zwar weiter um Ruhe, doch die Panik in seinen Augen war nicht zu übersehen.

„Deswegen haben wir zwei Möglichkeiten", fuhr Bengt fort.

„Entweder du gibst mir hier und jetzt freiwillig deine Fingerabdrücke, oder wir machen es ganz offiziell auf dem Revier. Da wäre dann ein gemeinsamer Gang über euren Hof und eine Fahrt in meinem Auto gratis mit drin."

Er tippte demonstrativ an das Paar Handschellen, das er zu diesem Zweck extra an seinem Gürtel befestigt hatte.

Jonas starrte ihn fassungslos an. Dann schüttelte er den Kopf und ließ ihn erschöpft in seine Hände sinken.

„Das ist nicht so wie du denkst, Bengt. Ich kann dir das erklären."

Diesen Satz hatte Bengt das letzte Mal von seiner Exfrau gehört, als er sie mit ihrem Liebhaber erwischt hatte. Entsprechend kam er für einen kurzen Moment aus dem Konzept, fing sich jedoch schnell wieder.

„Bitte sei so gut."

Jonas richtete sich auf, ganz offensichtlich ebenfalls um Fassung bemüht.

„Ich kam zufällig dazu, als Ove ... als er die Leiche ..." Jonas seufzte, konzentrierte sich erneut und suchte nach den richtigen Worten.

„Ove war an diesem Abend vollkommen durch den Wind. Das war mir sofort klar, als ich ihn in *Mickes Bar* getroffen habe. Er hat ja sogar getrunken."

Bengt nickte.

„Ich hab mir Sorgen um ihn gemacht. Es musste irgendetwas passiert sein, das ihn so aus der Bahn geworfen hat. Und immerhin ist er ja auch nicht mehr der Jüngste. Deswegen bin ich ihm hinterher, als er die Bar verlassen hat. Ich wollte nur sehen, dass er gut nach Hause kommt."

Jonas suchte Bengts Blick, wie um Bestätigung von ihm zu bekommen. Doch Bengt verzog keine Miene, blickte Jonas nur weiterhin auffordernd an.

„Als ich sah, dass er sein Haus sicher erreicht hatte, wollte ich mich eigentlich schon auf den Rückweg machen. Aber ... dann hab ich gemerkt, dass etwas nicht stimmte. Ove war in der Tür stehen geblieben und hat regungslos vor sich hin gestarrt. Also bin ich zu ihm gegangen. Um zu sehen, was los war. Und da lag sie dann."

„Wer?", fragte Bengt der Form halber.

„Carol. Oder Karla ... wie auch immer."

Er sprach ihren schwedischen Namen mit einer Spur von Abscheu aus, bevor er sich wieder sammelte und weitersprach.

„Ove war total außer sich. Er ist richtig in Panik geraten. So hab ich ihn noch nie gesehen. Er hat mir erzählt, dass er sich mit ihr gestritten hatte. Dass er sie in seiner Wut wohl geschubst hat. Sie muss dann gestürzt sein."

Jonas verstummte.

„Wusstest du, um wen es sich bei Karla Jönsson handelte?"

„Nein." Jonas schüttelte langsam den Kopf. „Ove hat es mir dann erzählt. Alles."

„Das muss ein Schock für dich gewesen sein", lenkte Bengt ein. Er wusste, dass er Jonas nun an dem Punkt hatte, an dem er ihn brauchte. Es gab keinen Grund, weiterhin die harte Tour zu fahren.

„Natürlich."

Jonas suchte Bengts Blick.

„Kannst du dir vorstellen, wie das ist? Wenn sich plötzlich herausstellt, dass dein ganzes Leben auf einer einzigen fetten Lüge aufbaut? Und alle Bescheid wussten? Alle! Nur ich nicht."

„Und Ylva", fügte Bengt hinzu.

„Und Ylva. Die Einzige in der Familie, mit der ich mich immer gut verstanden habe. Ich meine – ja, meine Familie war immer für mich da, die Alfredssons halten ja schließlich zusammen und so. Aber alle Verpflichtungen mal beiseitegelassen, war Ylva immer die Einzige, der ich mich wirklich nahe gefühlt habe. Und dann stellt sich heraus, dass sie noch nicht einmal meine richtige Schwester ist."

„Was habt ihr dann gemacht, Ove und du?", fragte Bengt nach einer kurzen Pause.

„Wir haben sie ..." Er schluckte. „Wir haben sie mit Oves Truck ins Moor gefahren. Ich hab mich plötzlich an diese Stelle erinnert, wo sie damals die Fässer versenkt haben. Keine Ahnung warum. Von Oves Haus aus kommt man ja ungesehen in den Wald. Das letzte Stück haben wir sie getragen."

Bengt nickte. „Und dort habt ihr sie dann einfach entsorgt."

„Was hätte ich denn machen sollen?"

Jonas' Stimme klang nun regelrecht verzweifelt.

„Ich musste Ove doch irgendwie helfen. Außerdem ... Ich kannte diese Frau doch überhaupt nicht. Trotzdem hätte sie, wenn das alles herausgekommen wäre, mein ganzes Leben zerstört. Alles, was mir etwas bedeutet. Die Brauerei hätte so eine Schlagzeile nicht überstanden. Und Ylva ..."

Er sank in sich zusammen.

„Meine Familie hat doch ohnehin schon seit Jahren mit dieser Lüge gelebt. Was hat es da noch ausgemacht?"

‚Ein einziges Menschenleben, mehr nicht. Aber was zählt das schon, wenn es um die Familienehre der Alfredssons geht', schoss es Bengt durch den Kopf. Doch bevor er diesen oder einen ähnlichen Gedanken aussprechen konnte, sah er, wie Jonas erneut die Panik ins Gesicht stieg. Er folgte seinem Blick zur Tür, in der Ylva aufgetauchte war.

Mit starrem Gesicht sah sie von Jonas zu Bengt und wieder zurück.

„Was für eine Lüge?"

Eine halbe Stunde später waren Bengt, Jonas und Ylva auf dem Weg zu Oves Haus, wo Bengt Jonas' Aussage vor Ort auf den Prüfstand stellen wollte. Immer wieder wanderte sein Blick in den Rückspiegel und zu Ylva, die apathisch aus dem Fenster starrte.

Nach ihrem plötzlichen Auftauchen in Jonas' Büro war ihm klar gewesen, dass er die Wahrheit nicht länger von ihr fernhalten konnte. So ruhig wie möglich hatte Bengt ihr die Situation erklärt, hatte ihr seine Erkenntnisse der vergangenen Woche dargelegt, hatte ihr Leben auf den Kopf gestellt. Jonas hatte seinen Blick dabei die ganze Zeit starr nach unten gehalten.

Äußerlich war Ylva erstaunlich ruhig geblieben – kein Schreien, kein Wutausbruch, nicht einmal Tränen. Bengt konnte nur vermuten, dass sich auch in ihr während der letzten Tage das Gefühl entwickelt hatte, dass irgendetwas nicht stimmte. Dass Oves Freitod keine andere Bedeutung haben konnte, als dass ihre Familie doch in irgendeiner Form mit Karlas Tod zusammenhing. Doch der Schock und der Schmerz waren ihr deutlich anzusehen. Besorgt nahm Bengt wahr, dass ihr ganzes Wesen sich plötzlich geändert hatte. Von ihrer offenen und herzlichen Art war nun nichts mehr zu spüren. Stattdessen war Ylva in sich gekehrt, wie ein verletztes Tier, das sich zurückzog, um die Dinge mit sich selbst auszumachen.

Eigentlich hatte er verhindern wollen, dass Ylva mit ihnen zu Ove fuhr. Er stand nun kurz vor der Auflösung des Falls und konnte Ylva dabei weder die nun nötige Aufmerksamkeit schenken noch Rücksicht auf ihre Gefühle nehmen. Doch Ylva hatte sich nicht abschütteln lassen. Also hatte Bengt Liza darum gebeten, sie vor Ort zu treffen. Nachdem er anfänglich immer wieder damit gehadert hatte, dass seine Assistentin einer der in diesen Fall verwickelten Personen so nahe stand, war er nun schon zum zweiten Mal froh über diesen Umstand.

Liza wartete bereits vor dem Haus auf sie. Sie begrüßte sie mit einem ernsten Nicken. Bengt hatte erwartet, dass Ylva und sie sich in die Arme fallen würden, dass dadurch vielleicht Ylvas Tränen gelöst würden. Und wahrscheinlich hatte er gehofft, dass die beiden Frauen zusammen vor dem Haus bleiben würden. Doch stattdessen tauschten sie nur einen kurzen Blick aus, bevor sie gemeinsam das Haus betraten.

In der Wohnstube versammelten sie sich schweigend um den Tisch. Liza stellte sich dicht neben Ylva, und Bengt stellte fast bewundernd fest, dass sie wohl spüren musste, dass Ylva mehr in diesem Moment vermutlich nicht annehmen könnte.

Er räusperte sich.

„Also Jonas, du behauptest, dass Carol Johnson bereits leblos auf dem Boden lag, als du mit Ove hierherkamst."

Jonas nickte.

„Und dass Ove sich daran erinnert hat, sie geschubst und dann alleine hier zurückgelassen zu haben."

„Ja."

„Kannst du dich daran erinnern, wie sie lag?"

Jonas überlegte.

„Ich bin nicht ganz sicher, aber ich glaube ... Ja, sie lag auf der Seite, hier ungefähr."

Er zeigte auf eine Stelle neben dem Tisch, kurz neben einer der Markierungen, die Rasmus hier aufgestellt hatte.

„Und in welche Richtung war ihr Gesicht gewandt?"

Jonas überlegte wieder, diesmal kürzer.

„Nach dort."

„Zum Tisch hin?"

Jonas nickte. Er warf Ylva einen schnellen, nervösen Blick zu. Die reagierte nicht.

„Jetzt haben wir folgendes Problem", setzte Bengt langsam an. „Tatsächlich weist der Hinterkopf der", er zögerte kurz, bevor er das Wort aussprach, „Leiche eine Wunde auf, die von einem Sturz gegen den Tisch stammen könnte. Am Tisch", er sah Jonas eindringlich an, „haben wir aber keine entsprechenden Spuren gefunden."

Jonas erwiderte Bengts Blick verwirrt. Und selbst Ylva tauchte nun aus dem nebelartigen Zustand auf, in dem sie seit dem Gespräch in Jonas' Büro versunken war.

„Blutspuren haben wir lediglich auf dem Boden gefunden." Bengt zeigte auf die Markierung.

„Die sind zweifelsfrei entstanden, weil die Leiche – wie du beschrieben hast – hier lag. Ein Sturz auf den Boden passt aber wiederum nicht mit der Art der Wunde überein."

Jonas legte die Stirn in Falten.

„Das heißt?"

„... dass die letale Wunde nicht durch einen Sturz entstanden sein kann", erklärte Liza.

„Dafür spricht auch die Position der Leiche am Boden. Bei einem Sturz mit dem Hinterkopf gegen den Tisch wäre es höchst unwahrscheinlich, dass der Körper mit dem Gesicht zum Tisch zum Liegen kommt."

Bengt machte eine Pause, um zu sehen, ob Jonas ihm folgen konnte.

„Es gibt noch eine zweite Verletzung am Hinterkopf der Leiche, eine Beule. Diese könnte zwar von einem Sturz stammen – auf den Boden, nicht gegen Tisch –, war aber definitiv nicht tödlich."

„Ihr glaubt also ..." Ylvas Stimme war leise und müde. Trotzdem fuhren die anderen Drei beinahe erschrocken zu ihr herum. Sie machte eine Pause und schloss kurz ihre Augen. Die Anstrengung war ihr anzumerken.

„Ihr glaubt, dass Carol erst einen Schlag erhalten hat – und davon stammt die tödliche Wunde. Daraufhin ist sie dann gestürzt – und dabei ist diese Beule entstanden?"

Bengt wiegte den Kopf abwägend hin und her. Er sah Ylva an, berührt von dem Willen zu verstehen, den sie offensichtlich entwickelt hatte. Er begriff, dass sie sich nicht erlauben konnte, zu trauern, oder wütend und verzweifelt zu sein, bevor sie nicht alle Details verstanden und für sich sortiert hatte.

„Eher andersrum", kommentierte er ihre Erläuterungen.

„Andersrum?" Ylva kniff die Augen leicht zusammen.

„Hätte sie zuerst einen Schlag auf den Hinterkopf erhalten und sich die Beule beim anschließenden Sturz zugezogen, wäre es unwahrscheinlich, dass diese sich auch am Hinterkopf befindet. Wenn sie dagegen zuerst gestürzt ist und anschließend erschlagen wurde, ergibt das Sinn."

Ylva starrte Bengt entsetzt an.

„Du glaubst wirklich, Ove hat sie absichtlich ... ?"

„Nein." Bengt seufzte tief. Dann suchte er Ylvas Blick.

„Ich glaube, Oves Geschichte stimmt. Ich glaube, er hat Carol Johnson", er benutzte absichtlich ihren amerikanischen Namen, um etwas mehr Distanz für Ylva zu schaffen, „im Streit geschubst, vermutlich fester als gewollt. Sie ist gestolpert und hat sich dabei die Beule zugezogen. Der Schlagwinkel, den die zweite, die tödliche Wunde aufweist, scheint mir aber nicht für einen gezielten Schlag durch Ove zu sprechen."

Bengt merkte, wie sich ihm nun alle Anwesenden, inklusive Liza, fragend zuwendeten. Nun galt es die richtigen Worte zu finden und keinerlei Unsicherheiten aufkommen zu lassen.

„Der Schlag wurde zwar von oben angesetzt und könnte damit für eine größere Person sprechen. Trotzdem denke ich, dass jemand von Oves Kaliber, und dazu noch wütend, nochmal eine ganz andere Schlagkraft entwickelt hätte und damit auch einen ganz anderen Schaden angerichtet hätte. Also ... rein äußerlich, die Wunde am Kopf meine ich jetzt."

Er räusperte sich.

„Rasmus hat dieser Einschätzung heute Morgen auch zugestimmt."

„Was heißt das, Chef? Dass jemand zugeschlagen hat, während sie am Boden lag?"

Bengt schüttelte den Kopf. „Dann müsste man an der Stirn den Gegenabdruck des Bodens erkennen. Vermutlich ist es aus einer Bewegung heraus passiert, oder während Carol saß. In jedem Fall lässt der Schlagwinkel nicht zweifelsfrei auf die Größe des Täters schließen."

Bengt merkte, dass Jonas' Atmung bei diesen Worten schneller wurde. Doch sein Blick blieb bei Ylva, die gerade den entscheidenden Punkt seiner Aussage erkannte.

„Das heißt – Ove ..."

„Ove war nicht für ihren Tod verantwortlich. Er dachte es nur."

Ylva schloss erneut die Augen. Bengt ahnte, dass die Erkenntnis, dass Ove sich gewissermaßen fälschlicherweise erhängt hatte, dass er in dem Glauben gestorben war, ein Mörder zu sein, Ylva noch einmal so hart traf wie sein eigentlicher Tod.

Als hätte sie auf diesen Moment gewartet, legte Liza nun einen Arm um sie und zog sie an sich heran. Erst jetzt wandte Bengt sich Jonas zu, der ihn panisch anstarrte.

„Bengt, ich war das nicht, wirklich. Ich könnte das doch gar nicht. Und ich könnte ... ich könnte das vor allem Ylva niemals antun. Das musst du mir glauben!"

„Ove hat dir erzählt, dass er nach dem Streit mit Carol Johnson einfach rausgestürmt ist, richtig? Ohne die Tür hinter sich zu schließen", fragte Bengt, ohne auf Jonas einzugehen. Der war kurz verwirrt, versuchte sich dann aber wieder an die genauen Abläufe dieses schicksalhaften Abends zu erinnern.

„Ja. So hat Ove es beschrieben."

„Und kannst du dich noch daran erinnern, ob die Tür offen stand, als Ove nach Hause kam?"

Jonas konzentrierte sich.

„Er ist wie angewurzelt stehen geblieben, sobald er die Tür erreicht hatte. Ja, ich glaube, sie muss schon offen gewesen sein."

Bengt nickte ohne Überraschung.

„Es gibt noch etwas, das bei unserer Kriminaltechnischen Untersuchung aufgefallen ist. Auf diesem Kaminsims hier", Bengt ging hinüber zum Kamin, auf dem Oves Sammelkrüge aufgereiht standen, „scheint ein Krug zu fehlen."

Er deutete auf einen leeren Staubring zwischen den anderen Krügen.

„Kannst du uns vielleicht sagen, wo der sein könnte, Jonas?"

Jonas sah verdutzt zu den Krügen.

„Ich hab keine Ahnung."

Jetzt löste Ylva sich aus Lizas Umarmung. Sie ging zum Kamin hinüber und starrte auf den leeren Platz in der Sammlung. Dann drehte sie sich langsam zu den anderen um.

„Ich glaube, ich weiß, wo der steht.“

„Das kann doch wohl nicht dein Ernst sein, Bengt. Ausgerechnet heute!“, echauffierte sich Stig, als er sich und seine Familie nun schon zum zweiten Mal innerhalb weniger Tage vom Kommissar in einem Raum versammelt wiederfand. Und das nur wenige Stunden nachdem die Nachricht von Oves Tod die Runde gemacht hatte.

Unmittelbar nach seinem Eintreffen in der Villa der Alfredssons hatte Bengt alle Bewohner des Hauses ins Wohnzimmer beordert. Seine Hoffnung, dass allein die Androhung eines Durchsuchungsbefehls ausreichen würde, hatte sich glücklicherweise bestätigt. Liza war mitgefahren, um weiterhin an Ylvas Seite zu bleiben.

Bengt antwortete Stig in aller Ruhe:

„Das mit Ove tut mir unendlich leid. Ich weiß, dass er ein Teil eurer Familie war. Aber ich bin mir sicher, unser Gespräch wird dir Aufschluss darüber geben, was genau mit ihm passiert ist.“

Damit richtete Bengt sich an alle Anwesenden.

„Es ist sehr viel geschehen, seit wir das letzte Mal in dieser Runde zusammen waren. Und vor allem sind Dinge ans Licht gekommen, die einiges ändern.“

Bengts Blick wanderte zu Ylva, die ihn sichtlich nervös, aber ruhig erwiderte. Bengt konnte beinahe körperlich spüren, wie die Stimmung im Raum sich radikal veränderte. Der offene Unmut, der ihm anfangs nicht nur von Stig, sondern vor allem auch von Ingeborg, die sich demonstrativ mit dem Rücken zum Geschehen am Fenster platziert hatte, entgegengebracht worden war, wich einem Anflug kollektiven Entsetzens. Dem Entsetzen über die schleichende Erkenntnis, dass genau jetzt, genau hier, ein über Jahrzehnte aus Lügen und Geheimnissen aufgebautes familiäres Gerüst zusammenzubrechen drohte.

Entsprechend bedächtig sagte Bengt seine nächsten Worte. „Ylva weiß Bescheid.“

„Bescheid? Was soll der Unsinn, Bengt?“

Ingeborg hatte ihren Blick ruckartig auf ihn gerichtet und versuchte die Situation noch auf ihre Art zu retten – mit Widerspruch. Doch aus Anita, die Ylva gegenüber auf einem der Sessel saß, schien bereits der letzte Rest verzweifelter Hoffnung, das für sie Undenkbare noch verhindern zu können, zu schwinden. Unvermittelt liefen ihr erste Tränen die Wangen hinunter. Sie war im Begriff aufzustehen, aber als Liza den Kopf schüttelte, ließ sie sich wieder zurücksinken. Stig schaute abwechselnd von seiner Tochter zu Bengt und wieder zurück, blieb aber unschlüssig an seinem Platz stehen. Selbst Ingeborg schwieg und Bengt stellte überrascht fest, dass er sie zum ersten Mal überhaupt als das wahrnahm, was sie war – eine alte Frau. Zumindest für diesen Moment wirkte sie gebrechlich und unsicher.

Aber er durfte jetzt keine Rücksicht auf die Befindlichkeiten der Familie nehmen. Im Gegenteil, er musste die Gelegenheit nutzen, um die ganze Wahrheit ans Licht zu bringen. Er räusperte sich.

„Was natürlich auch heißt, dass wir *alle* Bescheid wissen."

Er sah, wie Ingeborg, Stig und Anita immer mehr um ihre Fassung rangen, während Jonas immer wieder besorgt zu Ylva hinübersah. Gitte hielt sich, ihrer angestammten Rolle im Haus entsprechend, etwas abseits von den anderen.

„Wer Karla Jönsson war, muss ich hier wohl niemandem mehr erklären", setzte Bengt seine Ausführungen mit fester Stimme fort.

„Aufgrund der langjährigen Geschäftsbeziehung zwischen den Jönssons und der Brauerei war es nicht weiter verwunderlich, dass Karla hier im August 1986 als junges Mädchen eine Ausbildung begonnen hat."

Er machte eine kurze Pause, bevor er – jetzt etwas langsamer – fortfuhr.

„Dass Stig daraufhin eine Affäre mit ihr einging, hat dagegen sicherlich für weitaus mehr Unruhe gesorgt. Ebenso wie der Umstand, dass Karla schwanger wurde."

Stig ließ sich auf den freien Sessel neben Anita sinken. Seinem Gesicht war keine klare Reaktion zu entnehmen. Bengt war sich nicht sicher, inwieweit seine Worte überhaupt zu ihm durchdrangen. Erleichtert nahm er zur Kenntnis, dass Ylva, Beistand suchend, nach Lizas Hand gegriffen hatte.

„Unsere dringende Vermutung ist, dass Ylva nicht Anitas, sondern Karlas Tochter ist. Natürlich könnten wir das durch einen DNA-Test klären lassen, falls ihr Zweifel daran anmeldet. Nicht beweisen können wir dagegen, dass die damals 16-jährige Karla 300.000 Kronen dafür bekommen hat, dass sie nach der Geburt ihres Kindes sang- und klanglos verschwindet. Aber das spielt für diesen Fall nur eine untergeordnete Rolle. Und dass delikate Probleme in eurer Familie gerne auf diese Weise gelöst werden, könnte uns stellvertretend eine gewisse Hanna Stenqvist bestätigen."

„Was glaubst du eigentlich, wer du bist?"

Ingeborg war offenbar nicht bereit, kampflos aufzugeben.

„Was wir in dieser Familie tun und lassen, das geht dich wahrhaft nichts an. Ich erwarte nicht, dass ein einfacher Polizist versteht ..."

Ingeborg brach ab, als Anita plötzlich aufstand und sie aus voller Kraft anschrie:

„Sei still! Sei endlich still!"

Ohne eine Reaktion von Ingeborg abzuwarten, die sichtlich Probleme hatte, sich an die neuen Umgangsformen in Bezug auf ihre Person zu gewöhnen, konzentrierte Anita sich nun auf ihre Tochter.

„Ylva, es tut mir so leid, mein Schatz. Ich wollte ... ich dachte wirklich ..."

Ylvas Blick richtete sich mit so leeren Augen auf Anita, dass diese sofort verstummte. Offenbar fehlten selbst ihr die Worte, um Ylva um Verständnis für diese Entscheidung zu bitten, die zwar schon so viele Jahre zurücklag, aber doch plötzlich alles in der Gegenwart änderte.

Bengt spürte so etwas wie Mitleid in sich aufsteigen – für Ylva, die ohne es zu wissen Teil dieses Machtspiels geworden war. Aber auch Mitleid für den Rest der Alfredssons, die ja trotz der schwierigen Umstände als Familie zusammengewachsen waren und jetzt vermutlich doch noch daran zerbrechen würde.

Seine Gedanken schweiften für eine Sekunde ab zu Camilla, die er als Mensch und als Frau nach dem Ende ihrer Ehe manchmal zutiefst abgelehnt hatte, für die er aber nach wie vor ehrliche Dankbarkeit, fast sogar so etwas wie Zuneigung empfand, wenn es um ihre Rolle als Ebbas Mutter ging.

Eilig mahnte er sich selbst dazu, nicht abzudriften. Jeder Moment konnte jetzt entscheidend sein.

Als Anita sich ziemlich hilflos wieder hingesetzt hatte und selbst Ingeborgs Widerstand gebrochen schien, nahm Bengt seinen Faden wieder auf.

„Wie das damals genau abgelaufen ist, ist tatsächlich eure Familienangelegenheit. Und ihr müsst selbst einen Weg finden, damit umzugehen. Für uns ist entscheidend, dass Karla nach Ylvas Geburt tatsächlich weggegangen ist, vermutlich mit dem Geld – vermutlich, weil ihr keine andere Wahl blieb", fügte er mit einem Gedanken an Ylva hinzu.

„Sie ist in die USA gegangen, hat ihren Namen geändert und sich dort ein neues Leben aufgebaut."

Bengt sah kurz aus dem Fenster in Richtung des Brauereigeländes.

„Trotz allem, was ihr in ihren jungen Jahren hier widerfahren ist, ist sie eurer Branche treu geblieben. Soweit wir es nachvollziehen konnten, hat sie sich im Laufe der Jahre bei verschiedenen Brauereien in Oregon und Kalifornien hochgearbeitet. Dass sie im Rahmen dieser Arbeit dann vor wenigen Monaten Ylva auf einer Braumesse in Portland getroffen hat, kann man einen unglaublichen Zufall oder einfach Schicksal nennen."

Bengt sah, wie Ylva eine Träne übers Gesicht lief und spürte, wie ihm das einen Stich versetzte. Er schluckte, fuhr jedoch fort.

„Natürlich hat Ylva sie nicht erkannt. Umgekehrt allerdings schon, zumindest konnte Karla – oder Carol – aus Ylvas Erzählungen die entsprechenden Schlüsse ziehen. Was das in ihr ausgelöst haben mag, darüber können wir nur spekulieren. Aber aufgrund von Zeugenaussagen liegt die Vermutung nahe, dass sie vor weniger als zwei Wochen nach Lågomby zurückgekehrt ist, um Ylva die Wahrheit zu sagen."

Nach einer kurzen Pause fügte er hinzu:

„Und dass sie deswegen sterben musste."

Sofort machte sich Unruhe breit. Bengt ließ sich davon nicht beirren.

„Hier angekommen wollte sie zunächst im Waldhaus Unterschlupf suchen – vermutlich, weil sie es von ihren Treffen mit Stig als abgelegenen und sicheren Ort in Erinnerung hatte. Als sie dort aber auf Marie Falk traf, hat sie instinktiv den einzigen Menschen aufgesucht, von dem sie eine gewisse Sympathie erwarten konnte: Ove. Und dort, bei Ove im Wohnzimmer, ist sie am Montagabend gestorben."

Er machte eine kurze Pause.

„Wir wissen aber auch, dass sie hier war. Hier im Haus. Es gibt einen Zeugen, der das beobachtet hat."

Sein Blick richtete sich auf Ingeborg, die jedoch aussah, als habe sie beschlossen, nie wieder auf irgendetwas, das Bengt sagte, zu reagieren.

„Ja, sie war hier. Zweimal", meldete Anita sich leise, aber wieder einigermaßen gefasst zu Wort. Sie ignorierte das verächtliche Schnauben von Ingeborg und fuhr fort.

„Und ja, sie hatte vor, Ylva alles zu sagen."

Wieder suchte Anita Ylvas Blick.

„Und ich war einverstanden, Ylva. Beziehungsweise: Ich wollte dir die Wahrheit selbst sagen. Dass ich dich nicht geboren habe – aber dass du trotzdem meine Tochter bist. Und das auch immer sein wirst."

Bengt schob das nach all den Jahren Berufserfahrung für ihn noch immer unangenehme Gefühl beiseite, einen höchst privaten Moment zu stören.

„Und das hast du Karla gesagt?"

Nur langsam löste Anita ihren Blick von Ylva, um Bengt zu antworten.

„Nein, so weit kam es nicht. Ich war total geschockt, als Karla plötzlich vor mir stand. Deshalb habe ich sie gebeten, mir einen Tag Zeit zu geben. Natürlich habe ich zuerst gehofft, sie noch von ihrem Vorhaben abbringen zu können. Nach dem Treffen am nächsten Tag wurde mir aber klar, dass Karla fest entschlossen war. Ich wollte ihr vorschlagen, dass wir es Ylva zusammen sagen, schonend ..."

Sie schluchzte.

Bengt nickte. „Wart ihr bei diesen Treffen alleine?"

„Beim ersten Mal schon. Am nächsten Tag war dann auch Ingeborg dabei."

Bengt sah Stig an. „Und du?"

Der wirkte, als würde er aus einer Trance gerissen.

„Was? Nein. Ich habe überhaupt nichts davon gewusst", erklärte Stig traurig.

„Dass es sich bei der Toten um Karla handelt, habe ich erst verstanden, als du bei uns warst, mit dem Foto."

Bengt begann im Wohnzimmer auf und ab zu gehen.

„Okay. Nehmen wir nur mal für den Moment an, das stimmt. Dann hätten – neben Ove – sowohl Ingeborg als auch Anita ein starkes Motiv gehabt, Karla daran zu hindern, Ylva die Wahrheit zu sagen. Und natürlich auch du, Jonas."

Beinahe gleichzeitig schreckten Stig, Ingeborg und Anita hoch. Anita war die erste, die sprach.

„Jonas!? Was soll das, Bengt? Der wusste doch überhaupt nichts von damals."

Sie tauschte einen hektischen Blick mit Stig aus.

„Lass gut sein, Mama. Ich hab Bengt erzählt, was ich von Ove weiß", meldete sich Jonas selbst zu Wort.

Bengt nickte ihm auffordernd zu.

Jonas holte tief Luft. Dann richtete er seinen Blick entschlossen auf Ingeborg und seine Eltern.

„Was ich euch aber noch nicht erzählt habe, ist der Grund, warum Ove mich eingeweiht hat."

Bengt hörte konzentriert zu, wie Jonas seiner Familie in knappen und erstaunlich klaren Worten schilderte, wie er Ove von *Mickes Bar* aus gefolgt war, wie sie Karla auf dem Boden seines Wohnzimmers gefunden und ihre Leiche zusammen ins Moor gebracht hatten. Die anderen hörten ihm in stummem Entsetzen zu. Am Ende seiner Ausführungen räusperte Jonas sich unbequem.

„Bengt und Liza gehen aber davon aus, dass Ove gar nicht für den tödlichen Schlag verantwortlich war."

„Sondern?"

Stig starrte seinen Sohn an. Dessen Blick wanderte nun unsicher zu Bengt. Eine bedrückende Stille breitete sich aus.

„Das ist der Stand der Dinge."

Bengt ging ein paar Schritte, wie um seinen Worten Nachdruck zu verleihen. Er blieb neben Gitte stehen und ließ seinen Blick von einem zum anderen wandern. Schließlich blieb er bei Jonas hängen.

„Und jetzt sage ich euch, was ich glaube: Jonas, ich glaube dir, dass du helfen wolltest. Ove. Deiner Familie. Und vor allem Ylva. Ich glaube aber nicht, dass Karla schon tot war, als du mit Ove aus der Bar zurückkamst. Vielleicht war sie noch bewusstlos von ihrem Sturz. Und vielleicht hat Ove geglaubt, dass sie tot sei. Dafür sprechen seine Schuldgefühle. Er hat dir alles erzählt und dann hast du eine Entscheidung getroffen. Du hast die Gelegenheit gesehen, euer Familiengeheimnis weiter zu wahren. Du hast Ove unter einem Vorwand rausgeschickt und Karla erschlagen."

Bengt hielt seinen Blick fest auf die entsetzten Gesichter vor sich gerichtet und konzentrierte sich gleichzeitig darauf, sie nicht an sich herankommen zu lassen. Vor allem Ylva war anzusehen, dass das, was gerade vor sich ging, schlichtweg nicht mehr greifbar für sie war.

Aber er musste es in Kauf nehmen, sie noch mehr zu verletzen – es war das entscheidende Puzzlestück in seinem Plan. Er hoffte auf eine Reaktion. Als nichts passierte, fuhr er fort:

„Aber damit hast du niemandem geholfen, Jonas. Erst recht nicht Ylva. Nicht nur hat sie ihre leibliche Mutter verloren, bevor sie diese überhaupt richtig kennenlernen konnte. Sie wird nun auch ihren Bruder verlieren."

Für einen Moment drohte es Bengt den Boden unter den Füßen wegzuziehen. Noch immer passierte nichts. Sein Plan war nicht aufgegangen. Er konnte spüren, dass auch Liza nun nervös wurde.

Doch dann legte sich eine Hand auf seine Schulter. Und als er leise seinen Namen hörte, wusste Bengt, dass es vorbei war. Er atmete tief durch und drehte sich zu der Hand um.

Wenige Minuten später fanden sich alle in der Küche der Villa wieder. Bengt hatte Gitte am Kopf des Tisches platziert, auf dessen Mitte der Krug stand, den Rasmus ohne Probleme an der von Ylva genannten Stelle im Regal sichergestellt hatte. Die anderen standen in der Küche verteilt und starrten ungläubig auf das Geschehen. Bengt ahnte, wie ungewohnt und unangenehm Gitte allein schon dieser Fokus auf ihre Person sein musste. Sie hielt ihre Augen fest auf die Tischplatte vor sich gerichtet, als sie Bengts Aufforderung folgte und etwas schwerfällig den Hergang aus ihrer Perspektive schilderte.

„Ich habe gleich gespürt, dass die Anwesenheit von dieser Carol nichts Gutes verheißen konnte."

„Hast du sie denn erkannt?", fragte Bengt.

„Nicht direkt. Ich habe erst nach Ylvas Geburt hier angefangen. Aber sie", Gitte warf einen entschuldigenden Blick in Anitas Richtung, „sie hatte die gleichen Gesichtszüge wie Ylva."

Ein unterdrücktes Schluchzen war aus Anitas Ecke zu vernehmen. Ylva selbst schloss die Augen.

„Wusstest du von ihrer Affäre mit Stig?"

Gitte nickte. Wieder suchte sie Anitas Blick.

„Ich habe mich ja um Anita gekümmert, nach ihrer Kur. Um Anita und Ylva."

„Und zwar von ihrem ersten Tag an, richtig?", hakte Liza sich ins Gespräch ein. „Du warst diejenige, die das Baby versorgt hat, noch bevor Anita aus der Kur entlassen wurde."

Bengt warf seiner Assistentin einen verwunderten Blick zu. Diesen Zusammenhang hatte er selbst noch gar nicht hergestellt.

„Wir haben uns in der Kur kennengelernt, Anita und ich. Ich war dort, nachdem ..., weil ich ..."

Gitte schloss für einen Moment mit zitternden Lidern die Augen.

„Ich hatte Fehlgeburten. Drei hintereinander. Danach war klar, dass ich selbst keine Kinder mehr bekommen würde. Dabei hatte ich mir das immer so sehr gewünscht. Als Anita mich bat, mit ihr nach Lågomby zu kommen, kam mir das wie eine Fügung des Schicksals vor."

Sie räusperte sich, jetzt wieder gefasster.

„Anita hat sich nach Unterstützung gesehnt, nach jemandem an ihrer Seite, der versteht, was sie durchmacht. Einer Eingeweihten. Und jemandem, der ihr mit dem Kind helfen konnte, auch um es ... um es voll und ganz als ihr eigenes zu akzeptieren, glaube ich."

Bengt nickte, sorgfältig darauf bedacht, jetzt nicht gedanklich zu Ylva abzuschweifen, sondern mit ganzer Konzentration bei Gitte zu bleiben.

„Wann war dir klar, um wen es sich bei Carol Johnson handelte?"

„Geahnt habe ich es gleich nach ihrem ersten Besuch. Anita war sehr aufgewühlt. So wie damals. Als Karla am nächsten Tag schon wieder herkam, hoffte ich, dass Anita und Ingeborg die Situation regeln würden. Dass Karla danach verschwinden würde, ohne weitere Unruhe zu stiften. Aber sie ließ sich nicht darauf ein."

„Auf was?"

„Auf das Angebot."

Gitte warf einen verstohlenen Blick in Ingeborgs Richtung, sprach dann aber weiter.

„Ingeborg hat ihr Geld geboten, viel Geld."

Bengt warf Ingeborg einen vielsagenden Seitenblick zu, der von ihr demonstrativ ignoriert wurde.

„Aber Karla war entschlossen, Ylva alles zu erzählen. Und uns alle damit ins Unglück zu stürzen."

Den letzten Satz stieß Gitte fast zwischen ihren Zähnen hervor. Noch immer waren ihr der unterdrückte Ärger und die Angst anzumerken, die Karlas Auftauchen bei ihr ausgelöst hatten. Gefühle, die sie nie ganz offen hatte zeigen können, waren mit einem Schlag an die Oberfläche gedrängt worden. Bengt begriff, dass Gitte ihre Zuneigung für Ylva nie direkt, sondern immer nur über Umwege hatte ausleben können – erst durch die Pflege des fremden Babys, später durch gemeinsames Kochen und Backen sowie die Erschaffung vieler kleiner Rituale.

Ylva schnappte nach Luft, doch Bengt kam ihr zuvor.

„Du dachtest also, wenn Karla nicht von alleine verschwindet, dann muss sich jemand anderes darum kümmern – dann musst du dich darum kümmern."

„Ich wollte nur mit ihr sprechen. Ich dachte, naja, dass zwischen Anita und Karla vielleicht alles viel zu emotional war, um eine sinnvolle Entscheidung zu treffen. Die beiden haben zu viel Vorgeschichte miteinander. Aber wenn ich, quasi als Außenstehende, ihr ins Gewissen rede ... Deswegen bin ich ihr gefolgt. Ich wollte sehen, wo sie wohnt."

„Und nach der Arbeit bist du dann noch einmal zu Ove gefahren, um das Gespräch mit ihr zu suchen?"

„Ich war zuerst überrascht, aber eigentlich auch froh, dass sie bei Ove untergekommen war. Schließlich weiß ich ja, wie Ove zu all dem steht. Ich hatte gehofft, dass wir beide zusammen Karla vielleicht zur Vernunft bringen könnten. Aber als ich dort ankam, war Ove nicht da. Die Tür stand offen. Also bin ich reingegangen. Und da lag sie vor mir auf dem Boden, und hat sich nicht mehr bewegt."

„Und du?"

Gitte zuckte verloren mit den Schultern.

„Ich dachte, sie sei tot. Und ja", ihre Stimme klang nun trotzig, „ich war irgendwie erleichtert. Ich hatte ihr das so nicht gewünscht, aber ... Sie hätte doch damals das Geld nicht annehmen müssen! Es war doch auch ihre Entscheidung gewesen, einfach wegzugehen und ihr Kind zurückzulassen!"

Liza legte den Arm um Ylva, die immer wieder fassungslos den Kopf schüttelte.

„Aber Karla war gar nicht tot", drängte Bengt Gitte, weiter zu sprechen.

„Nein. Ich wollte gerade schon wieder gehen, da hörte ich sie plötzlich hinter mir. Sie war zu Bewusstsein gekommen."

„Hat sie dich erkannt?"

Gitte nickte nur. Sie zögerte einen Moment. Dann fuhr sie fort.

„Ich hab das wirklich nicht geplant. Aber dann wurde mir plötzlich klar, dass es jetzt in meiner Hand lag, die Sache zu beenden – endgültig."

Sie verstummte.

„Also hast du nach dem nächstbesten Gegenstand gegriffen und hast sie damit erschlagen."

Gitte blieb stumm.

„Gitte?"

Sie nickte. „Ja."

„Und dann bist du einfach abgehauen. Und hast damit auch in Kauf genommen, dass Ove sich bei seiner Heimkehr selbst den Mord zuschreibt."

Gitte schluchzte. Sie hob ihr tränenüberströmtes Gesicht und suchte nacheinander Blickkontakt mit allen Alfredssons.

„Das wollte ich doch nicht, wirklich! Ich dachte nur ... Ich hab gar nicht ..."

Sie schlug die Hände vors Gesicht.

„Und der Krug?", fragte Bengt, nicht zuletzt, weil er ahnte, dass die Situation für Gitte etwas einfacher zu ertragen war, solange sie sich mit Fakten statt Emotionen beschäftigten.

Gitte antwortete nicht sofort. Ein paar zittrige Atemzüge waren zu vernehmen, bevor sie den Kopf wieder hob.

„Ich habe erst gemerkt, dass ich ihn noch in der Hand gehalten habe, als ich schon wieder auf der Straße war. Da hab ich ihn einfach mitgenommen. Ich dachte, hier würde er am wenigsten auffallen."

„Ich nehme an, dass er inzwischen in der Spülmaschine war?"

Zu Bengts Erstaunen schüttelte Gitte den Kopf.

„Ich hab ihn per Hand gespült. Ist doch schließlich ein Sammlerstück. Und Ove", ein heftiges Schluchzen schüttelte sie, „Ove hing doch immer so an seinen Krügen."

Betretene Stille machte sich in der Küche breit. Liza warf Bengt einen Blick zu, der ihm verriet, dass sogar sie, als Ylvas beste Freundin, in diesem Moment so etwas wie Mitleid für Gitte verspürte. Nach einer Weile hob Stig den Blick. Mit leeren Augen wandte er sich an Ingeborg und Anita.

„Und ich dachte, ihr ..."

Anita starrte ihren Mann fassungslos an.

„Wir?! Glaubst du wirklich, ich könnte so etwas tun? Wenn, dann doch wohl Ingeborg!"

„Ihr seid so ekelhaft!"

Ylvas Stimme klang ganz leise und brüchig. Trotzdem schien sie den ganzen Raum zu durchschneiden. Sie riss sich aus Lizas Umarmung und rannte hinaus. Liza stimmte sich kurz per Blickkontakt mit Bengt ab und folgte ihr dann.

Bengt stellte sich hinter Gitte, während er nacheinander noch einmal Ingeborg, Stig und Anita musterte.

„Ich glaube, damit ist alles gesagt."

Samstag

Am Samstagmorgen legte Liza Bengt einen sorgfältig zusammengestellten Abschlussbericht vor. Bengt überflog ihn, wobei ihn die Entwicklung seiner Ermittlungen jetzt nur noch oberflächlich interessierte. Seine Gedanken kreisten vielmehr darum, was seit Beginn dieses Falls alles in Lågomby passiert war. Marie war hergezogen, Ylva war zurückgekommen, die Brauerei hatte ein kurzes Revival erlebt, bevor gleich zwei Skandale – ein alter und ein neuer – den Ruf der Alfredssons endgültig zunichte gemacht hatten. Ylva, die durch einen Zufall gerade erst ihre leibliche Mutter kennengelernt hatte, hatte kurz darauf nicht nur die, sondern in gewissem Sinne auch ihre ganze Familie verloren. Der alte Ove war tot. Und Gitte hatte all das zerstört, wofür sie sogar bereit gewesen war, zu morden.

Bengt ließ den Bericht sinken.

„Woher wusstest du eigentlich, dass Gitte Anitas Bekannte aus der Kur war?“

Liza sah von ihrem Schreibtisch auf.

„Keine Ahnung. Eingebung? Ich habe mich immer wieder gefragt, wie das damals genau abgelaufen ist. Wer in ihren ersten Tagen für Ylva da war und so. Als wir dann bei den Alfredssons waren und ich Ingeborg sah, konnte ich mir einfach nicht vorstellen, dass die sich zwei Tage lang um ein fremdes Baby kümmern würde. Da habe ich Rami gebeten, zu checken, seit wann Gitte für die Familie arbeitet und wo sie eigentlich herkommt.“

„Sundsvall?“

„Treffer. Ich wollte es dir noch sagen, aber da hattest du sie auch schon überführt.“

Bengt nickte anerkennend.

„Sieht so aus, als sollten wir in Zukunft doch öfter mal auf deine Eingebungen hören.“

Liza lächelte.

„Ich weiß, dass ich es dir nicht ganz leicht gemacht hab bei diesem Fall“, fügte Bengt hinzu. „Das tut mir leid.“

„Du hattest eben auch deine Eingebungen“, antwortete Liza versöhnlich.

„Wie geht es Ylva?“, fragte Bengt nach einer Pause.

Liza seufzte hörbar. „Ich weiß es nicht.“

„Ist sie weg?“ Er sah Liza überrascht an.

„Nein." Liza schüttelte den Kopf und Bengt spürte, wie sich Erleichterung in ihm breitmachte. Auch wenn er sich eingestehen musste, dass er selbst an Ylvas Stelle vermutlich erstmal das Weite gesucht hätte.

„Sie ist erstmal zu mir gezogen."

„Das ist gut."

„Aber sie redet kaum. So kenn ich sie gar nicht."

„Gib ihr Zeit. Es tut ihr bestimmt gut, mit dir zu sein."

Liza nickte. „Ich hoffe es. Ich hab sie überredet, über Mittsommer mit mir wegzufahren. Eine Freundin von uns hat ein Sommerhaus in den Stockholmer Schären."

„Hanna?" Bengt versuchte, so beiläufig wie möglich zu klingen, und nahm sich gleichzeitig vor, sich nach erfolgreichem Abschluss dieses Falls endlich mal damit auseinanderzusetzen, was es mit diesem Ziehen und Sticheln zu tun hatte, das er neuerdings regelmäßig in Ylvas Anwesenheit verspürte.

Liza schüttelte lächelnd den Kopf.

„Kennst du nicht."

In diesem Moment wurde die Tür geöffnet. Eine großgewachsene Frau betrat mit einem Polizeibeamten den Raum, an seinem Gürtel Pistole und Handschellen, auf der Brust das Wappen von Umeå.

„Hej hej", grüßte die Frau. „Hauptkommissarin Britt Mårtensson aus Umeå. Das ist mein Kollege Thure Ek. Staatsanwalt Nordin schickt uns."

Bengt und Liza tauschten einen Blick aus. Dann legte Bengt den Bericht auf den Schreibtisch, setzte eine schwungvolle Unterschrift darunter und überreichte ihn lächelnd der Kommissarin.

„Bitte richtet dem Herrn Staatsanwalt herzliche Grüße von uns aus. Und wenn es noch Fragen gibt: Wir sind nach Mittsommer wieder wie gewohnt hier im Büro zu erreichen."

Britt Mårtensson nahm verblüfft den Bericht entgegen und überflog ihn. Mit dem Blick, den sie Bengt daraufhin zuwarf, bemühte sie sich gar nicht erst, ihren Ärger zu verbergen. Sie nickte ihrem Kollegen zu. Wortlos verließen die beiden das Zimmer.

Bengt und Liza grinsten sich an.

„Gute Arbeit, Liza!"

„Gute Arbeit, Chef!"

Sie räumten schweigend ihre Arbeitsplätze auf und fuhren ihre Computer herunter.

Wenige Minuten später standen sie nebeneinander auf dem Parkplatz des Kommissariats. Bengt deutete auf seinen Wagen, an dessen Heck ein Anhänger mit einem kleinen Segelboot montiert war.

„Soll ich dich mitnehmen?"

Liza warf einen amüsierten Blick auf die Camping- und Angelsachen, die Kofferraum und Rückbank des Autos überschwemmten. Dann schüttelte sie den Kopf.

„Sieh zu, dass du zu Ebba kommst. Die wartet bestimmt schon ganz aufgeregt."

„Glaubst du?"

Bengt war sich nicht sicher, ob seine Tochter die Ausflüge mit ihm wirklich genoss, oder ob er sie damit eigentlich nur aus ihrem gewohnten Umfeld riss.

„Klar, Bengt. Wenn Kinder keinen Bock haben, dann merkst du das sofort."

Bengt lächelte dankbar.

„Grüß Ylva von mir, okay?"

„Mach ich."

Sie umarmten sich kurz, dann stieg Bengt in seinen Wagen und fuhr davon.

„Hier könnten wir noch eine Markierung anbringen." Lennart blieb stehen, um eine auffällige Steinformation in seiner Landkarte zu vermerken. Marie schloss auf dem schmalen Pfad zu ihm auf.

„Glaubst du nicht, man sollte den Weg etwas ebnen und befestigen lassen, bevor wir hier Touristen langschicken?"

Lennart schüttelte den Kopf.

„Wir wollen doch so wenig wie möglich in die Natur eingreifen, oder? Außerdem sind diese Elchpfade mit Sicherheit der authentischste Weg, um Schweden kennenzulernen."

Marie lehnte sich gegen die Steine.

„Ich hatte ja schon gehofft, hier ein paar dieser Tiere zu treffen – wenn wir uns schon den Weg mit ihnen teilen."

Lennart lächelte.

„Im Wald wirst du so schnell keinen Elch entdecken. Da kannst du sicher sein, dass sie dich immer zuerst sehen."

Marie seufzte und ließ den Blick zwischen den Bäumen entlangschweifen. Lennart lehnte sich neben sie.

„Alles okay?“

Sie wusste, dass er an ihre letzte gemeinsame Waldwanderung dachte, bei der sie Bengt am Fundort der Leiche getroffen hatten. Marie nickte. Einen Augenblick blieben sie stehen und horchten in die Ruhe des Waldes hinein. Dann stieß Lennart sie in die Seite.

„Komm weiter. Dort oben ist unser erster Aussichtspunkt.“

Sie folgten dem schmalen Weg einen kleinen Hügel hinauf. Oben angelangt öffnete sich der Wald und machte den Blick frei auf eine flache felsige Kuppe, die an einigen Stellen von trockenem Moos überspannt war. Sie setzten sich auf den Felsen und schauten über die Baumwipfel hinweg in die Ferne. Hier und da glitzerten Seen zwischen den Bäumen auf und im Westen waren sogar die Berge an der Grenze zu Norwegen zu sehen. Marie zog ihre Kamera hervor und machte ein paar Fotos für die neue Broschüre. Es war nicht schwierig, geeignete Motive zu finden. Eigentlich wirkte an diesem Tag von hier oben jede Einstellung Postkarten-würdig.

Sie lehnte sich zu Lennart hinüber, streckte den Arm mit der auf sie gerichteten Kamera von sich weg und machte ein Foto. Schweigend blieben sie eine Weile nebeneinander sitzen.

„Verdammt schön hier oben“, unterbrach Marie irgendwann die Stille.

Lennart nickte zufrieden. „Mein Vater hat schon immer die besten Ausflugsziele gekannt.“

Er zog eine Thermoskanne aus seinem Rucksack, schenkte eine Tasse Kaffee ein und reichte sie Marie.

„Ich hab mich eigentlich gewundert, dass du heute überhaupt Zeit hast für mich.“

„Wieso?“

Marie nahm einen Schluck aus der Tasse und trank.

„Schmeckt sogar aus der Thermoskanne!“

Lennart nahm das Kompliment mit einem selbstverständlichen Nicken entgegen. Offensichtlich wollte er auf etwas Bestimmtes hinaus.

„Nachdem du deine Freizeit zuletzt ausschließlich mit unserem werten Herrn Kommissar verbracht hast ...“

Marie lachte und reichte Lennart die halbvolle Tasse.

„Der Fall ist abgeschlossen.“

Lennart sah sie prüfend von der Seite an, bevor er trank.

„Schade eigentlich.“

„Warum schade?“

„Naja, wenn deine angeregten Treffen mit Bengt nicht nur“, er überlegte, „Ermittlungs-technischer Natur gewesen wären, dann müsste ich nicht befürchten, dass dein komischer Ex-Freund nochmal hier auftaucht und dich doch noch zurückholt."

Marie drehte ihm das Gesicht zu und lächelte.

„Keine Sorge, Alex und ich sind endgültig durch miteinander."

Sie streckte sich zufrieden über die Felsen nach hinten aus.

„Weiß er das auch?"

„Ich glaube, eigentlich wussten wir das beide schon immer. Wir haben uns nur eine Zeit lang gegenseitig gebraucht. Um keine wirklichen Entscheidungen treffen zu müssen."

„Und jetzt? Hast du eine endgültige Entscheidung getroffen?"

Marie richtete ihren Blick auf die vorbeiziehenden Wolken. Ihr schoss der Gedanke durch den Kopf, dass sie gerade in diesem Augenblick zum allerersten Mal seit vielen Jahren das Gefühl hatte, irgendwo anzukommen.

Sie spitzte die Lippen und zog die Luft ein. Lennart lachte.

Dieses Buchprojekt wurde per Crowdfunding realisiert.

Gemeinsam haben wir damit eine echte Alternative zu Großverlagen mit festgefahrenen Programm- und Genrevorstellungen geschaffen.

Und ihr seid so zu einem Teil des Projekts geworden, das ohne euch nie gedruckt worden wäre. Ein ganz besonderes Dankeschön geht also an alle Unterstützer*innen dieses Projekts

Carolin Seidl
Jonas Al-Nemri
Nicole Steinmüller
Christoph Gaedicke
Nadine Schüler
Esther Bertram
Marie Gäthke
Lisa Forgber
Martin Stumpf
Ann-Katrin Liepold
Rudolf Inderst
Raffaella Delli Santi
Sonja Ganseforth
Jutta Wittke
Sandy Ernenputsch
Martin Ulonska
Miriam Younes
Anna Sum
Roland Bernauer
Julia Brendle
Anke Klaaßen
Lucia Staake
Christine Mertens
Anton Berman
Sarah Ausobsky
Annika Wiessner
Robert Muench
Raisa Kröger
Irene Hoffrichter
Nadine Deimel
Peter Just
Sandra Cronauer
Bernd Schlabach
Susanne Weber
Cordula Funke
Lennard Hobohm
Michaela Rak
Colleen Weed
Shelley Widmer
Clemens Häusler
Tobias Birr
Corinna Blank
Philipp Kloeters
Carmen Wössner
Dirk Maier-Lenz
Patrick Geppert
Lina Kukulis
Jenny Göx
Tanja Molter
Isabel Brenn
Ursula Schmied
Alexandra Hlawitschka
Renate Kranz
Mechthild Link
Hannes Schuler
Johannes Schubert
Philipp Berens
Barbara und Robert Widmer
Ann und Kurt Widmer
Verena Stolz
Nadine Tetting
Benedikt Link
Marijke Oidtmann
Lisa Helmus
Charles Edwards
Annette Seim

Kristen und Herbert Maier-Lenz
Renate Smasal-Lenz
Peter Lenz
Stephan und Renate Flecken
Gerd und Elfi Steller
Hans-Gerd und Ursula Meerpohl
Ursula Renner-Henke
Ronald und Helga Ziegler

Unser Dank geht außerdem an

Lisa – für deine Begeisterung für unser Projekt, deine Sorgfalt und die schöne Zusammenarbeit.

Helena – für deinen Enthusiasmus bezüglich all unserer merkwürdigen Detailfragen zum Leben in Schweden.

Jeanne, Peter, Marijke und Saskia – für eure ständige Unterstützung und die richtigen Fragen, ohne dabei jemals in Frage zu stellen.

Kristen, Herbert, Dirk und Max – dass ihr den anderen Weg nicht nur akzeptiert, sondern feiert.

Über die Autoren

Felix Maier-Lenz wurde 1981 in Freiburg im Breisgau geboren. Zum Studium der Amerikanischen Kultur- und Literaturgeschichte sowie der Nordischen Philologie zog es ihn nach München und ins nordschwedische Umeå. Dort beschäftigte er sich unter anderem intensiv mit der zeitgenössischen nordischen Kriminalliteratur. Nach seinem Magister und folgender Promotion arbeitete er zunächst in den Bereichen Presse und Marketing für den Pay-TV-Sender HISTORY. Beim Privatsender RTLzwei arbeitete er anschließend mehrere Jahre als Online-Redakteur an der narrativen Weiterführung fiktionaler TV-Formate im Internet. Seit 2017 ist er als Content Manager beim Freiburger Verlag Herder tätig.

Rachel Oidtmann, 1982 in Freiburg geboren, studierte Zeitgenössischen Tanz am Laban Centre for Movement and Dance in London sowie Theater- und Literaturwissenschaft in Mainz und Berlin. Nachdem sie zunächst als freiberufliche Tänzerin und Dramaturgin arbeitete, ist sie seit 2013 überwiegend als Drehbuch-Autorin tätig.